Ostwind

Zusammen sind wir frei
Rückkehr nach Kaltenbach

DIE AUTORINNEN

Kristina Magdalena Henn wurde 1977 in Trier an der Mosel geboren. Nach einem Rucksackjahr in Australien begann sie ihr Studium an der Filmhochschule in München, wo sie seitdem lebt, arbeitet und bei jedem Wetter in der Isar badet.

Lea Schmidbauer wurde 1971 in Starnberg am Starnberger See geboren. Sie studierte ein paar Semester Amerikanische Kulturgeschichte bevor sie sich an der Filmhochschule in München bewarb. Sie wohnt in München und als Teilzeitlandwirtin in einem kleinen Dorf in Mittelfranken.
Seit 2007 schreiben die beiden zusammen, unter anderem das Drehbuch zu der romantischen Komödie »Groupies bleiben nicht zum Frühstück« und die Pferdeabenteuerreihe »Ostwind«.

Carola Wimmer, 1970 in Berlin geboren, begann ihre Autorinnen-Karriere als Verfasserin von Kinder-Hörspielen für den ORB. Nebenbei schrieb sie Texte und Konzepte für etliche Multimedia-Agenturen und war in der Presse- und Öffentlichkeitsarbeit tätig. Bis zu ihrem Entschluss, sich ganz auf ihre Arbeit als Kinderbuchautorin zu konzentrieren, war sie Redakteurin eines Internetportals für Kinder und Jugendliche. Carola Wimmer lebt und arbeitet heute in Berlin.

Mehr über cbt/cbj auf Instagram unter
@hey_reader

OSTWIND

Zusammen sind wir frei

Rückkehr nach Kaltenbach

Bei diesem Buch wurden die durch das verwendete Material und die Produktion entstandenen CO_2-Emissionen ausgeglichen, indem der cbj-Verlag ein Projekt zur Aufforstung in Brasilien unterstützt. Weitere Informationen zu dem Projekt unter:
www.ClimatePartner.com/14044-1912-1001

Verlagsgruppe Random House
FSC® N001967

Sollte diese Publikation Links auf Webseiten Dritter enthalten, so übernehmen wir für deren Inhalte keine Haftung, da wir uns diese nicht zu eigen machen, sondern lediglich auf deren Stand zum Zeitpunkt der Erstveröffentlichung verweisen.

1. Auflage 2020
Erstmals als cbt Taschenbuch Mai 2020
© 2020 cbt Kinder- und Jugendbuchverlag
in der Verlagsgruppe Random House GmbH,
Neumarkter Str. 28, 81673 München
Alle Rechte vorbehalten
Dieser Doppelband besteht aus:
»Ostwind – Zusammen sind wir frei«
OstwindFilm ©SamFilm GmbH/Constantin Film Produktion GmbH,
Lizenz durch Alias Entertainment GmbH
Geschrieben von Carola Wimmer basierend auf dem Drehbuch
von Kristina Magdalena Henn und Lea Schmidbauer.
»Ostwind – Rückkehr nach Kaltenbach« ©Alias Entertainment GmbH
Geschrieben von Kristina Magdalena Henn und Lea Schmidbauer.
Artwork mit freundlicher Genehmigung der Constantin Film
Verleih GmbH/SamFilm GmbH und Alias Entertainment GmbH
Umschlaggestaltung: basic-book-design, Karl Müller.Bussdorf
unter Verwendung der Originalmotive/Fotos von Tom Trambow
TP · Herstellung: LW
Satz: Uhl + Massopust, Aalen
Druck: GGP Media GmbH, Pößneck
ISBN 978-3-570-31377-0
Printed in Germany

www.cbj-verlag.de
Dieses Buch ist auch als E-Book erhältlich.

Carola Wimmer

OSTWIND

Zusammen sind wir frei

Basierend auf dem Drehbuch
von Kristina Magdalena Henn
und Lea Schmidbauer

Prolog

Das Pferd tänzelte unruhig auf der Stelle.

Es wollte sich bewegen. Wollte Sonne und Luft. Doch es war gefangen im staubigen Halbdunkel zwischen den schmalen Wänden einer Box.

Verzweifelt machte es einen schnellen Schritt Richtung Tür.

Da näherten sich Stimmen.

»Und er ist ihr direkter Nachkomme?«, fragte Maria Kaltenbach, als sie den Stall betrat.

»Er ist Hallas Urenkel«, antwortete Herr Fink. »Er hat definitiv ihre Anlagen. Aber ich verkaufe ihn wirklich ungern«, fuhr er fort. »Er ist unberechenbar. Hat uns bisher nur Schwierigkeiten gemacht.«

Maria Kaltenbach schien die Bedenken nicht zu teilen: »Ach, das haben sie über Halla auch gesagt«, erwiderte sie leichthin. »Ich weiß schon, was ich tue.«

»Das hoffe ich. – Ich lasse den Transporter kommen«, sagte Friedrich Fink und verließ den Stall.

Maria Kaltenbach öffnete den Riegel und trat in die

Box. Sie war über sechzig Jahre alt und eine erfahrene Reiterin. In ihrem langen Leben hatte sie schon viele Pferde besessen. Dass der alte Fink Ostwind verkaufen wollte, war ein großes Glück. Nur wenige Pferde hatten ein so talentiertes Springpferd, eine Legende wie Halla im Stammbaum. Sie würde den Hengst schon lehren, ihr zu gehorchen.

Als sie einen Schritt auf das Pferd zu machte, wich es ängstlich zurück und stieß hart gegen die Rückwand.

Maria Kaltenbach ließ sich nicht beirren. »Dann wollen wir mal«, sagte sie.

Doch der Hengst stieg wiehernd auf die Hinterbeine. Dann schlug er seitlich aus. Maria Kaltenbach wurde gegen die Wand der Box geschleudert. Sie schrie vor Schmerz. Die Hufe des Hengstes krachten hart auf den Steinboden.

Maria Kaltenbach klammerte sich an seine Mähne, seinen Hals. Doch Ostwind riss sie einfach mit sich fort. Immer wieder schlug sie hart gegen die Wand, bis sie ohnmächtig zu Boden fiel.

Ostwind war nicht mehr zu halten. Er galoppierte die Stallgasse entlang in Richtung Licht, der Freiheit entgegen.

1. Kapitel

Ohne Halt ging es über eine Sommerwiese Richtung Horizont. Die Landschaft rauschte in atemberaubendem Tempo vorbei. Ein grasendes Reh erschrak, ein Hase sprang fort. Ein Flusslauf kreuzte ihren Weg. Mit einem Satz ging es über ihn hinweg, über ihr nur das grenzenlose Blau des Himmels. Es war ein unbekanntes Gefühl maßlosen Glücks...

...Mika öffnete die Augen. Das Blau war verschwunden. Statt in endlose Weite, blickte sie nur in die müden Gesichter derer, die mit ihr die überfüllte U-Bahn teilten. Eine graue Betonwand ratterte an ihr vorbei. Nichts als öde Realität. Seufzend zog sich Mika ihre Mütze tiefer in die Stirn. Vielleicht konnte sie den schönen Traum noch einmal zurückholen? Schnell schloss sie die Augen.

»Hey! Aufwachen!«, hörte sie da die Stimme ihrer besten Freundin. »Ab morgen kannst du träumen. Dann sind Sommerferien!«

Im nächsten Moment quetschte sich Fanny auch schon neben Mika auf den engen Sitz. Fanny war

Mikas engste Vertraute, liebenswert und immer voller Tatendrang. Ohne sie wäre Mikas Leben wohl ziemlich langweilig. Für die Sommerferien hatten sie eine gemeinsame Reise in ein Feriencamp geplant.

»Genau. Freiheit, wir kommen!«, sagte Mika. Ihre Stimme klang dabei aber alles andere als überzeugt. Denn vor den Sommerferien lag noch die Zeugnisvergabe. Mika gehörte nicht zu den fleißigsten Schülerinnen. Ganz im Gegenteil. Sie war stinkend faul. Ihre Versetzung hing am seidenen Faden.

»Hey, keine Sorge«, sagte Fanny und legte Mika den Arm um die Schulter. Sie wusste, was ihre Freundin dachte. »Du stehst genau auf der Kippe… ich hab's nachgerechnet!«

Mika nickte.

»Und er hat gesagt, dass es gut aussieht«, fügte Fanny hinzu.

Auch Mika hatte die Noten überschlagen. Ja, eigentlich sah es sogar ganz gut aus. Sie lächelte. »Stimmt«, gab sie zu und wischte ihre Sorgen beiseite. Es würde schon alles gut gehen.

In diesem Moment entdeckte Fanny ein paar feuerrote Strähnen, die unter Mikas Mütze hervorlugten. Fanny guckte erschrocken und zog mit einem schnellen Griff ihrer Freundin die Mütze vom Kopf. Mikas ehemals schönes goldblondes Haar leuchtete in einem feurigen Rot! Fanny starrte mit aufgerissenen Augen auf die Haare: »Was ist das denn?!?«

Mika hatte mit einer solchen Reaktion schon gerechnet. Aber es war ihr egal. Ihr gefiel die Farbe. Die U-Bahn hielt und Mika schnappte sich ihre Mütze. »Typveränderung«, sagte sie ohne weiteren Kommentar und sprang aus der U-Bahn.

»Typ Pavianarsch?«, rief Fanny Mika hinterher. Dann schulterte sie kopfschüttelnd ihre Tasche, um Mika zu folgen.

Aber Mika hatte sich bereits durch die Menschenmassen geschlängelt, denn sie hatte es eilig. So schnell wie möglich wollte sie raus aus dem Bahnhof, hinauf an die frische Luft. Endlich wieder unter freiem Himmel! Sie klappte ihr Kickboard aus und rollerte los. Fanny stürzte ihr schwer beladen hinterher.

Mika hatte das Schulgebäude fast erreicht, als plötzlich direkt neben ihr die Bremsen eines Autos quietschten. Mit bleichem Gesicht sah sie sich unvermittelt der Kühlerhaube eines blitzblank geputzten Ford Mustangs gefährlich nahe. Das Cabriolet gehörte Herrn Lessing, ihrem Klassenlehrer, der gerade auf den Lehrerparkplatz hatte einbiegen wollen. Er hatte dafür einige Lehrergehälter hinblättern müssen.

»Mika! Pass doch auf!«, schimpfte er.

Mika kam nun wieder voll zu sich. »Wie bitte?«, platzte es aus ihr heraus. Das konnte doch nicht wahr sein! Sie hätte tot sein können! Und dieser Schnösel machte sich Sorgen um sein dämliches Angeber-Auto? Mika stemmte die Arme in die Hüften und wollte gerade zu einer empörten Rede ansetzen, als Fanny angeschnauft kam. Schützend schob sie sich vor Mika und deutete Herrn Lessing gegenüber eine beschwichtigende Vorfahrtsgeste an. »Bitte nach Ihnen!«

Herr Lessing lächelte knapp und stieg aufs Gas, während Fanny Mika einen strafenden Blick zuwarf. Mika verstand: Jetzt bloß keinen Ärger einhandeln! Und damit hatte Fanny sicherlich recht.

Als Herr Lessing in der letzten Stunde in der Klasse herumging und die Zeugnisse verteilte, zog sich die Zeit für Mika unerträglich in die Länge. Herr Lessing hatte allerdings keine Eile. Er machte bei der Zeugnisvergabe bei jedem Schüler aufmunternde oder kritische Bemerkungen und trat erst ganz zuletzt an Fannys und Mikas Tisch.

»Eine schöne Leistung. Weiter so«, lobte er Fanny und reichte ihr das Zeugnis. Dann wandte er sich Mika zu, die ihn hoffnungsvoll ansah.

Herr Lessing hob die Stimme. »Mika, Mika, Mika. Man sagt zwar, der Apfel fällt nicht weit vom Stamm, aber in deinem Fall ist er wohl auf einem anderen Kontinent gelandet.«

Dann überreichte er Mika mit einem Gesichtsausdruck, der Sorge ausdrücken sollte, ihr Zeugnis.

Mika begriff: Sie war tatsächlich sitzen geblieben. Entgegen aller Rechnerei und Zusagen.

»Aber, aber... Sie haben doch gesagt, es sieht gut aus für mich«, stammelte sie.

Herr Lessing lächelte wie eine Hyäne vor der Fütterung. »Das nennt man Ermessensspielraum«, sagte er mit einer gewissen Genugtuung.

Mika glühte vor Zorn. Was für eine ekelhafte Willkür! Was sollte sie jetzt tun? Auch Fanny fühlte sich hilflos. Sie war in sich zusammengesunken wie ein Schluck Wasser.

In diese stille Verzweiflung hinein läutete die Schulglocke und beendete das Schuljahr. Die Klasse stürzte hinaus, fröhliche und unbeschwerte Sommerferien in Aussicht.

Auch Herr Lessing nahm seine Tasche und verließ mit federndem Schritt den Raum. Mika und Fanny taumelten hinterher. Im Treppenhaus setzten sie sich frustriert auf die Stufen.

Mika fühlte sich wie eine unrettbare Versagerin.

Fanny nahm Mikas Zeugnis und studierte es sorgfältig. »Immerhin! Ne Drei in Religion!«, rief sie schließlich aufmunternd und ließ das Papier sinken.

Mika löste sich aus ihrer Erstarrung. »Wenn ich wenigstens irgendwas könnte«, sagte sie traurig.

»Hey, du kannst doch ganz viel!«, widersprach Fanny tröstend.

Mika horchte auf. »Was denn?« Ihre Stimme klang hoffnungsvoll.

Fanny überlegte. »Also…«

»Ja?«

»Ähhh… ähhh…«, machte Fanny und suchte angestrengt nach einer Antwort.

Mika ließ den Kopf hängen. »Danke. Fühl mich schon viel besser«, sagte sie resigniert.

»Ich bin halt nicht so spontan«, entschuldigte sich Fanny.

Mika seufzte tief. Sie war nun also tatsächlich eine Sitzenbleiberin. So etwas hatte es in ihrer Familie sicherlich noch nie gegeben. Denn ihre Eltern waren leider blitzgescheit. Sie genossen als Professoren der Physik internationales Ansehen und waren auf Fachtagungen und Kongressen begehrte Gastredner. Mikas Sommerferien wollten sie nutzen, um von Kongress zu Kongress zu reisen. Schon seit Wochen war nichts anderes mehr Thema.

Mika warf Fanny einen vorsichtigen Seitenblick zu. »Das Feriencamp kann ich jetzt bestimmt knicken«, sagte sie.

Fanny reagierte entsetzt. »WAS?? Nein!! Das ist gemein! Darauf freuen wir uns seit Monaten!!«

Traurig sah Mika zu Boden. Schlimmer kann es

jetzt eigentlich nicht mehr kommen, dachte sie – als plötzlich ein merkwürdiger Geruch in ihre Nase drang. Sie schnupperte. Was roch denn hier so… nach Feuer?

Entsetzt entdeckte Mika ihr brennendes Zeugnis in Fannys Händen. Ihre Freundin hatte es kurzerhand angezündet!

Fanny verzog keine Miene. »Wie bedauerlich. Es gab einen Brand im Lehrerzimmer, deshalb gibt's die Zeugnisse dieses Jahr erst nach den Ferien«, erklärte sie pragmatisch.

Schnell versuchte Mika nach dem Zeugnis zu greifen. Doch Fanny hatte es bereits aus dem Fenster geworfen. Das brennende Papier schwebte langsam in die Tiefe außerhalb ihrer Sichtweite.

»Spinnst du?«, fuhr Mika ihre Freundin völlig entgeistert an.

Aber nun wurde Fanny sauer. »Was!?«, rief sie. »Ich hab wenigstens Lösungen! Und jetzt geh ich packen – mit dir oder ohne dich!« Wütend zog sie ab. Auch das noch!

»Fanny!«, rief Mika matt. Jetzt fühlte sie sich gänzlich verlassen.

Müde und todunglücklich trottete Mika die Treppe hinab. Doch als sie das Schulgebäude verließ, wurde sie augenblicklich wieder hellwach. Das durfte nicht wahr sein! Mika traute ihren Augen kaum: Denn ihr

Sitzenbleiberzeugnis war nicht einfach schadlos verglüht. Genau genommen war so ziemlich das Gegenteil der Fall: Vom lauen Wind in sanften Abwärtsschrauben getragen, war es ausgerechnet auf der Rückbank eines Mika gut bekannten Oldtimer-Cabriolets gelandet, das auf dem Lehrerparkplatz parkte und hatte den dort liegenden Aktenstapel in Brand gesetzt.

Voller Entsetzen beobachtete Mika, wie Herr Lessing, nach Hilfe rufend, um sein qualmendes Auto sprang.

Mika schloss die Augen – konnte es noch schlimmer kommen?

2. Kapitel

Mit klopfendem Herzen ging Mika nach Hause. Am besten totstellen, die Decke über den Kopf ziehen und einfach nicht da sein!

Doch kaum war sie ungesehen in ihr Zimmer gehuscht, klingelte es auch schon. Mikas Mutter, Elisabeth Schwarz, öffnete lächelnd die Wohnungstür. Davor standen zwei uniformierte Polizeibeamte mit ernsten Mienen. Einer hielt wortlos eine Klarsichttüte hoch, in der ein verkohltes Eckchen Zeugnis zu sehen war. »Mika Schw…«, stand deutlich lesbar auf dem Papierrest. Das Lächeln auf Elisabeths Gesicht versiegte.

Was folgte, war ein langes und ernstes Gespräch hinter der geschlossenen Wohnzimmertür. Als die Polizisten endlich wieder gegangen waren, wurde Mika von ihrer Mutter mit frostigen Worten ins Wohnzimmer zitiert. Mika hatte sich noch nie so allein gelassen gefühlt. Trotzig setzte sie sich aufs Sofa.

»Brandstiftung sei ein ernst zu nehmendes Warnzeichen. Vor allem bei Schulversagern«, wiederholte Mikas Mut-

ter die Worte der Polizisten und rang mit den Händen. »Schulversager! Meine Tochter!«

Mikas Vater, Phillip, versuchte seine Frau zu beruhigen. »Elli, immerhin war dieser Lehrer doch ganz kooperativ. Mika darf die Nachprüfung machen, und wir übernehmen den Schaden ohne ein weiteres Verfahren...«, redete er beschwichtigend auf sie ein.

»Das war echt ein Unfall!«, fuhr Mika auf.

»Setz. Dich. Hin«, erklärte ihre Mutter eisig.

Enttäuscht nahm Mika wieder Platz und senkte den Kopf. Was sollte sie jetzt tun? Auf keinen Fall wollte sie die Schuld auf Fanny schieben. Und auch die beste Ausrede hätte keinen Sinn gehabt, denn ihre Eltern hörten ihr ja nicht einmal zu. Wenn sie doch wenigstens *mit* ihr geredet hätten und nicht nur *über* sie!

»Also, den Kongress können wir unmöglich noch absagen. Du bist die Hauptrednerin, Elisabeth«, sagte Mikas Vater.

Elisabeth lief unruhig durch das Zimmer. »Aber dieses Ferienlager ist wohl kaum der richtige Ort, um in Ruhe und mit Disziplin für die Nachprüfung zu lernen«, überlegte sie laut.

Konnte das denn wahr sein? Jetzt redeten sie schon so, als säße sie nicht im selben Raum, ärgerte sich Mika. »Aber ihr habt mir versprochen, dass ich mit Fanny –«, versuchte sie zu erklären.

»Du hast hier nichts mehr mitzureden!«, erklärte Mikas Mutter bebend vor Wut.

Das war zu viel! Mika sprang auf und rannte aus dem Wohnzimmer. Dabei knallte sie die Tür, dass die Wände wackelten.

Erschöpft sank Elisabeth auf das Sofa. »Was machen wir denn jetzt nur?«, fragte sie. Sie klang ehrlich ratlos.

Mikas Vater hatte eine Idee. Aber er wagte es kaum, sie auszusprechen. »Ich wüsste da jemanden«, sagte er schließlich.

Elisabeth machte ein fragendes Gesicht. Doch dann schien sie zu begreifen. Sofort schüttelte sie trotzig den Kopf. »Nein, auf gar keinen Fall«, sagte sie entschieden.

Im nächsten Moment war aus Mikas Zimmer ein lauter Wutschrei zu hören. Dann das Krachen von Gegenständen auf den Zimmerboden. Zitternd vor Enttäuschung hatte Mika Taucherbrille, Flossen, Beachballschläger – alles was sie bereits für die Reise zusammengelegt hatte – quer durchs Zimmer gefegt.

»Denk doch nur mal kurz darüber nach«, bat Mikas Vater seine Frau im Wohnzimmer.

Wieder schepperte es in Mikas Zimmer.

Elisabeth nahm ihr Rotweinglas vom Tisch und trank es in einem Zug leer. Einen sehr langen Augenblick starrte sie vor sich hin ins Leere. Dann nickte sie.

Phillip stand auf und ging zu Mikas Zimmer. Vorsichtig öffnete er die Tür. Mika saß mit roten Augen auf ihrem Bett, die Arme um die Knie geschlungen. Um sie herum herrschte Chaos.

»Wir haben eine Entscheidung getroffen«, sagte Mikas Vater. »Du verbringst die Ferien bei deiner Großmutter.«

Mika sah auf. »Auf dem Friedhof?«

Mikas Vater lächelte schwach und schüttelte seufzend den Kopf. »Du hast noch eine andere Großmutter«, erklärte er.

Mika sah ihren Vater mit großen Augen an. Denn von dieser anderen Großmutter hatte sie noch nie in ihrem Leben gehört.

3. Kapitel

Gleich am nächsten Tag wurde Mika von ihren Eltern in den Zug gesetzt. Mikas Mutter hatte sie zum Abschied fest umarmt. Unruhe und Zweifel hatten dabei in ihrem Blick gelegen. Dennoch hatte sie ihre Entscheidung nicht zurückgenommen.

Die Verabschiedung von Mikas Vater war herzlicher ausgefallen. Es war ganz offensichtlich, dass er seine Tochter nur ungern fortschickte. Bevor Mika in den Zug stieg, hatte er ihr noch eine Tüte mit Büchern zugesteckt, damit sie sich auf der Fahrt nicht langweilte.

Als Mika einen Platz gefunden hatte, untersuchte sie den Inhalt. Der Titel des ersten Buchs, das ihr in die Hände fiel lautete: *Knobeleien der Quantenmechanik*.

Mika seufzte. Dann lehnte sie sich zurück und dachte nach. Wohin würde ihre Reise gehen? Niemand hatte ihr etwas Genaues sagen wollen. Nach dem Gesichtsausdruck ihrer Mutter zu urteilen, schien ihr Weg aber direkt in ein stacheldrahtumzäuntes Straflager zu führen. Irgendetwas mit Tieren auf jeden Fall. Vielleicht eine Schweinefarm?

Mika sah aus dem Fenster. Der Zug fuhr an endlosen Kieferwäldern vorbei über plattes Land. Nach einigen langweiligen Stunden wurde es hügeliger. Mika musste einmal umsteigen, dann hatte sie ihr Ziel erreicht: Einen Provinzbahnhof in ländlicher Idylle.

Als Mika aus dem Zug kletterte, stand dort aber lediglich eine Kuh, um sie zu begrüßen. Sie machte: »Muuhh.«

»Selber Muh«, sagte Mika und blickte sich um. Weit und breit war niemand zu sehen, nur weite Felder. Mika nahm ihr Handy aus der Tasche und fotografierte das Nichts mit der Kuh, oder vielmehr die Kuh mit dem Nichts, als sich ein Traktor näherte. Obenauf saß ein sympathisch aussehender Junge, nur wenig älter als Mika. »Hallo, ich bin Sam und du die Brandstifterin aus Frankfurt?«, fragte er zur Begrüßung und stoppte den Traktor. Auf seinem Gesicht zeigte sich ein breites Grinsen.

»Kannst auch Mika zu mir sagen«, erwiderte Mika.

Sam musterte Mika neugierig: Mit ihrer Sturmfrisur, den verwaschenen Jeans und den roten Turnschuhen sah sie nicht im Geringsten so aus, wie Sam es von Mädchen auf dem Land gewohnt war. Zumindest nicht von den Mädchen aus seiner näheren Umgebung.

»Frau Kaltenbachs Enkelin«, sagte er schließlich und fügte hinzu: »Dich hab ich mir ganz anders vorgestellt.«

»Ich hab mir meine Ferien auch ganz anders vorgestellt«, seufzte Mika.

Sam sprang vom Traktor und hievte Mikas Rucksack hinauf. Beim Anblick ihres Kickboards sagte er: »Das kannst du hier eher vergessen«, und deutete auf den Schotterweg.

»Abwarten«, erwiderte Mika und versuchte möglichst lässig auf den Traktor zu klettern.

Als Sam ihn wieder anlassen wollte, knallte es laut. Mika zuckte vor Schreck zusammen. Dann ratterte der Motor los. Sam grinste zufrieden.

»Nur die neuste Technik hier bei euch, was?«, bemerkte Mika.

Im nächsten Moment machte der Traktor, wie zum Beweis, einen Satz nach vorn. Mika konnte sich gerade noch festhalten. Dann knatterten sie über eine staubige Straße los.

Mika nahm ihr Handy in die Hand, um Fanny das Foto mit der Kuh zu schicken. »WILLKOMMEN IN DER PAMPA«, tippte sie. Aber dann bekam sie kein Netz. Genervt hielt Mika das Handy in alle Richtungen. Endlich blinkten kurz zwei Netzbalken auf und die Nachricht wurde gesendet.

Als Mika wieder aufblickte, fuhren sie gerade an

einem zur Laube umgebauten, efeubewachsenen Bauwagen vorbei, der auf einer ungemähten Wiese an einer Lichtung stand. Wer wohnt denn in so einer Hütte?, wunderte sich Mika und sah der merkwürdigen Behausung nach. Hoffentlich waren hier nicht alle Unterkünfte so!

Aber da erreichte der Traktor schon eine große Allee, rechts und links lagen Wiesen und Weiden. Sie passierten einen großen Findling. Auf dem Stein stand: Gut Kaltenbach.

Mika schaute sich verwirrt um. Der Traktor fuhr durch ein Tor auf einen weitläufigen Hof, auf dem ein herrschaftliches Gutshaus stand mit Stallungen für Pferde und einem großen Reitplatz.

»Habt ihr hier Pferde?«, fragte Mika irritiert.

»Wie kommst du denn da drauf?«, lachte Sam.

Im selben Moment krachte es laut. Auf dem Reitplatz war ein Barren zu Boden gefallen. Mika drehte sich um und entdeckte ein großes weißes Pferd, das gerade mit fliegender Mähne auf ein Hindernis zu galoppierte.

Mika fühlte sich mit einem Mal, als hätte sie einen Schlag vor den Kopf bekommen. Überdeutlich nahm sie jedes Detail war: Die Hufe, die auf den Sand trommelten, der Dampf, der aus den Nüstern des Pferdes stieg. In seiner Bewegung lagen Kraft und Anmut, beides zur gleichen Zeit. Endlich sprang es ab. Mit größter Eleganz flog es über das Hindernis. Doch die Latte wackelte – und fiel erneut.

Mika stand der Mund offen. Bis eine energische Stimme sie zusammenfahren ließ.

»Nein, nein, nein! Der macht mit dir, was er will. Schenkel zusammen, Hände runter, wir sind hier doch nicht beim Fliegenfischen«, schallte es über den Platz.

Die Reiterin, ein Mädchen, das nur wenig älter als Mika war, ritt im weiten Bogen aus. Das Pferd glänzte nass und schnaubte laut bei jedem Galoppsprung.

In der Mitte der Reitbahn stand Maria Kaltenbach, Mikas Großmutter. Gebieterisch drehte sie sich mit Pferd und Reiterin wie eine Zirkusdirektorin.

Am Gatter entdeckte Mika eine Traube kleinerer Mädchen, die das Training mit glänzenden Augen beobachteten. Es war offensichtlich: Alle wollten so sein wie das Mädchen auf dem weißen Pferd.

Mika sah wieder auf die Reiterin. Der Ehrgeiz quoll förmlich aus ihr heraus. »Ich versuch's gleich noch mal!«, rief sie verbissen. »Er nimmt einfach die Beine nicht...«

Aber Maria Kaltenbach unterbrach sie sofort kopfschüttelnd: »Nicht er! Du!«

In diesem Moment hupte Sam und brachte den Traktor zum Stehen. Alle Köpfe drehten sich abrupt zu ihnen herum. Mika war die plötzliche Aufmerksamkeit sehr unangenehm. Schnell sprang sie vom Traktor herunter. Auch Mikas Großmutter verließ ihren Posten. Mika sah, dass sie sich beim Gehen auf einen Stock stützte und schwer hinkte. Hinter dem Gatter, mit einiger Distanz, blieb sie stehen. Eine herzliche Umarmung war offensichtlich nicht geplant.

»Du bist also Mika«, sagte Mikas Großmutter und musterte Mika von oben bis unten. »Ein ziemlicher Satansbraten... was man so hört«, sagte sie. »Und groß bist du geworden.«

»Kleiner wär auch komisch«, entfuhr es Mika.

Mikas Großmutter zog eine Augenbraue hoch. Die Pferdemädchen hielten den Atem an. Es war offensichtlich, dass man so nicht mit Frau Kaltenbach sprach!

Doch nach einer langen Sekunde lächelte Mikas Großmutter. Mikas Antwort hatte sie offenbar amüsiert. »Stimmt«, sagte sie.

In diesem Moment erschien die junge Reiterin vom Reitplatz auf ihrem Wallach neben ihnen. »Soll ich dann noch mal den Oxer probieren?«, fragte sie ungeduldig.

»Nein, Michelle, wir lassen es für heute«, entschied Mikas Großmutter. Dann bat sie Sam, Mika ihr Zimmer zu zeigen.

»Wir sehen uns gleich beim Abendessen«, sagte

sie zu Mika gewandt. »Versuch solange nichts anzuzünden.«

Mika grinste schuldbewusst.

»Und vielleicht möchtest du dich zum Abendessen noch umziehen«, fügte Mikas Großmutter mit kritischem Blick auf Mikas Klamotten hinzu, bevor sie Richtung Stall davonging.

Mika schaute ratlos an sich hinab. »Wieso umziehen?«, fragte sie.

Als sie wieder aufblickte, stand völlig unerwartet der hübsche weiße Wallach direkt vor ihr und sah sie durch lange Pferdewimpern neugierig an. Oben auf saß Michelle, umringt von den kleinen Pferdemädchen.

Michelle taxierte Mika. »*Du* bist Frau Kaltenbachs Enkelin?«, fragte sie schließlich.

»Ja, äh und du?«, fragte Mika. Vorsichtig streichelte sie die Pferdenase. Wie weich das war!

»Hallo, Pferd!«, sagte Mika. Der Wallach schnaubte.

Michelle ignorierte Mikas Gegenfrage. »Und? Welche Klasse?«, wollte sie wissen.

Mika biss die Zähne zusammen. Es war ihr unangenehm hier vor all den Mädchen Rede und Antwort zu stehen. Vor allem wenn es um ihre schulischen Leistungen ging.

»8te ... äh ... 7te. Ehrenrunde«, gestand sie schließlich.

Michelle lachte auf. Auch die anderen Mädchen lachten. Mika war verwirrt.

Ein etwa achtjähriges Mädchen namens Tinka kam Mika zu Hilfe. »Sie meint, welche Leistungsklasse«, flüsterte sie und deutete auf den Reitplatz.

Mika holte erleichtert Luft. »Ach so. Dann KNR!«

Die Pferdemädchen schauten sich ratlos an.

»KNR?«, wiederholte Michelle.

»Kann Nicht Reiten«, erklärte Mika fröhlich.

Nun starrten die Pferdemädchen Mika ungläubig an. Eine Außerirdische! Dass es so etwas gab! Michelle verlor unter diesen KNR-Umständen augenblicklich das Interesse an Mika.

»Na dann noch viel Spaß auf Kaltenbach«, sagte sie kühl und wandte sich zu den Pferdemädchen. »Wer…«, fragte sie. Doch weiter kam sie nicht. Das Mädchen, das Mika eben so freundlich beigesprungen war, hatte bereits den Arm hochgerissen. »Kann ich absatteln?«, rief sie atemlos.

Michelle ignorierte Tinkas Meldung und vollendete in aller Ruhe ihren Satz, »…will Weingraf absatteln?«

Nun rissen alle die Arme hoch und drängten sich um Michelle. »Ich! Ich! Ich!«, erscholl es von allen Seiten.

Michelle schwang sich vom Pferd, drückte Tinka die Zügel in die Hand und ging davon. Rund um

Tinka zeigten sich enttäuschte Gesichter. Tinka hingegen sah aus, als sei sie gerade mit einem Ehrenpreis ausgezeichnet worden.

Sam wurde ungeduldig. »Kommst du? Ich hab nicht den ganzen Tag Zeit«, sagte er. Mika strich Weingraf noch einmal liebevoll über das Fell, dann schnappte sie sich ihren Rucksack und folgte Sam.

Kaum hatte sie das Haus betreten, hielt sie überrascht inne. Alles war hier so anders! Gut Kaltenbach war ganz klar kein Straflager. Und wenn doch, dann ein stinkvornehmes. Staunend schaute sich Mika um. Im großen Flur standen schwere, dunkle Möbel, die Wände des Treppenhauses waren mit gerahmten Fotografien behängt. Mika sah sich alle genau an. Das letzte Bild zeigte ein Mädchen, das ein Pony am Zügel hielt und Mika wie aus dem Gesicht geschnitten schien. Dann fiel Mikas Blick auf eine Vitrine, die neben dem Bild stand. Ein Paar edle braune Reitstiefel standen hier neben einer Goldmedaille mit den olympischen Ringen. Ein vergilbtes Foto zeigte eine lächelnde junge Maria Kaltenbach mit der Medaille um den Hals auf der Treppe des Gutshauses.

»Das war nach ihrem Olympiasieg. Den Rekord hält sie bis heute«, erklärte Sam, der auf dem oberen Treppenabsatz auf Mika wartete.

»Meine Großmutter?«, fragte Mika ungläubig.

»Frau Kaltenbach ist...«, begann Sam. Doch dann korrigierte er sich, »...war eine der besten Springreiterinnen der Welt. Und die Stiefel da kriegt irgendwann ihre Nachfolgerin.«

»Ist ja wie bei Aschenputtel«, bemerkte Mika ironisch.

Sam wurde ungeduldig. »Jetzt komm! Frau Kaltenbach wartet nicht gern«, rief er. Mika folgte ihm zu ihrem Zimmer. Es hatte blaue Wände und war mit alten Möbeln und einem riesigen, unmodernen Bett ausgestattet.

Als sich Mika vorsichtig daraufsetzte, knarzte es vernehmlich. Sie verdrehte die Augen. »Gemütlich«, sagte sie.

Als Mika zum Essen im Erdgeschoss erschien, wartete ihre Großmutter bereits an der gedeckten Tafel. Doch als die beiden einander gegenübersaßen, wussten weder Mika noch ihre Großmutter, was sie reden sollten. Einen sehr langen Moment herrschte eine peinliche Stille, in der die Wanduhr ohrenbetäubend tickte. Maria Kaltenbach suchte krampfhaft nach einem Gesprächsthema.

»Wie war die Reise?«, fragte sie schließlich.

»Gut«, sagte Mika.

Maria Kaltenbach nickte. »Schön.«

Es war ganz offensichtlich, dass sie kein Talent für

Smalltalk hatte. Nach einer zähen Schweigesekunde fragte sie: »Musstest du oft umsteigen?«

»Einmal«, sagte Mika.

»Schön«, sagte Maria Kaltenbach erneut.

Aber auch Mika fühlte sich gehemmt. Schließlich war diese Frau für sie ein wildfremder Mensch. Worüber sollte sie mit ihr sprechen?

Endlich ging die Tür auf, und eine gemütlich wirkende Haushälterin erlöste Mika und ihre Großmutter, indem sie dampfende Teller servierte.

Maria Kallenbach nahm ihr Besteck. »Dann mal guten Appetit. Du hast sicher Hunger!«, sagte sie sichtlich erleichtert.

Auch Mika atmete auf. »Und wie!«, wollte sie gerade sagen, doch da fiel ihr Blick auf ihren Teller, in dem eine hautlose bleiche Wurstmasse in graugrünem Kohl schwamm.

Mikas Augen weiteten sich entsetzt. Wollwürste! Deftige, fleischige Hausmannskost, dabei war sie schon seit Jahren Vegetarierin. Wie sollte das bloß weitergehen?

4. Kapitel

In der Nacht wälzte sich Mika schlaflos in ihrem knarzenden Bett. Alles war still, nur ein trauriges Wiehern war aus der Ferne zu hören. Mika fühlte sich einsam. Vielleicht vermisste sie ihre Familie, auf jeden Fall aber Fanny. Ihre Großmutter erschien ihr nicht unbedingt besonders herzlich, aber sie war gewiss kein Monster. Aushalten ließ es sich mit ihr bestimmt.

Nur warum hatte ihre Mutter ihr ihre Großmutter nur so lange verschwiegen? Mika konnte sich nicht daran erinnern, dass ihre Mutter sie jemals erwähnt hatte. Irgendetwas musste in der Vergangenheit zwischen den beiden gründlich schiefgelaufen sein.

Mika tastete nach ihrem Handy. Dann erhellte das fahle Licht des Displays ihr Gesicht. 02:30 Uhr. Noch immer kein Netz!

Verärgert warf Mika das Handy zurück in die Nachttischschublade und kniff die Augen zu. Jetzt wird geschlafen! Da erklang wieder dieses verzweifelte Wiehern. Und obendrein knurrte auch noch ihr Magen. Mika machte die Augen wieder auf.

Seufzend kletterte sie aus dem Bett und tappte hinunter in die Küche, wo sie sich die Taschen ihres Pyjamas voller Äpfel stopfte.

Aber gerade als sie genüsslich in einen Apfel beißen wollte, hörte sie wieder das Wiehern. Nur klang es hier unten in der Küche näher und noch verzweifelter.

Auf einmal krachten Hufe gegen Holz. Mika spähte aus dem Fenster. Draußen war es stockfinster. Für einen Moment herrschte eine gespenstische Stille, dann hörte sie erneut das Pferd. Mika konnte nicht anders. Neugierig verließ sie das Gutshaus und suchte sich den Weg hinüber zum Stall. Sie öffnete leise die Tür und schlich hinein.

Die Stallgasse war aufgeräumt und leer, alles stand akkurat an seinem Platz. Mika lugte in die einzelnen Boxen, doch die Pferde schliefen allesamt. Nur aus der hintersten Box drangen Geräusche. Nervöses Hufgeklapper, schließlich wieder das Wiehern.

Langsam wanderte Mika die Stallgasse entlang zur letzten Box. Sie war mit eng stehenden Gitterstäben versehen.

Mit zusammengekniffenen Augen spähte sie in die Dunkelheit. Da tauchte ein funkelndes Augenpaar nur wenige Zentimeter direkt vor ihrem Gesicht auf. Sie gehörten einem Pferd mit einem weißen Fleck auf der Stirn. Einen langen Augenblick wurde Mika von ihm genau gemustert. Auch Mika betrachtete das Pferd aufmerksam.

»Na? Kannst du auch nicht schlafen?«, fragte Mika schließlich.

Das Pferd antwortete mit einem leisen Schnauben. Mika wollte ihm ihren angebissenen Apfel geben. Doch er passte nicht durch das enge Gitter. Mika schob kurzerhand die Tür ein Stück auf und schlüpfte in die Box. Obwohl das Pferd deutlich größer und kräftiger war als sie selbst, verspürte Mika keine Angst. Im Gegenteil. Es war der dunkle Hengst, der ein paar Schritte zurückwich. Er sah Mika fragend an. Mika setzte sich auf einen der Strohballen, die seitlich an der Box gestapelt standen. Mit ausgestreckter Hand hielt sie dem Pferd den Apfel entgegen. Das Pferd schien Vertrauen zu fassen. Vorsichtig schnupperte es in die Luft, dann machte es einen Schritt vorwärts, dann noch einen. Schließlich nahm es den Apfel mit dem Maul behutsam aus Mikas Hand und kaute geräuschvoll.

»Auch Pech mit dem Essen gehabt?«, fragte Mika amüsiert.

Wie als Antwort knuffte sie der Hengst mit seiner weichen Pferdenase.

Plötzlich merkte Mika, wie müde sie war. Der lange Tag in der Bahn, all die neuen Eindrücke sorgten nun endlich für eine schlagartige Schläfrigkeit. Mika gähnte und streckte sich auf dem Strohballen aus.

Dann war sie auch schon eingeschlafen. Dass sie von dem großen Pferd neugierig beschnuppert wurde, bekam sie schon nicht mehr mit. Die ganze Nacht blieb das Pferd neben ihr, als wollte es ihren Schlaf bewachen.

Ein schräger Streifen Sonnenlicht fiel in die Box, Mika lag noch immer tief schlafend auf dem Heuballen. Da zerriss ein scharfes Pfeifen die Luft. Das Pferd neben ihr stöhnte auf. Mika kam langsam zu sich. Sie öffnete die Augen, gerade als dem Hengst die Vorderbeine einknickten und er schwer zu Boden sackte.

»Volltreffer«, sagte eine Stimme.

Mika fuhr herum. Hinter den Gitterstäben stand ein Mann, der ein Gewehr sinken ließ. Sofort war Mika hellwach.

»Hey! Was soll das?«, rief sie panisch. Rasch rollte sie sich von ihrem Lager und sank zu dem Pferd auf die Knie. »Was haben sie mit ihm gemacht!?«, rief sie aufgebracht.

»Keine Sorge, ist nur eine Betäubung«, sagte der Mann. »Ich bin Dr. Anders, der Tierarzt.«

Mika beugte sich über den schwarzen Hengst, um ihm den Betäubungspfeil aus dem Fleisch zu ziehen. Doch da packten sie zwei starke Arme und hoben sie einfach hoch. Als sie wieder abgestellt wurde, sah sie sich dem angstverzerrten Gesicht ihrer Großmutter gegenüber.

»Herr Anders, ist sie verletzt?«, fragte Maria Kaltenbach.

»Alles dran, wie es aussieht«, sagte der Tierarzt. »Hat nur geschlafen.«

Erst als Herr Anders zurück in die Box ging, um Ostwind abzuhorchen, bemerkte Mika, dass ihre Großmutter in höchstem Maße aufgebracht war.

»Du hättest tot sein können!«, schimpfte sie.

Mika wusste nicht, was sie sagen sollte. Eigentlich wusste sie nicht einmal, was sie falsch gemacht hatte. Verzweifelt suchte sie nach Worten.

In diesem Moment bog Sam mit einer Schubkarre um die Ecke. »Was ist denn hier los?«, fragte er verwundert, als er seine Chefin mit Mika sah.

Maria Kaltenbach fuhr wutentbrannt zu ihm herum. Sie ließ ihren Zorn nun an Sam aus. »*Das* würde ich auch gerne wissen! Es liegt ja wohl in deiner Verantwortung, dass diese Box immer verschlossen ist!«, rief sie.

Eingeschüchtert wich Sam zurück. Er sah von Mika zu dem schwarzen Hengst und wieder zu Mika. »Sie war da drin?«, fragte er verständnislos.

»Ich bin nur eingeschlafen!«, mischte sich Mika ein.

Sam verstand jetzt erst recht nichts mehr. Er schaute fragend zu Mika. »Du bist was?«

»Eingeschlafen«, wiederholte Mika. »Warum ist das denn so schlimm?«

Maria Kaltenbach seufzte hörbar und stützte sich auf ihren Stock. Sie sah plötzlich sehr müde aus. »Dieses Pferd ist gefährlich. Du hast einfach nur großes Glück gehabt. Mehr als Verstand«, erklärte sie. Dann wandte sie sich an Sam: »Tu mir den Gefallen, lass meine Enkelin nicht mehr aus den Augen. Ich muss das Turnier vorbereiten, das ist wichtig für uns alle.«

Dr. Anders kam aus der Box. »Die Atmung ist gut. In einer Stunde ist er wieder wach«, sagte er.

Mika wollte an ihm vorbei zu dem Pferd, das betäubt am Boden lag.

Doch ihre Großmutter hielt sie eisern fest. »Du gehst jetzt auf dein Zimmer, steckst deine Nase in ein Buch und gehst nicht mehr aus der Tür, bis Sam dich holen kommt, verstanden?«, erklärte sie scharf.

Mika warf einen letzten Blick in Richtung Box. Dann drehte sie sich um und trottete davon. Sie hatte noch immer nicht die geringste Ahnung, warum sich alle so aufregten. Aber es erklärte ihr ja auch niemand! Sie hatte die Nacht bei einem einsamen Pferd verbracht – nicht bei einem gefährlichen! Warum regten sich nur alle so auf?

In ihrem Zimmer angekommen, nahm Mika eines der Mathematikbücher in die Hand. Sie wollte ihre Großmutter – wegen was auch immer – nicht noch weiter verärgern. Aber schon beim Anblick der Formeln fühlte sie sich müde, sodass sie es rasch wieder weglegte. Einen Augenblick saß sie ruhig da, dann ertappte sie sich dabei, wie sie zum Fenster ging und Richtung Stall spähte.

Draußen schien die Sonne und der Himmel leuchtete lichthell und weit. Plötzlich bekam Mika große Sehnsucht nach Fanny. Wenn es einen Menschen auf dieser Erde gab, der sie verstand, dann sie.

Mika holte ihr Handy und hielt es hoch in die Luft. Aber immer noch leuchtete »Kein Netz« auf dem Display. Sie blickte in die grüne Ferne, während sich ein Lächeln auf ihrem Gesicht ausbreitete. »Sie hat nur gesagt, ich soll nicht aus der Tür gehen«, sagte sie leise zu sich selbst. Dann schnappte sie sich ihr Kickboard und kletterte mit ihm aus dem Fenster auf das Vordach.

Im Fernsehen sah eine Flucht aus dem Fenster allerdings immer viel leichter aus. Das Dach erwies sich als ziemlich steil. Mika fand schwer beladen kaum Halt und kam sofort ins Rutschen. Schließlich schlitterte sie hilflos über das schmale Dach. Erst im letzten Moment konnte sie sich an der Dachrinne festhalten. Gerade als sie sich hoch strampeln wollte, hörte sie unten Stimmen. Maria Kaltenbach hinkte um die Ecke. Neben ihr ging Dr. Anders. Sofort erstarrte Mika in ihrer Verrenkung.

»Du kannst Ostwind nicht ewig wegsperren«, hörte sie Dr. Anders sagen. »Es ist ein Tier. Das muss ich dir nicht erklären. Es war nur eine Frage der Zeit, bis so was passiert.«

»Ich weiß, ich weiß«, sagte Maria Kaltenbach. »Ich verstehe mich ja selbst nicht. Dieses Pferd hat mich alles gekostet. Und trotzdem...«

Dr. Anders blieb stehen und legte Maria Kaltenbach eine Hand auf den Arm. »Du musst eine Entscheidung treffen«, sagte er.

Frau Kaltenbach seufzte. »Ich rufe den Ungarn.«

Dr. Anders' Miene verfinsterte sich. »Der Ungar? Muss das sein?«

Maria nickte entschlossen. »In vier Wochen ist das Turnier, da wird er hier sein.«

Nach einer kurzen Pause fuhr sie fort: »Er zahlt gut. Und du weißt, wir brauchen jeden Cent.«

Der Tierarzt blickte unglücklich. »Ja. Aber der Ungar... das ist schlimmer als meine Spritze«, gab er zu bedenken.

Mika biss die Zähne zusammen. Mit letzter Kraft krallte sie sich ans Vordach, doch sie rutschte langsam aber sicher ab. Mit einem unterdrückten Schrei landete sie unsanft in den Büschen.

Maria Kaltenbach und Dr. Anders glaubten, etwas gehört zu haben. Doch gerade als sie sich suchend umdrehen wollten, kam Tinka angerannt.

»Papa, Papa, Archibald hat einen ganzen Eimer Rüben gefressen! Schnell, du musst kommen!«, rief sie atemlos.

»Das macht doch nichts, das verträgt er schon mal«, beruhigte Dr. Anders seine Tochter.

Tinka hob fragend die Hände. »Mit dem Eimer?«

»Ja, das ist etwas anderes.« Dr. Anders seufzte hörbar auf. »Dieses Pony bringt mich noch um den Verstand«, sagte er entschuldigend und folgte rasch seiner Tochter zu Archibald.

Auch Maria Kaltenbach ging zurück ins Haus. Nicht ohne sich vorher noch einmal aufmerksam umzublicken. Doch außer einem blühenden Rosenbusch, der sanft im Wind zitterte, war nichts zu sehen.

5. Kapitel

Langsam rappelte sich Mika aus dem Busch und zog mit schmerzverzerrtem Gesicht eine Dornenranke von ihrem Hosenbein. Dann zerrte sie ihr Kickboard hervor. Das Metall war völlig verbogen, das Brett gesplittert.

Worüber hatte ihre Großmutter mit dem Tierarzt eben gesprochen? Ostwind – das musste der dunkle Hengst sein, das war klar. Aber wer oder was war der Ungar?

Mika hatte keine Ahnung von einem Pferdebetrieb. Aber in ihrem Innersten ahnte sie, dass dieses Gespräch nichts Gutes für das Pferd bedeuten konnte. Umso dringender wollte Mika jetzt mit Fanny sprechen und so machte sie sich auf die Suche nach einem Plätzchen mit Netzempfang. Sie musste reichlich weit laufen. Als sie sich schließlich inmitten einer hohen Wiese auf einen verwitterten Weidezaun setzte und ihr Handy in die Luft hielt, hatte sie Erfolg: ein Netzbalken! Sofort wählte sie die vertraute Nummer. Fanny nahm prompt ab. Auf dem Display zeigte sie ein schnippisches Gesicht. Mika war sofort klar, dass Fanny noch immer enttäuscht war, dass sie nicht mit an die See gefahren war.

»Fanny? Hey! Endlich!«, rief Mika ins Telefon.

»Und, wie ist der Bauernhof von deiner Oma so? Spaß beim Schweinefüttern?«, fragte Fanny.

»Geht so. Ist eigentlich weder ein Bauernhof noch 'ne Oma«, sagte Mika.

»Aha. Aber das da hinter dir, das ist schon dein Opa?«, fragte Fanny.

»Mein was? Wo?« Mika drehte sich verwirrt um. Dabei stieß sie beinahe an die Nasenspitze eines alten Mannes, der sie mit schmalen Augen ansah. Vor Schreck kippte Mika zur Seite. Ihr Handy flog ihr in hohem Bogen aus der Hand.

Bei dem Mann handelte es sich um Herrn Kaan, den Bewohner der Holzlaube. Er war klein, hatte sonnengegerbte Haut und trug einen gebatikten Schal um den Hals.

»Das hier ist keine Telefonzelle – das ist mein Vorgarten«, erklärte er tadelnd.

Mika suchte auf dem Boden nach ihrem Handy.

»Schon gut. Sehen Sie, schon aufgelegt«, sagte sie.

Die Augen des Mannes wurden noch schmaler. Er musterte Mika eindringlich. »Ich kenne dich«, sagte er schließlich.

»Das glaub ich kaum. Und jetzt muss ich dann

auch. War mir ein Fest«, erklärte Mika ausweichend. Sie drehte sich um und wollte nur noch eins: nichts wie weg.

Doch der Mann ließ nicht locker. »Hast du nicht was vergessen?«, fragte er und hielt Mikas verbogenes Board hoch.

»Das ist eh nur noch Schrott«, sagte Mika und wollte nach ihrem Kickboard greifen. Doch der Mann zog es wieder zurück.

»Nichts ist so kaputt, dass man es nicht reparieren könnte«, erklärte er.

Mika schaute den schrägen Kauz verwundert an. Lieber nicht diskutieren, beschloss sie. »Okay. Ich muss los«, verabschiedete sie sich rasch. Dann rannte sie Richtung Gutshof. Ihr Kickboard ließ sie zurück. Da Fanny eh schlechter Laune war, würde sie einen neuen Platz mit Netzempfang später suchen.

Am Gutshof angekommen, verlangsamte Mika ihren Schritt und spähte vorsichtig um die Ecke. So ein Glück: Die Luft war rein. Doch da pikte sie etwas in den Hintern. Erschrocken machte Mika einen Satz nach vorne. »Aua!!«

Hinter ihr stand Sam. Er hatte eine Mistgabel in der Hand und sah ziemlich sauer aus. »Mann, wo warst du denn?!«

»Och... frische Luft schnappen, Füße vertreten, Landschaft bewundern...«, erwiderte Mika.

»Sei froh, dass ich dich nicht verpfiffen hab! Wenn ich wegen dir Ärger bekomme, dann...«, schimpfte Sam. Mika hätte am liebsten aufgelacht. Einfach lächerlich, so ein Spielverderber! Warum waren hier nur alle so spießig? Als Mika aber sah, dass Sam wirklich wütend war, lenkte sie ein. »Schon gut. Kommt nicht mehr vor. Ehrlich.«

An Sams Blick erkannte sie, dass er ihr nicht recht glaubte. Deshalb wechselte sie schnell das Thema. »Und, was macht man hier immer so?«, fragte sie und schaute sich auf dem Hof um.

Sam sah Mika spöttisch an: »Naja, erst vielleicht ein bisschen Wellness, dann ein paar Runden auf der Indoor-Kartbahn...«

»Echt? Eine Indoor-Kartbahn?«, freute sich Mika.

Sam verdrehte die Augen und drückte ihr die Mistgabel in die Hand. Sollte dieses Mädchen doch mal sehen, was man »hier so machte«!

Und so sah sich Mika im Rahmen von Sams Beschäftigungsprogramm keine zwei Minuten später stinkende Pferdeäpfel auf eine Schubkarre schippen. Eine anstrengende Arbeit. Schon nach kurzer Zeit tat ihr der Rücken weh. Ein Katzenklo war definitiv leichter zu reinigen.

Ein paar Schritte weiter waren gleich mehrere Pferdemädchen mit sehr viel angenehmerer Arbeit beschäftigt: der Pflege von Weingraf. Ein Mädchen trenste, das andere bürstete. Das dritte Mädchen, Tinka, hob den Huf des Pferdes und kratzte ihn aus. Allerdings schwankte sie bedrohlich unter Weingrafs beträchtlichem Gewicht.

Endlich erschien auch Michelle in voller Reitmontur. »Wenn ich nur wüsste, was er hat. So lahmarschig wie der momentan ist. Bis zu den Classics muss ich ihm das austreiben«, sagte sie zu den Mädchen, gerade als Mika die volle Schubkarre vorbeischob. Sie hielt inne und beobachtete interessiert die Szene.

»Vielleicht hat er ja eine degenerative Suspensory Ligament Desmitis? Oder eine Myositis?«, schlug Tinka vor. Doch sie erntete nur genervte Blicke von Michelle und den anderen Pferdemädchen.

Mit der freien Hand griff Tinka in ihren riesigen Putzkasten und zog eine rote Tube heraus, die sie Michelle reichte. »Hier. Das ist eine australische Wärmesalbe. Hat Papa mir für Archibald gegeben. Davon machst du ihm jeden Abend ein bisschen auf die Fesseln«, erklärte Tinka eifrig. »Nur nicht zu viel, sonst brennt's. Bei Archi…«

Michelle warf die rote Tube zurück in Tinkas Putzkasten. »Quatsch. Der ist einfach nur bockig«, unterbrach sie Tinka unwirsch.

»Oder er hat einfach nur Angst vor dir«, sagte Mika ruhig.

Mika war von den Mädchen bisher nicht bemerkt worden. Jetzt starrten sie alle ungläubig an.

»Und wer hat dich gefragt?«, fauchte Michelle von oben herab.

Mika schaute Weingraf an, der ihren Blick ruhig erwiderte. »Niemand. Ist nur so ein Gefühl«, sagte sie nachdenklich. Dann packte sie die Schubkarre mit den Pferdeäpfeln und ging weiter.

»Kümmer dich einfach um deinen Mist, okay?«, rief Michelle ihr hinterher. Die Pferdemädchen kicherten. Nur Tinka kicherte nicht. Vielleicht hatte diese Mika ja recht?

Mika hätte Michelle gerne näher erklärt, was sie über Weingraf dachte. Aber als sie mit der leeren Schubkarre zurückkam, war niemand mehr da. Die Mädchen waren bereits auf dem Reitplatz. Sofort ließ sie die Schubkarre stehen und lief zu Ostwinds Box. Doch sie konnte sie nicht öffnen. Die Box war jetzt mit einer schweren Eisenkette gesichert. Vorsichtig spähte Mika hinein. Ihr Blick traf auf Ostwinds dunkle Augen. Der Hengst stand weit hinten an die Wand gepresst.

»Was hast du nur angestellt?«, fragte Mika.

Vorsichtig zwängte sie ihre Hand durch die engen Gitterstäbe. Doch Ostwind warf den Kopf hoch und wieherte bedrohlich. Mika erschrak. Aber sie ließ ihre Hand, wo sie war. Zögernd kam das Pferd näher, Schritt für Schritt, bis seine Stirn ihre Hand berührte. Als Ostwind ins helle Licht trat, wurde deutlich, wie verwahrlost er aussah. Es gab Mika einen tiefen Stich ins Herz. Sein Fell war stumpf und verdreckt, eine verkrustete Wunde zog sich über seinen Hals, und der Boden der Box war voller Mist. Ein jämmerlicher Anblick.

Mika streichelte Ostwind. »Wie siehst du denn aus?«, flüsterte sie voller Mitleid.

»Mika?«, hörte sie plötzlich eine Stimme rufen. Es war Sam.

Erschrocken wich Ostwind zurück und auch Mika zog schnell ihre Hand zurück. Rasch lief sie aus dem Stall. Zum Glück hatte Sam sie nicht bei Ostwind gesehen!

Draußen drückte Sam Mika einen Gartenschlauch in die Hand, damit sie einen großen Bottich mit Wasser füllte. Aber Mika war nicht recht bei der Sache. Auf dem Reitplatz entdeckte sie Michelle auf Weingraf. Was für ein freundliches und gutes Tier, dachte Mika. Warum konnte Michelle ihn nicht mit mehr Respekt behandeln? Sah sie denn nicht, wie sehr er sich bemühte?

Mikas Blick folgte Weingraf, der schnaufend über den Platz galoppierte. Gerade setzte er zum Sprung an. Ob auch sie einmal auf einem Pferd…

»Okay, genug«, gab Sam Anweisung. Doch Mika reagierte nicht. Ihre Aufmerksamkeit galt immer noch Weingraf und dem Geschehen auf dem Platz. Alles andere um sich herum schien sie vergessen zu haben.

»Mika? Mika?!!«, rief Sam.

»Was?« Mika drehte sich zu Sam. Den Schlauch in ihrer Hand hatte sie logischerweise ebenfalls vergessen. Sam bekam einen Strahl eiskaltes Wasser ab. Er guckte genervt. Jetzt war dieses Stadtmädchen also auch noch zu dumm, einen Bottich mit Wasser zu füllen, ärgerte er sich. Konnte diese Mika überhaupt irgendetwas? Mit zunehmend schlechter Laune dirigierte er Mika wieder zurück in den Stall, damit sie ihm half, die Futtereimer zu verteilen.

Bereitwillig nahm Mika einen der Eimer und ging wie selbstverständlich direkt zu Ostwinds Box. Doch Sam hielt sie auf. »Wo willst du hin?«

Mika deutete in Ostwinds Richtung. »Na, zu ihm.«

Sam schüttelte den Kopf und nahm ihr den Eimer ab. »Das mache ich«, sagte er.

»Warum denn?«, wollte Mika wissen.

Sam antwortete nicht. Er ging auf die Box zu. Mika bemerkte, wie Ostwind immer nervöser wurde. Je näher Sam der Box kam, desto unruhiger wurde der Hengst. Er begann zu wiehern, drehte sich im Kreis. Als Sam unmittelbar vor der Box stand, rastete Ostwind völlig aus: er stieg auf die Hinterbeine, wieherte verzweifelt, und immer wieder schlugen seine Hufe gegen die Bretterwand.

Ungläubig beobachtete Mika, wie Sam den Fottereimer an eine flaschenzugartige Vorrichtung hängte und ihn langsam zu dem tobenden Pferd hinabließ. Als der Eimer über dem Gitter schwebte, zog er an einem Seil. Der Inhalt des Eimers ergoss sich pladdernd in den Trog. Die Hälfte schwappte als sämige Pfütze auf dem Boden.

Sam kam zurück zu Mika. »Verstehst du jetzt?«, fragte er grimmig.

Mika hatte verstanden. – Allerdings etwas völlig anderes als Sam. »Ja!! Er will da nicht eingesperrt sein!«, erklärte sie entschieden und wollte an Sam vorbei.

Aber der versperrte ihr den Weg. Er blieb vollkommen ernst. »Hey. Du hast keine Ahnung von Pferden. Also halt dich da raus.«

Mika funkelte Sam böse an. Doch der hielt ihrem Blick stand. Mika gab auf und senkte den Kopf. Wie sollte sie Sam nur klarmachen, dass er sich irrte?

Sam wandte sich wieder der Arbeit zu. »Eigentlich ist es ja Futterverschwendung, aber anscheinend will jemand die Bestie kaufen«, sagte er.

»Ja, der Ungar«, entfuhr es Mika.

Sam drehte sich zu Mika. In seinem Blick lag Entsetzen. »Der Ungar? Wirklich? Woher weißt du das?«, fragte er.

»Wieso, wer ist das denn?«, fragte Mika zurück.

Sams Miene verfinsterte sich. Er packte die Schubkarre und ging an Mika vorbei. »Das willst du gar nicht wissen«, sagte er.

Mika schaute noch einmal zu Ostwind. Warum nur betrachteten ihn alle als wildes und gefährliches Tier? Warum konnten sie ihn nicht sehen, wie er wirklich war?

Ihre Blicke trafen sich. Es war, als würden sie eine stille Übereinkunft treffen.

»Ich komm wieder«, flüsterte Mika.

6. Kapitel

Nachdenklich ging Sam ins Gutshaus und holte einen Teller mit Essen, den ihm die Haushälterin bereitgestellt hatte. Er packte ihn in einen Korb und ging hinaus, fort vom Gut, die Schotterstraße entlang. An dem efeubewachsenen Bauwagen machte er Halt und klopfte.

Als Sam die Laube betrat, saß sein Großvater mit dem Rücken zur Tür in einem Sessel und spielte auf einer Maultrommel.

»Abendessen«, sagte Sam.

Aber Herr Kaan drehte sich nicht um. Er setzte die Maultrommel ab und sagte in einem sehr bestimmten Tonfall nur ein Wort: »Schuhe.«

Sam verdrehte die Augen, strampelte seine Schuhe ab, trat näher und stellte den Teller auf einen niedrigen Schemel.

»Danke. Willst du mir nicht Gesellschaft leisten?«, fragte nun Herr Kaan, immer noch abgewandt.

Aber Sam wollte lieber schnell wieder gehen. »Hab noch zu tun«, antwortete er ausweichend. Doch gerade als er sich zum Gehen wandte, fiel sein Blick auf eine Schnitzerei. Sie zeigte zwei Figuren: ein schlafendes Pferd, daneben einen schlafenden Menschen.

Sam musste unwillkürlich an Ostwind und Mika denken. »Lustig. Genau das hatten wir heute Nacht im Stall. Frau Kaltenbachs Enkelin ist da herumgewandert und eingeschlafen...«

Erst jetzt drehte sich Sams Großvater zu ihm um. »Wo hat sie geschlafen?«, fragte er hellhörig geworden.

»Bei Ostwind. Direkt neben ihm«, erklärte Sam.

Herr Kaan deutete auf die Schnitzerei. »Weißt du, was das ist?«

Sam verstand nicht. Er dachte, der Alte spräche noch immer über Mika. »Das Glück der Doofen?«, riet er.

Der alte Mann ignorierte Sams Antwort. »Nojrsodsch. Der Schläfer. So nannten die Mongolen Menschen, die mit der Gabe geboren wurden, die Sprache der Pferde zu verstehen«, erklärte er. Mit einem Mal erschien er hellwach. »Es hieß, einer in tausend mal tausend hat...«

Sam unterbrach ihn. »Opa. Kannst du nicht einmal aufhören mit diesen Märchen.«

Der Alte sah seinen Enkel ruhig an.

Aber Sam hatte keine Lust mehr auf diese Unterhaltung. »Wie auch immer. Gute Nacht«, sagte er und schloss die Tür eine Spur zu heftig.

Er fluchte. Was für ein Tag! Und um ihn herum nur Verrückte!

Auf Mika würde er auf jeden Fall ein Auge behalten müssen. Wenn nötig von morgens bis abends! Wenn sie wieder irgendeinen Unfug treiben wollte, würde er dies zu verhindern wissen! Frau Kaltenbach konnte sich da ganz auf ihn verlassen!

Endlich war es dunkle Nacht. Mika schlich auf nackten Sohlen aus ihrem Zimmer, die Treppe hinab aus dem Haus. Sie trug nichts weiter als ihren Schlafanzug. Im Mondlicht huschte sie hinüber zum Stall. Forschend tastete sie zwischen dem Zaumzeug umher. Endlich fand sie oben auf der Mauer, was sie gesucht hatte. Sie zog einen Schlüssel hervor und lächelte zufrieden.

Dann füllte sie eine Schubkarre mit allem Putz- und Striegelzeug, das sie finden konnte, und ging zu Ostwinds Box. Leise öffnete sie das schwere Eisenschloss. Ostwind wieherte.

»Shht! Nicht so laut, sonst hören die uns doch«, flüsterte Mika verschwörerisch. Dann trat sie in die Box und machte sich an die Arbeit.

Als Erstes füllte Mika Ostwinds Futtertrog. Offensichtlich war der Hengst wieder extrem ausgehungert. Sofort machte er sich schmatzend über das Futter her. Während Ostwind fraß, mistete Mika die Box aus. Was für eine Schweinerei! So wollte doch niemand wohnen! Endlich fertig, gab Mika vorsichtig neue Streu in die Box. Dann striegelte sie Ostwinds Fell. Zwar wusste Mika noch nicht genau, wie sie es am besten machen sollte, aber nach und nach ging es immer besser. Mit einem Schwamm rubbelte sie die Dreckverkrustungen ab. Schließlich kämmte sie noch sorgfältig Ostwinds Mähne.

Mika hatte länger gebraucht, als sie gedacht hatte. Aber es hatte sich gelohnt: Im Morgenlicht stand ein ganz neues Pferd vor ihr.

Völlig zerzaust und verdreckt lehnte sich Mika gegen die Tür und betrachtete zufrieden ihr Werk. »Gar nicht übel«, lobte sie sich und Ostwind.

Ostwind schnaubte. Er senkte seinen Kopf zu Mika, die ihm zärtlich die Nase rubbelte.

Plötzlich wurde Mika das Herz unsagbar schwer. Sie spürte, dass Ostwind ihr etwas sagen wollte. »Du willst raus, hm?«, fragte sie.

Der Hengst wieherte leise. Zwar hatte Mika für einen Augenblick das Gefühl, dass sie im Begriff war, etwas Falsches zu tun, doch sie konnte nicht anders. Sie öffnete die Boxtür.

»Okay, aber nur kurz… auf einen Spaziergang«, sagte sie.

Neugierig streckte Ostwind seinen Kopf in die ungewohnte Freiheit. Wie lange war er gefangen gewesen! Als könne er seine Befreiung selbst kaum glauben, verließ er nur vorsichtig die Box.

Mika spürte seine Nervosität und folgte ihm in die Stallgasse. Beide lauschten.

Von draußen drang morgenfrisches Vogelgezwitscher zu ihnen, kurz war auch das helle Lachen der ersten Pferdemädchen zu hören, die auf dem Hof ihre Fahrräder abschlossen. Ein Hahn krähte. Mit der aufgehenden Sonne war auch das Leben auf dem Hof erwacht. Vor dem Gutshaus humpelte Maria Kaltenbach aus der Tür, sie hatte einen dampfenden Becher Tee in der Hand. Auch Sam war schon auf den Beinen. Er kletterte verschlafen auf seinen Traktor und steckte den Schlüssel ins Schloss.

Ostwind machte einen vorsichtigen Schritt nach dem anderen die Stallgasse entlang, die Ohren gespitzt. Doch mit einem Mal gab es einen ohrenbetäubenden Knall, der krachend über den Hof hallte – PENG! Der Traktor hatte eine Fehlzündung.

Ostwind zuckte panisch zusammen. Dann rannte er wie ein Teufel los. Mika konnte ihn nicht aufhalten. In einem verzweifelten Galopp fegte er aus dem Stall über den Hof und aus dem Tor. Entgeistert starrten alle Leute auf dem Gut dem fliehenden Hengst hinterher.

Mika war Ostwind sofort nachgestürmt. Doch als sie atemlos aus dem Stall stürzte, war er längst auf und davon. Dafür richteten sich nun alle Blicke auf sie.

Mit einem Mal wurde sich Mika ihres dreckigen Schlafanzugs und ihrer Haare voller Stroh unangenehm bewusst. »Guten Morgen«, krächzte sie.

Entgeistert stellte Maria Kaltenbach ihren Teebecher ins Nichts. Mit einem lauten Krachen fiel er zu Boden.

7. Kapitel

Mit einem Mathematikbuch zur Tarnung lungerte Mika auf der Vortreppe des Gutshauses herum und kaute nervös an ihren Fingernägeln. Alles was Beine hatte, war auf der Suche nach Ostwind. Nur Mika durfte nicht mitsuchen. Das hatte ihr ihre Großmutter unmissverständlich klargemacht. Zur Tatenlosigkeit verdammt, hoffte sie nun inständig auf gute Nachrichten.

Als Sam mit einem Korb aus der Küche kam, sprang Mika ihm vom Treppenabsatz in den Weg. »Und? Haben sie ihn gefunden?«, fragte sie.

Sam war sauer. Er hatte überhaupt keine Lust, mit Mika zu sprechen. »Nein«, murmelte er deshalb nur knapp.

Mika ließ den Kopf hängen. Jetzt war sie nicht mehr das leicht flapsige Stadtmädchen. Jetzt war sie eine ganz normale 13-Jährige, die Mist gebaut hatte und ehrlich bereute.

»Das ist alles meine Schuld«, sagte Mika todunglücklich.

»Ja«, bestätigte Sam erbarmungslos.

»Wenn ich wenigstens mitsuchen dürfte...« Mika sah Sam flehend an.

»Super Idee.« Sam verdrehte die Augen. »Erst freilassen und dann suchen.«

»Wir wollten doch nur spazieren gehen«, erklärte Mika kleinlaut.

Sam sah Mika böse an. Aber dann hatte er eine Idee. »Also... wenn du unbedingt ›spazieren‹ gehen willst«, erklärte er schroff, »dann kannst du auch meinem Großvater das Mittagessen vorbeibringen.«

Durch Ostwinds Flucht war sein ganzer Arbeitstag durcheinandergeraten. Wenn er nicht auch noch zu seinem Großvater musste, war ihm das nur recht.

Er drückte Mika den Korb in die Hand und erklärte ihr rasch den Weg zur Laube. Aber den kannte Mika schon.

Normalerweise wäre Mika nur ungern zu dem alten Kauz gegangen, denn er war ihr ein bisschen unheimlich. Aber das war jetzt egal. Der Weg war das Ziel. Denn natürlich hoffte Mika, irgendwo da draußen Ostwind zu finden.

Als sie den Gutshof verließ, pochte ihr vor Aufregung das Herz bis zum Hals. Rasch eilte sie den Schotterweg entlang. Mit der Hand über den Augen suchte sie die umliegenden Wiesen und Felder ab. Doch von Ostwind keine Spur. Dafür entdeckte Mika Tinka, die in einiger Entfernung auf ihrem gescheckten Pony vorbeiritt. Auch Tinka war auf der Suche nach Ostwind. Mika konnte erkennen, dass sie sich ein Fernglas vor die Augen hielt.

Doch plötzlich blieb Archibald abrupt stehen. Tinka fiel beinahe vornüber. Als sie sich wieder aufgerappelt hatte, schimpfte sie wie ein Rohrspatz. »Mann, Archibald, was soll das denn?«

Das Pony stand da wie angewurzelt. Tinka folgte seinem Blick. Auf der anderen Seite des Zauns stand eine Kuh, gefleckt wie Archibald. Es war offensichtlich: Diese Kuh war die Liebe seines Lebens.

Mika musste unwillkürlich über das absurde Bild grinsen, aber dann lief sie schnell weiter.

Als sie den umgebauten Bauwagen erreichte, blieb sie unsicher stehen und sah sich um. »Hallo? Hallo?«, rief sie und näherte sich dann langsam der merkwürdigen Behausung.

Eine kleine Holztreppe führte auf eine Art Terrasse. Dort stand eine grobe Holzbank. Mika entdeckte auch eine Feuerstelle und ein selbst gezimmertes Regal auf dem allerhand Krempel und unzählige geschnitzte Holzpferdchen standen. Dann fiel ihr Blick auf einen bekannten Gegenstand: Ihr Kickboard. Sie kniete nieder und untersuchte ihr Gefährt. Es war wieder ganz.

Plötzlich hörte Mika ein Wiehern. Sofort folgte sie den vertrauten Lauten. Hinter der Laube entdeckte sie eine von Bäumen umsäumte Koppel. Mika sah Sams Großvater – und wenige Meter von ihm entfernt: Ostwind! Doch das Pferd bäumte sich bedrohlich auf.

»Ho!!«, machte Herr Kaan. Doch Ostwind ließ sich nicht beruhigen. Die Hufe des Hengstes krachten gefährlich zu Boden. Mit einem beherzten Sprung auf die Seite konnte sich der alte Mann gerade noch retten. Schnaubend trabte Ostwind zum anderen Ende der Wiese, ein bunter Strick baumelte um seinen Hals.

»Ich habe den ganzen Morgen gebraucht, um ihn hier reinzutreiben«, rief Sams Großvater, ohne sich umzudrehen. »Und jetzt lässt er mich nicht näher als drei Meter an sich ran.«

Mika trat näher ans Gatter. Erschrocken bemerkte sie einen Blutfleck an Herrn Kaans Ärmel. »Woher wussten Sie, dass ich hier bin?«, fragte Mika.

Herr Kaan nickte hinüber zu Ostwind, der mit gespitzten Ohren am anderen Ende der Koppel stand.

»Ich nicht. Er!«, sagte er. Dann drehte er sich zu Mika: »Warst du das?«, fragte er mit aufmerksamem Blick.

Mika nickte verlegen. »Ich wollte ihn nur kurz rauslassen«, erklärte sie.

»Er trägt seinen Namen nicht umsonst. Der Ostwind ist unberechenbar. Die Bauern fürchten ihn.

Mal bringt er Sonne, lässt alles blühen, dann wieder bringt er Kälte und Sturm, der die Felder verwüstet«, belehrte sie Herr Kaan.

»Ist doch nur ein Name«, sagte Mika stirnrunzelnd. Jetzt fing der Kauz also auch noch mit Belehrungen an! Aber irgendetwas musste er ja mit seinem Enkel gemeinsam haben.

Entschlossen kletterte sie über das Gatter.

»Halt! Du bleibst hier! Du sollst da nicht rein...«, rief Herr Kaan erschrocken und versuchte Mika aufzuhalten. Doch Mika ließ sich nicht beirren und lief auf die Koppel.

Unsicher, was er davon halten sollte, beobachtete Herr Kaan vom Gatter aus die Szene. Aber gerade als er doch noch energisch eingreifen wollte, sah er, wie ruhig der Hengst geworden war. Mit gespitzten Ohren schaute Ostwind Mika unverwandt an.

»Komm her«, rief Mika leise und streckte dem Pferd ihre geöffnete Hand entgegen. Dabei drehte sie ihren Körper seitlich ein. »Komm!«, rief sie wieder.

Dann machte sie einen Schritt auf Ostwind zu. Und plötzlich wurde Ostwind zu Mikas Spiegel: Auch er machte einen Schritt. Langsam, Schritt für Schritt kamen sie einander näher, bis sie direkt voreinander standen. Sanft stupste Ostwinds Nase an Mikas Hand. Ein Lächeln breitete sich auf Mikas Gesicht aus. Sie streichelte Ostwinds kräftigen Hals.

»Du kannst doch nicht einfach so abhauen«, flüsterte sie.

Herr Kaan hatte den beiden sprachlos zugesehen.

Doch das harmonische Bild endete jäh. In der Ferne war ein Dieselmotor zu hören, der über die Schotterstrasse heranrumpelte. Mika drehte sich um. Ostwind trabte erschrocken davon.

»Sie sind da«, sagte Herr Kaan. Dann drehte er sich um und ging.

Doch Mika lief ihm nach. »Nein!!«, rief sie überraschend heftig.

Herr Kaan blieb verwundert stehen.

»Bitte nicht. Die sperren ihn ein, das hält er nicht aus... und dann bringen sie ihn zu dem Ungarn«, erklärte Mika.

Als Mika den Ungarn erwähnte, legte sich ein Schatten auf Herrn Kaans Gesicht. Mika schöpfte Hoffnung. Doch Herr Kaan ging langsam weiter. Mika folgte ihm. Vor dem Wohnwagen warteten bereits Sam und Dr. Anders. Mika versteckte sich schnell.

»Danke, dass du angerufen hast«, sagte Herr Anders.

Herr Kaan nickte kurz.

»Wir haben alles abgegrast, aber dass sich das Vieh ausgerechnet bei dir versteckt...«, sagte Sam.

»Ein Pferd ist kein Stück Vieh«, korrigierte ihn sein Großvater.

Dr. Anders nahm das Betäubungsgewehr aus dem Wagen und wollte an Herrn Kaan vorbei. Doch der stellte sich ihm unerwartet in den Weg.

»Nicht so«, erklärte er und deutete auf das Gewehr.

»Anders kriegen wir ihn aber nicht«, sagte Dr. Anders mit Blick auf Herrn Kaans blutigen Ärmel. »Die Erfahrung hast du wohl auch schon gemacht.«

Sams Großvater drückte den Gewehrlauf zur Seite. Er ließ seinen Enkel dabei nicht aus den Augen. »Ich sagte: nicht so.«

»Jetzt sei halt nicht so stur! Was ist, wenn er dich beim nächsten Mal nicht nur am Arm erwischt!?«, rief Sam ärgerlich.

Doch Herrn Kaans ruhige Entschlossenheit war nicht zu brechen.

Schließlich zuckte Dr. Anders mit den Schultern und ließ das Gewehr sinken. »Von mir aus. Dann behalt ihn halt hier, bis er abgeholt wird. Frau Kaltenbach ist das sicher mehr als recht. Bringt eh nur Unfrieden in den Stall. Ich frage mich nur, ob du weißt, was du da tust.«

Die Seelenruhe in Herrn Kaans Blick ließ Dr. Anders verständnislos den Kopf schütteln. Er drehte sich um und ging zum Wagen.

Sam schaute seinen Großvater böse an. »Kein Wunder, dass Frau Kaltenbach dich gefeuert hat«, sagte er. Seine Stimme klang bitter. Dann ließ auch er seinen Großvater stehen und stieg zu Dr. Anders in den Wagen.

Herr Kaan schaute den beiden nach, bis sie hinter den Tannen verschwunden waren. Erst jetzt tauchte Mika wieder hinter der Laube auf. »Danke!«, flüsterte sie und zu ihrer beider Überraschung umarmte Mika Herrn Kaan ebenso innig wie unbeholfen. Dann rannte sie davon.

Herr Kaan blickte ihr nachdenklich hinterher.

8. Kapitel

Mika rannte zurück zum Gutshof. Sie fühlte sich unendlich erleichtert. Ostwind war wieder da! Und es ging ihm besser als zuvor, denn er war nicht mehr eingesperrt und in guten Händen. Für den Moment zumindest...

Mika legte einen Zahn zu, denn sie wollte so schnell wie möglich zurück in ihrem Zimmer sein, damit es für heute weiter keinen Ärger gab. Doch gerade als sie am Gutshaus ankam, sah sie, wie ihre Großmutter das Haus betrat. Mika spähte ihr vorsichtig hinterher und sah, wie sie mit ihrem Stock langsam die Treppe hinaufstieg. Mika blieb also nur das Vordach unter ihrem Fenster als Weg. Die Dachrinne bog sich gefährlich unter ihrem Klimmzug und der Weg über die moosigen Dachziegel hinauf war noch deutlich anstrengender als hinunter. Erschöpft ließ sich Mika durch das Fenster in ihr Zimmer plumpsen. Im nächsten Moment klopfte es auch schon an ihrer Tür.

Mika huschte zum Schreibtisch und griff sich die *Knobeleien der Quantenmechanik*, ohne zu bemerken, dass sie sich das Buch falsch herum vor die Nase hielt.

»Ja?«, rief Mika, noch immer außer Atem.

Ihre Großmutter betrat das Zimmer. Sie warf einen kurzen Blick auf das Buch.

»Ich würde gerne mit dir reden«, sagte sie ruhig.

Mika legte artig das Buch auf den Schreibtisch. Zu ihrem Schrecken sah sie nun die schmutzigen Handabdrücke, die sie auf den weißen Umschlag gepatscht hatte. Auch ihre Großmutter sah sie. Aber sie lächelte milde.

»Ich hätte die Tür nicht offen lassen dürfen. Er ist einfach nur erschrocken!«, rief Mika schnell.

Maria setzte sich neben Mika. »Darum geht es gar nicht. Du bist hier, weil deine Mutter mich um etwas gebeten hat.« Sie machte eine Handbewegung in Richtung des Bücherstapels. »Etwas, das ihr aus unerfindlichen Gründen wichtig ist.«

Mika schaute die Bücher trotzig an. »Genau. Ihr ist das wichtig. Mir aber nicht!«

Mikas Großmutter lächelte nachsichtig. In schweigender Übereinkunft saßen sie für einen Moment nebeneinander.

»Tut mir leid, dass Ostwind abgehauen ist«, sagte Mika schließlich.

Die Miene ihrer Großmutter verhärtete sich merklich. Ihr Blick wanderte aus dem Fenster. »Ostwind.

Meine große Hoffnung. Halla war seine Urgroßmutter, weißt du?«, erklärte sie traurig.

»Halla?«, fragte Mika.

»Halla ist eine echte Legende. Sie hat ihren Reiter damals zum Olympiasieg getragen, obwohl er halb bewusstlos war. Ein einzigartiges Pferd. Mit großartigen Anlagen. Nur leider hat Ostwind nichts davon«, erklärte Mikas Großmutter und fügte bitter hinzu: »Er ist völlig unbrauchbar.«

Mika fühlte plötzlich einen tiefen Stich in ihrem Herzen. Wütend sprang sie auf. Tränen der Wut brannten in ihren Augen. Maria Kaltenbach erschrak.

»Ist er nicht!«, rief Mika. »Er ist doch nicht unbrauchbar, nur weil er vielleicht nicht so toll ist wie seine Eltern!« Sie funkelte ihre Großmutter böse an. »Und du hast ihn einfach eingesperrt! Kein Wunder, dass er nicht macht, was du willst!«

Maria Kaltenbach starrte ihre Enkelin mit strengem Blick an. Mika war zu weit gegangen.

»Deine Mutter hatte recht. Du musst noch viel lernen. Über Pferde weißt du nichts«, sagte sie schließlich mit eisiger Ruhe. Dann stand sie auf und drehte das Buch richtig herum. »Vielleicht hast du mit Quantenmechanik ja mehr Glück.«

Mika begehrte noch einmal auf: »Aber Ostwind ...«

»Ich will diesen Namen nicht mehr von dir hören!«, erklärte Maria Kaltenbach überraschend laut.

Mika erschrak. Auch ihre Großmutter schien erschüttert über ihren Ausbruch. Schnell wandte sie sich ab.

»Was hat er dir bloß getan?«, fragte Mika leise.

Maria Kaltenbach hielt inne. Als sie sich umdrehte, traf Mika ein Blick, der ihr Gänsehaut machte.

Aber Maria Kaltenbach schwieg. Sie konnte das Offensichtliche nicht aussprechen. Und für ihre innersten Gefühle hatte Mikas Großmutter keine Worte.

In der Nacht fand Maria Kaltenbach keinen Schlaf. Zu viele Gedanken gingen ihr durch den Kopf. Der Gutshof warf schon lange nicht mehr genug Geld ab. Die Classics standen an. Sie mussten ein Erfolg werden, sonst sah die Zukunft düster aus. Sie würde wohl einige der Pferde verkaufen müssen.

Maria Kaltenbach seufzte still. Doch niemals hätte sie sich laut beklagt. Denn auf Gut Kaltenbach jammerte man nicht. So war es zur Zeit ihrer Eltern, zur Zeit ihrer Großeltern, einfach schon immer gewesen. Der Pferdesport verlangte Härte. Aber die Führung des Hofes lag ihr nicht.

Dabei hatte sie doch immer nur eines gewollt: Reiten! Nie hatte sie eine Geschäftsfrau werden wollen! Aber früher war das nicht so schlimm. Früher hatte sie ihre Sorgen einfach vergessen können. Wenn sie auf ihrem Pferd am frühen Morgen durch die Felder ritt. Oder auf dem Reitplatz beim Absolvieren des Parcours.

Das ging nun allerdings nicht mehr. Und daran war allein Ostwind schuld. Sie musste ihre Enkelin ein für alle Mal von diesem Pferd fernhalten. Er war ihr Unglück. Gleich morgen früh würde sie sich mit aller Konsequenz darum kümmern!

9. Kapitel

Hinter dem Gestüt ging die Sonne auf. Ein Hahn krähte.

Sam bandagierte im Stall gerade einem Pferd die Fesseln, als Maria Kaltenbach im Türrahmen hinter ihm auftauchte. »Samuel?«, fragte sie.

Sam drehte sich um. »Frau Kaltenbach?«

»Ich hatte dich doch ausdrücklich gebeten, ein Auge auf meine Enkelin zu haben«, erklärte Maria Kaltenbach streng. »Ich will nicht, dass sie noch einmal unbeaufsichtigt hier herumwandert.«

In diesem Moment sah Sam Mika, die hinter Frau Kaltenbachs Rücken mit einem Rucksack über den Hof in Richtung Tor schlich. Sollte er sie verraten? Vermutlich ja. Aber er schwieg.

»Kann ich mich auf dich verlassen?«, fragte Frau Kaltenbach.

»Äh… ja… natürlich, Frau Kaltenbach. Absolut«, versicherte ihr Sam.

Mikas Großmutter lächelte und ging davon.

Als Sam Mika hinterherstürzte, war sie schon

verschwunden. Er wurde wütend auf sich selbst. Schließlich ging es um seinen Job! Wie konnte Mika ihn nur in eine so dumme Lage bringen! Jetzt war Schluss, ein für alle Mal.

An Sam, der durch ihr Verhalten Schwierigkeiten bekommen könnte, hatte Mika tatsächlich nicht gedacht. Sie war voller Sehnsucht und so schnell sie konnte zu Herrn Kaans Koppel gelaufen. Jetzt lag sie im hohen Gras und schaute in den strahlend blauen Sommerhimmel. Ostwind stand neben ihr und hatte seinen Kopf schmatzend in den mit Futter gefüllten Rucksack getaucht. Als er seinen Kopf heben wollte, blieb der Rucksack an ihm hängen.

Mika konnte sich ein Lachen nicht verkneifen. »Das hast du davon!« Liebevoll zog sie ihm den Rucksack vom Kopf. Ostwind wieherte freudig. Er wollte spielen!

Lachend lief Mika los. Ostwind folgte ihr auf dem Fuße. Sie rannte einen großen Bogen über die Koppel, der Hengst blieb ihr immer auf den Fersen. Auch als Mika sich drehte und Haken schlug, ließ er sich nicht austricksen. Ostwind folgte jeder ihrer Bewegungen. Wild tobten die beiden über die Wiese. Es war ein ausgelassener Tanz. Schließlich hielt Mika völlig außer Atem an. Ostwind kam zu ihr.

»Ist aber auch unfair, vier Beine gegen zwei«,

rief Mika schnaufend und strich Ostwind über die Mähne.

Für einen Moment standen sie eng beieinander, Stirn an Stirn. Mika wurde plötzlich traurig. Der Ernst der Lage lastete tonnenschwer auf ihrer Seele. Aber sie wollte ihren Kummer nicht zeigen.

»Ich lass mir schon was einfallen«, sagte Mika aufmunternd. Dann ging sie zum Gatter, Ostwind begleitete sie. Als sie den Zaun erreichten, wurde er unruhig. Mika sah sich verwundert um – doch da war niemand.

»Was ist denn?«, fragte Mika Ostwind. »Ich muss los, sonst krieg ich Ärger.«

»Den hast du schon!«, war plötzlich eine Stimme aus dem Baum über ihnen zu hören. Es war Sam. Er saß auf einem dicken Ast. Mika hatte ihn nicht bemerkt.

»Was machst du denn da?«, rief sie.

»Ich soll auf dich aufpassen«, sagte Sam. »Und was machst du da!?«

Mika begriff nicht, was er meinte. »Was denn?«

Sam deutete auf Ostwind. »Das ist das gefährlichste Pferd, das ich kenne – und du spielst mit ihm Fangen, als wäre es dein Hund.«

»Er ist nicht gefährlich«, erklärte Mika und kletterte zu Sam auf den Baum. Vielleicht verstand Sam eher als ihre Großmutter, was mit Ostwind los war.

»Er braucht einfach jemanden, der ihn...«, erklärte Mika und suchte nach dem richtigen Wort, »...der ihn sieht.«

»Ach ja? Und woher willst du das wissen?« Sam war skeptisch.

»Weiß ich eben«, sagte Mika. Ihr war klar, dass sie es nicht genauer erklären konnte.

Sam schaute Mika von der Seite an, dann sah er zu Ostwind, der friedlich unter ihnen graste.

»Mhm«, machte Sam, und es klang noch immer so, als würde er Mika kein Wort glauben. Doch nachdem er eine Weile Ostwind beobachtet hatte, veränderte sich sein Gesichtsausdruck. Er lächelte.

»Der sieht ganz anders aus, irgendwie... glücklich«, sagte er schließlich.

Auch Mika hatte Ostwind nicht aus den Augen gelassen. Ihr liebevoller Blick erstarrte.

»Sie darf ihn nicht diesem Ungarn geben! Wir müssen mit ihr reden!«, rief sie plötzlich unerwartet heftig. Dabei kam sie auf dem Ast gefährlich ins Schwanken.

Doch Sam hielt sie fest. Er schüttelte den Kopf. »Sie würde uns nicht mal zuhören«, sagte er und fügte sehr ernst hinzu: »Ostwind hat deine Großmutter schwer verletzt. Sie kann nicht mehr reiten seitdem.«

Mika schluckte. Das hatte sie nicht gewusst. Eine

Weile sahen Sam und Mika schweigend auf Ostwind hinab.

Plötzlich hatte Mika eine Idee. »Er könnte an diesem Turnier teilnehmen!«, schlug sie vor.

Diesmal geriet Sam aus dem Gleichgewicht. »An den Kaltenbach Classics? Und wer sollte ihn da reiten?«, fragte er.

Mika schaute Sam vielsagend an.

Sam musste lachen: »Du?«

Mika zog die Stirn in Falten. »Und warum nicht?«, fragte sie trotzig.

Sam ruderte mit den Armen. Erwartete dieses verrückte Mädchen ernsthaft eine Antwort?

»Weil du nicht reiten kannst?«, schlug er vor.

»Na und? Ich kann's ja lernen«, widersprach Mika.

Sam wurde wieder ernst. »Mika! In vier Wochen kann kein Mensch ... und selbst wenn: Frau Kaltenbach würde dich – uns beide – umbringen«, erklärte er eindringlich.

»Sie muss es ja nicht wissen«, sagte Mika.

Sam schwieg nun nachdenklich, während Mika weiter auf ihn einredete: »Bitte. Ich muss ihr ja nur beweisen, dass er nicht unbrauchbar ist. Schau ihn dir doch an.«

Sam sah hinüber zu Ostwind. Das Pferd graste friedlich. Sams Miene verdüsterte sich plötzlich unerklärlich. »Mmmhhh«, machte er.

»Was?«, fragte Mika. Doch Sam antwortete nicht sofort. Er zog nur weiter die Stirn in Falten. Nur zu gerne würde er dem Pferd helfen. Aber sie würden einen Trainer für Mika brauchen. Und das war das Problem.

»Was soll's«, seufzte er schließlich. »Ich wüsste nur einen Menschen, der irre genug wäre, so was zu versuchen.«

Mika war nicht wenig überrascht, als Sam sie zur Laube seines Großvaters führte. Herr Kaan bat sie freundlich hinein. Und so zogen Sam und Mika ihre Schuhe aus, setzten sich im Schneidersitz zu ihm und erzählten ihren Plan, wie sie Ostwind retten wollten, und dass sie einen Trainer bräuchten.

Nachdem sie geendet hatten, sagte Sams Großvater lange nichts. Er nippte an einem dampfenden Teeglas. Endlich räusperte er sich. »Nein«, sagte er.

Mika und Sam sahen ihn ungläubig an. »Nein?«, fragte Mika.

»Und warum nicht?«, fragte Sam.

»Weil ich mir geschworen habe, ein kaputtes Pferd nie wieder zu etwas zu zwingen«, erklärte Herr Kaan. Seine Miene blieb unbewegt.

Sam stand wütend auf. »Dann war das also doch nur ein Märchen!«, sagte er und nickte in Richtung der Schnitzerei: Das Pferd mit dem Schläfer.

Sams Großvater schwieg.

»Komm«, sagte Sam zu Mika.

Aber Mika rührte sich nicht. Sie sah Herrn Kaan an. »Ich dachte, nichts ist so kaputt, dass man es nicht reparieren kann«, sagte sie.

Herr Kaan richtete sich auf und sah Mika nachdenklich an. Sein Blick schweifte zu den geschnitzten Figuren. Dann wieder zu Mika.

»Kannst du ihn spüren?«, fragte er schließlich.

Sam schaute fragend von Mika zu seinem Großvater. Was sollte das nun wieder heißen?

Zu Mikas eigener Überraschung wusste sie die Antwort auf Herrn Kaans Frage sofort: »Ja«, sagte sie mit fester Stimme.

»Weißt du, warum er mich getreten hat?«, fragte Herr Kaan.

»Sie hatten Angst. Und das hat ihm Angst gemacht«, erklärte Mika. Sie dachte kurz nach. »Er ist ... wie ein Spiegel.«

Im Bauwagen herrschte nun absolute Stille. Herr Kaan nickte nachdenklich. »Also gut. Bis Morgen«, sagte er schließlich.

Mika strahlte. Herr Kaan glaubte an sie! Er glaubte an Ostwind! Sie hätte die ganze Welt umarmen können.

Als Mika und Sam vor dem Bauwagen ihre Schuhe anzogen, stand die Sonne bereits tief am Horizont.

Sam schien von der Situation noch immer ein wenig überfordert. »Er war mal Springtrainer, einer der besten, aber dann ist er ziemlich ... naja, abgedreht. Und hat sich mit deiner Großmutter zerstritten«, erzählte er, während er auf Mika wartete, die ihre Turnschuhe schnürte.

»Warum denn?«, wollte Mika wissen.

»Wegen ihrer Trainingsmethoden. Die sind manchmal ganz schön hart. Aber das ist der Sport. Er hat gesagt, sie ›hört den Pferden nicht mehr zu‹. Was auch immer das bedeutet«, erklärte Sam.

Mika schulterte ihren Rucksack.

»Kommst du nicht mit zurück?«, fragte Sam.

Mika grinste. Es war offensichtlich, dass sie jetzt sofort zu Ostwind wollte.

»Und wenn jemand fragt, bist du in deinem Zimmer und lernst?«, fragte Sam.

Mika nickte. »Danke«, sagte sie und sah Sam für einen Moment direkt in die Augen. Dann rannte sie hinüber zur Koppel.

Ostwind stand friedlich grasend auf der Weide und witterte Mika schon von Weitem. Er hob den Kopf und spitzte die Ohren.

»Hey, ich hab so richtig gute Nachrichten«, rief Mika, während sie ihm entgegenrannte.

Der Hengst galoppierte freudig auf sie zu. Auf Mikas Gesicht breitete sich ein glückliches Lächeln aus. Nach all den sorgenvollen Gedanken genoss sie diesen unbeschwerten Moment aus tiefstem Herzen. Denn sie wusste: Morgen war es mit dem Spielen erst einmal vorbei. Dann begann die Arbeit. Sie musste beim Training alles geben.

Für Ostwind.

10. Kapitel

Früh am nächsten Morgen lief Mika in die Sattelkammer. Sie wollte schon gleich alles Notwendige für ihre erste Reitstunde bei Herrn Kaan mitbringen. Doch angesichts der riesigen Auswahl an glänzenden Ledersätteln, blank geputzten Stiefeln, Trensen, Hosen und Helmen hielt sie ratlos inne.

Zögernd griff Mika schließlich nach einem kompliziert aussehenden Gewirr aus Lederriemen, als sie plötzlich Tinkas Stimme hinter sich hörte: »Willst du die Kutsche anspannen?«

Mika fuhr herum. Sie fühlte sich peinlich ertappt, denn Tinka hatte die ganze Zeit hinter der Tür gesessen und ein paar Reitstiefel poliert.

»Ähh... ich... also, ganz theoretisch, was bräuchte man denn als Anfängerin?«, fragte sie.

Tinka lächelte spitzbübisch. »Ich würde eine doppelt gebrochene Wassertrense nehmen«, sagte sie. Dann stand sie auf und reichte Mika eine Trense vom Haken. Mika staunte.

»Und auf jeden Fall das«, sagte Tinka eifrig und

reichte Mika einen Helm. Er sah mehr nach einem Skaterhelm als einem Reithelm aus. »Den kannst du haben. Archibald versucht immer reinzubeißen –«

In diesem Moment betrat Michelle den Stall und blitzte Mika böse an. »Ich dachte, du hast Stallverbot?«

»Ich wollte nur … ich soll …«, stammelte Mika verlegen.

Zum Glück sprang ihr Tinka bei: »… Sam die Sachen bringen. Für die neue Reitschülerin«, beendete sie Mikas Satz.

»Ge-nau. Die doppelt-gemoppelte Wassertranse. Danke und schönen Tag«, sagte Mika und drängte sich rasch an Michelle vorbei, die ihr misstrauisch hinterherblickte.

Um Michelle abzulenken, reichte Tinka ihr schnell die Stiefel. »Schau mal. Wie neu, oder?«

Michelle nahm ihre Stiefel und betrachtete sie kritisch.

Währenddessen lief Mika zurück in ihr Zimmer und zog sich rasch um. Dann huschte sie unbemerkt zu Herrn Kaans Laube. Aber sie war zu früh. Also setzte sie sich auf die Bank und wartete. Nervös trommelte sie mit den Füßen auf den Boden. Endlich öffnete sich die Tür und Herr Kaan trat aus seiner Behausung. Mika sprang erlöst auf. »Ich bin soweit!«, rief sie.

Herr Kaan musterte Mika mit etwas Erstaunen. An ihrem Körper flatterte eine viel zu große Reithose und auf dem Kopf trug sie den zu kleinen Reithelm. »Die Hose ist riesig. Aber ich hab jede Menge Zügel«, entschuldigte sich Mika. Sie reichte Herrn Kaan die Trensen.

Aber Herr Kaan legte sie beiseite. »Das brauchen wir nicht«, sagte er.

Mika sah ihn fragend an.

Herr Kaan hob drei Finger hoch. »Bevor ein Mensch auf ein Pferd steigt, muss er drei Dinge können«, erklärte er ihr und führte Mika zum See. Dort musste sie sich die Hosen hochkrempeln und auf ein glitschiges Floß stellen.

»Erstens: Balance«, sagte Herr Kaan.

Er forderte Mika auf, sobald sie sich sicher fühlte, ein Bein zu heben. Er selbst setzte sich gemütlich ins Gras, um zu schnitzen.

Diese Übung erschien Mika einfach. Schließlich war sie Kickboardfahrerin. Da war ein gutes Gleichgewichtsgefühl Voraussetzung. Mika konzentrierte sich. Dann hob sie vorsichtig ein Bein. Doch schon nach kurzer Zeit begann sie zu wackeln und plumpste ins Wasser.

»Mist!«, ärgerte sie sich.

Aber Herr Kaan sagte nur ruhig und ohne aufzublicken: »Noch mal.«

Für die nächste Übung holte Herr Kaan seinen alten Kassettenrekorder aus seiner Laube. Mika verzog das Gesicht. Aber Herr Kaan ließ sich nicht beirren. Er schwang seine Arme und vollführte dazu seltsame, für einen alten Mann aber erstaunlich kraftvolle Tanzschritte.

»Zweitens: Rhythmus«, sagte Herr Kaan. Dann packte er Mikas Hände und zog sie hoch. »Jetzt du«, sagte er.

Mika wusste kaum, wie ihr geschah. Etwas verkrampft tanzte sie mit Herrn Kaan völlig neben dem Takt. »Eins, zwei... äh... zwei...«

Eigentlich dachte Mika, es könnte nicht noch seltsamer kommen. Aber die nächste Übung bestand darin, dass Herr Kaan ihr in schneller Folge Äpfel zuwarf, die sie fangen sollte.

»Drittens: Koordination«, sagte Herr Kaan.

Mika gab sich redlich Mühe. Aber die Äpfel brachten sie sichtbar aus dem Konzept.

»Und viertens...«, sagte Herr Kaan.

Mika verdrehte die Augen. »Wieso vier? Drei haben sie gesagt!«, rief sie ungeduldig.

»...Ausdauer«, vollendete Herr Kaan seinen Satz und warf ihr eine neue Ladung Äpfel zu.

»Wenn du das alles kannst, machen wir weiter«, sagte Herr Kaan und lächelte ein seltenes Lächeln.

Mika schluckte, aber sie ließ sich nicht entmutigen.

In den nächsten Tagen nutzte sie jede Minute, um zu trainieren. Gelegenheiten gab es viele.

Das Vordach, über das sie sich jeden Tag aus dem Zimmer schlich, war schon bald ihre einfachste Übung. Sie meisterte die rutschige Schräge mit schlafwandlerischer Sicherheit.

Dann rannte sie zu Herrn Kaan, der sie zu einem ausgelassenen Tänzchen aufforderte. Seine Koppel erwies sich dabei als hervorragendes Übungsterrain. Einmal probierte Mika, mit einer Schüssel Mohrrüben auf dem Kopf auf der Mauer zu balancieren. Die Schüssel schwankte bedrohlich. Als dann auch noch Michelle an ihr vorbeiritt, prasselten die Mohrrüben lautstark zu Boden. Michelle warf Mika einen mitleidigen Blick zu. Aber Mika biss die Zähne zusammen und probierte es gleich noch einmal.

Selbst beim Mittagessen konnte Mika nicht aufhören, zu üben. Mit blitzschnellen Bewegungen stocherte sie über ihren Teller, dann hielt sie triumphierend die Gabel hoch. Auf jeder Zinke hatte sie je eine Erbse aufgespießt. Ihr Siegerlächeln verschwand jedoch schnell, als sie in das befremdete Gesicht ihrer Großmutter blickte. Kommentarlos aß Maria Kaltenbach weiter, während Mika einen weiteren Versuch startete – diesmal mit der linken Hand.

Wenn Sam Mika in diesen Tagen üben sah, musste er jedes Mal heimlich grinsen. Er war der Einzige auf dem Hof, der wusste, warum sich Mika so sonderbar benahm.

Am schwierigsten war die »Wippe«, ein Baumstamm, über dessen runde Seite Herr Kaan ein schmales Brett legte, damit Mika darauf balancierte. Aber das spornte Mika erst richtig an. Sie übte Stunde um Stunde. Als sie endlich sicher auf dem Brett stand, warf ihr Herr Kaan unvermittelt ein paar Äpfel zu. Ohne aus dem Gleichgewicht zu geraten, fing Mika den ersten Apfel mit der rechten, den zweiten mit der linken Hand. Sie grinste.

Herr Kaan nickte zufrieden. »Jetzt hast du es!«

Mika hatte den Grundkurs bestanden. Nun ging es endlich auf die Koppel.

Während Ostwind friedlich graste, führte Herr Kaan Mika in die entgegengesetzte Richtung fort, um ihr seine Prinzipien im Umgang mit einem Pferd zu erklären.

»Das Wichtigste zwischen Reiter und Pferd ist die Beziehung. Es muss ein Gleichgewicht herrschen zwischen Vertrauen und Respekt. Du musst ihn führen. Wenn du seinen Respekt nicht am Boden hast, wirst du ihn auf seinem Rücken auch nicht bekommen«, erklärte Herr Kaan.

Mika hörte ihm aufmerksam zu. Während sie gingen, sahen sie nicht, dass Ostwind sich in Bewegung gesetzt hatte und ihnen neugierig folgte.

»Er muss dir folgen. Aber nie aus Angst. Er muss dir folgen wollen-«, sagte Herr Kaan gerade noch, als hinter ihnen ein Schnauben zu hören war.

Verblüfft hielt Herr Kaan inne und drehte sich um. Ostwind stand direkt neben Mika und stupste sie sanft an die Schulter. Mika streichelte ihn abwesend, ihre Konzentration war noch immer voll bei Herrn Kaan.

»Ja? Wir müssen –?«, fragte Mika wissbegierig.

Doch Herr Kaan hatte vergessen, was er sagen wollte.

In den nächsten Tagen trainierten sie von früh bis in die Abendstunden. Aber noch durfte Mika nicht auf Ostwinds Rücken. Erst sollte ihr Vertrauen ineinander weiterwachsen.

Und so gingen Mika und Ostwind zunächst nur nebeneinander her. Mika wechselte dabei unverwandt Richtung und Geschwindigkeit, Ostwind tat es ihr nach. So kamen sie sich auf Augenhöhe näher und näher. Aber es war schon nicht mehr reines Spiel. Mika war die ganze Zeit konzentriert. Sie wirkte planvoll, sie beobachtete und lernte.

»Ihr müsst eure Bewegungen aneinander angleichen. Pferde kommunizieren über Körpersprache und Energie. Du musst dein Pferd fühlen, um es begreifen zu können…«, rief Herr Kaan, während er dabei zusah, wie sich auf der Koppel zwischen Mika und Ostwind mehr und mehr ein harmonisches Ballett entwickelte.

»Pferde verstehen Bilder. Schick ihm ein Bild von dem, was du möchtest, dass es tut. Wenn er dir richtig vertraut, kannst du einen Gedanken denken und er folgt dir. Wenn er es nicht tut, macht nicht er den Fehler, sondern du. Es liegt in deiner Verantwortung, ein guter Leader für dein Pferd zu werden«, rief Herr Kaan.

Aber Mika und Ostwind hatten bereits verstanden. Im warmen Licht der Abendsonne lief Mika über die Wiese, Ostwind dicht neben ihr. Ihre Bewegungen waren absolut synchron.

»Ihr seid eine Herde. Eine Zweierherde. Und du bist das Leittier«, rief Herr Kaan von der anderen Seite des Gatters. Er sah zufrieden aus.

Für die letzte Übung führte Herr Kaan Mika schließlich zu einem Waldsee. Das, was nun geschehen sollte, war für Ostwind und Mika ein wichtiger Meilenstein. Herr Kaan hatte Mika vorher genau instruiert. Er selbst blieb am Ufer stehen, während Mika Ostwind in den See führte. Als sich das erste Wasser in Mikas Jeans saugte, blieb sie verunsichert stehen.

»Nur weiter. Wie wir es besprochen haben«, sagte Herr Kaan aufmunternd. »Jetzt werden wir sehen, ob er dich akzeptiert.«

Mika ging langsam weiter.

»Denk daran: Deine Angst ist seine Angst«, rief Herr Kaan.

Mika nickte. Entschlossen lief sie weiter in den See, bis sie nicht mehr stehen konnte. Ostwinds Rücken war schon fast mit Wasser bedeckt. Mika schaute zu Herrn Kaan ans Ufer, der ihr mit einem entschlossenen Nicken signalisierte: Nur zu!

Mit einem Schwimmstoß landete Mika auf Ostwinds Rücken. Langsam richtete sie sich auf, griff in seine Mähne, um sich festzuhalten. Vorsichtig wendete das große Pferd und gemeinsam entstiegen die beiden dem glitzernden Wasser. Auf Mikas Gesicht spiegelte sich ein unbeschreibliches Glücksgefühl. Sie kamen vor Herrn Kaan zum Stehen. Vorsichtig streckte er die Hand aus und streichelte Ostwinds Kopf. Der Hengst ließ es geschehen. Der alte Mann war sichtlich berührt. Er schaute zu Mika auf, die ihn nass, aber glücklich vom Pferderücken anstrahlte.

»Ja, jetzt können wir anfangen«, sagte Herr Kaan.

Von nun an war Mika Tag für Tag mit Ostwind auf der Koppel, egal ob bei Sonne, Regen oder Wind. In weiten Kreisen ritt sie um Herrn Kaan, zunächst noch etwas wackelig, aber zunehmend sicherer. Herr Kaan drehte sich mit ihnen um seine eigene Achse und gab ihr Anweisungen.

Mika wurde von Tag zu Tag selbstbewusster. Zwar fühlte sie sich abends vom langen Tag auf Ostwinds Rücken wie gerädert. Aber eine wachsende Zufriedenheit machte jeden Muskelschmerz wieder wett. Auch traute sie sich jeden Tag ein bisschen mehr zu. Sie probierte es einhändig, steigerte das Tempo, ritt im Schritt und im Galopp. Nur das Aufsteigen machte ihr noch lange Probleme, denn sie ritt ohne Sattel und ohne Steigbügel.

Aber bald kam es ihr so vor, als hätte sie nie in ihrem Leben etwas anderes gemacht, als zu reiten. Sie fühlte sich auf Ostwinds Rücken so sicher wie auf ihrem Kickboard. Inzwischen schaffte sie es sogar, sich auf Ostwinds Rücken zu knien und sich langsam zu erheben. Erst vorsichtig und etwas wackelig, bis sie mit einem triumphierenden Lächeln auf seinem Rücken stand. Dann machte Ostwind ein paar Schritte, damit Mika zwei Äpfel von einem hohen Apfelbaum pflücken konnte.

Nach einem langen Trainingstag, das letzte Licht lag über der Koppel, ritt Mika auf Ostwind mit kerzengeradem Sitz und ausgestreckten Armen um Herrn Kaan. Herr Kaan schnippte mit den Fingern, sie wurde schneller, er schnippte wieder, sie wurde langsamer, er schnippte erneut, sie wurde schneller. Als er noch einmal schnippte, ließ sich Mika nach vorne sinken und tat so, als würde sie auf dem Pferderücken gleich einschlafen. Herr Kahn unterdrückte ein Lächeln.

11. Kapitel

Geduckt galoppierte ein Reiter auf ein hohes Hindernis zu. Das Pferd schnaubte angestrengt, es wurde schneller. Doch kurz vor dem Sprung drehte es ab und verweigerte.

Maria Kaltenbach, die in der Mitte des Reitplatzes auf ihren Stock gestützt stand, schüttelte frustriert den Kopf.

»Nein! Du musst ihn härter rannehmen, Michelle! Er hat das nicht zu entscheiden! Zeig ihm, wer oben sitzt! Gleich noch mal!«, rief sie.

Michelle nickte knapp. Dann galoppierte sie erneut an. Dabei griff sie hart in die Zügel und zog Weingrafs Kopf herunter. Sam, der das Training verfolgte, sah besorgt aus.

Michelle bemerkte es nicht. Sie war allein auf das Hindernis konzentriert und galoppierte Weingraf unbarmherzig darauf zu, indem sie ihn mit den Sporen antrieb. Die Metalltrense spannte sich hart in Weingrafs Maul, die Lederriemen knarzten.

Michelles Ritt wurde schneller. Hufe krachten auf

den Boden und wirbelten Staub auf. Die Gerte traf Weingrafs Hinterteil, als das Hindernis vor ihnen auftauchte. Dann hob Michelle sich aus dem Sattel und sprang ab, ihr Gesicht war vor Anspannung zur Grimasse verzerrt. Sam schloss die Augen.

Die Latte wackelte, dann fiel sie krachend auf den Boden. Michelle landete auf der anderen Seite und ballte frustriert die Hand zur Faust. Die Pferdemädchen, die wie immer am Gatter hingen, tuschelten, als Michelle in einem Bogen ausritt. Maria Kaltenbach schüttelte ratlos den Kopf.

»Der Landestrainer kommt zu unserem Turnier in ein paar Tagen. Du weißt, was das für uns bedeutet«, sagte Maria Kaltenbach, als Michelle neben ihr zum Stehen kam.

Michelle saß ab und nahm ihren Helm ab. Sie sah verzweifelt aus. »Ja! Aber er nimmt einfach die Beine nicht hoch genug! Ich weiß nicht, was ich noch machen soll!«, rief sie.

Maria Kaltenbach warf einen ernsten Blick auf den nassgeschwitzten Weingraf, dann zu Michelle.

»Du weißt, ich halte große Stücke auf dich. Ich sehe viel von mir in dir«, sagte sie.

Michelle nickte verbissen.

Maria Kaltenbach lächelte knapp. »Also mach dir einen Knoten in den Hintern. Und ihm Beine!«, sagte sie und wandte sich zum Gehen.

»Ja, Frau Kaltenbach«, sagte Michelle und blieb zurück. Wütend drosch sie mit ihrer Gerte ans Gatter. Tinka fiel vor Schreck fast vom Zaun.

»Absatteln!«, rief Michelle herrisch. Sofort wurde sie von den Pferdemädchen umringt. »Ich! Ich! Ich!«, riefen sie wild durcheinander.

Unterdessen lief Mika zur Koppel und machte Ostwind bereit für das Training. Nachdem sie ihm die Satteldecke über den Rücken gelegt hatte, schaute sie sich suchend um. Aber weit und breit war kein Herr Kaan zu sehen. Also schwang sie sich auf das Pferd und ritt über die Koppel. Da entdeckte sie ihn. Er saß auf dem Gatter und schnitzte. Mika kam vor ihm zum Stehen und verbeugte sich mit gefalteten Händen wie ein Yogi.

»Guten Morgen, Meister. Was haben Sie heute für uns?«, fragte sie scherzend.

Herr Kaan blickte auf und schaute Mika mit mildem Lächeln an. »Nichts. Heute habe ich Ruhetag«, sagte er.

Mika war enttäuscht. »Und was machen wir dann?«, wollte sie wissen.

Herr Kaan grinste. »Was ihr am besten könnt«, sagte er.

Mika wusste nicht, was Herr Kaan meinte. »Und was …?«

Herr Kaan gab Ostwind einen Klaps auf die Hinterbacke. »Fliegen!«, rief er.

Ostwind riss wiehernd den Kopf nach oben. Mika war zwar überrascht, doch sie blieb sicher im Sattel. Und sie begriff: Herr Kaan konnte ihr nichts mehr beibringen.

Mika überkam für einen kurzen Moment Wehmut. Doch dann galoppierten sie auch schon los. Fort von der gewohnten Koppel ging es querfeldein über grüne Wiesen, vorbei an leuchtend gelben Rapsfeldern und dem tiefgrünen Waldrand. Das Ende der Wiese kam in Sicht, ein Zaun – doch das konnte die beiden nicht stoppen. Mika duckte sich tief über den Pferderücken und Ostwind hob ab. Es rauschte in ihren Ohren, der weite Himmel füllte ihr Gesichtsfeld. Sie hatte für einen Moment nur noch ein grenzenloses Blau vor Augen.

Mika konnte nicht anders. Sie schrie: »Yeeeeaaaahhhh!«

In diesem Moment ratterte Sam gedankenverloren auf seinem Traktor die Schotterstraße entlang. Er sah gerade noch, wie Mika auf Ostwind mühelos über den meterhohen Zaun hinwegsetzte und über ein Stoppelfeld davongaloppierte. Sams Mund klappte auf. Perplex schaute er den beiden nach.

Im vollen Galopp drehte Mika sich um und schaute zurück zu dem übersprungenen Gatterzaun. Sie riss einen Arm in die Luft, die Hand zur Siegesfaust geballt. Ostwind wieherte und stieg auf die Hinterbeine. Sie fühlten dasselbe.

12. Kapitel

Sam konnte kaum glauben, was er gesehen hatte. Sofort lief er zu seinem Großvater, der ruhig auf seiner Bank saß.

»Das war Wahnsinn, unglaublich! Der Zaun ist doch mindestens eins sechzig hoch. Das war Weltklasse! Das war... und nicht mal Paul Schockemöhle hätte das hinbekommen!!«, rief er stürmisch.

Mika kam auf Ostwind unbemerkt hinzu. »Wer ist denn Paul Schockemöhle?«, fragte sie.

Sam fuhr herum. Aber hinter ihm stand nicht nur Mika, sondern auch Ostwind. Sam machte einen erschrockenen Schritt rückwärts.

»Ist gut«, sagte Herr Kaan ruhig.

Vorsichtig streckte Sam eine Hand aus. Und auch Ostwind streckte ihm den Kopf entgegen und schnupperte an seiner Hand.

»Wahnsinn«, murmelte Sam. »Hallo, Ostwind.«

»Sprechen hat er noch nicht gelernt«, lachte Mika.

Auch Sam musste grinsen. Er sah seinen Großvater voller Bewunderung an. »Das hätte ich niemals geglaubt«, gestand er. Dann wandte er sich euphorisch an Mika: »Und wenn Frau Kaltenbach das sieht, dann frisst sie eine Mistgabel, das schwöre ich dir! Ihr werdet es allen zeigen! Das wird der Auftritt des Tages!«

Aber Sams Euphorie machte Mika plötzlich Angst. Eine tiefe Verunsicherung meldete sich in ihrem Innersten mit schrillen Alarmsirenen.

Sie, Mika, die Komplettversagerin mit ihrem katastrophal schlechten Zeugnis, das von ihrer Familie belächelte Mathematikdoofi, wollte also an einem Turnier teilnehmen und es allen zeigen? Jetzt, wo es wirklich auf sie ankam, spürte Mika, wie ihr Selbstbewusstsein bröckelte. Zu oft hatte man ihr das Gefühl gegeben, eine Versagerin zu sein.

»Ich weiß nicht... vielleicht ist das mit dem Turnier doch noch eine Nummer zu groß. Die ganzen Leute... was wenn wir...«, stammelte sie. Abwesend streichelte sie Ostwinds Stirn.

Sam sah Mika überrascht an. »Aber dafür habt ihr das doch gemacht! Und dafür habe ich Frau Kaltenbach die ganze Zeit ins Gesicht gelogen«, sagte er verständnislos und zeigte auf Ostwind: »Um ihn zu retten. Oder nicht?«

Mika blickte zu Herrn Kaan. Sie suchte nach Bestätigung für ihre Zweifel. Aber Herrn Kaans Gesicht blieb gleichmütig. Es verriet nicht, was er dachte.

»Wir sind noch nicht soweit. Wir brauchen noch mehr Zeit ...«, sagte Mika ausweichend.

Auch Sam sah nun zu Herrn Kaan. Doch der schwieg noch immer. Sam gab auf. »Du brauchst vielleicht noch mehr Zeit«, rief Sam wütend und zeigte auf Ostwind: »Aber er hat keine mehr!«

Damit drehte er sich um und stapfte davon. Mika sah ihm nach. Wie gerne hätte sie ihm jetzt etwas gesagt, etwas, das ihn versöhnte, aber sie brachte es nicht fertig. Sie musste zuerst ihre eigenen Gefühle ordnen.

Dann tat Mika etwas, von dem sie selbst nicht gedacht hatte, dass sie es tun würde. Sie lief ins Gutshaus und rief von dem alten Telefon im Flur ihre Mutter an.

Als Elisabeth an ihr Handy ging, stand sie gerade an einem Fenster in einem großen, noch leeren Auditorium. Hinter dem Podium hing ein großes Transparent: *International Conference – Modern Trends in Theoretical Physics*, stand darauf. Sie war ein bisschen überrascht, als sie Mikas Stimme hörte. »Hallo, Schatz, wie läuft es denn mit Lernen?«, fragte sie in ihr Handy.

Mika holte tief Luft. »Mama? Also, ich wollte dich eigentlich was fragen. Wenn man etwas gerade gelernt hat, sich aber nicht sicher ist, ob es reicht, um ...«

In diesem Moment füllte sich hinter Elisabeth langsam der Saal mit Wissenschaftlern aus aller Herren Länder. Ein Gong ertönte.

»Schatz, die Primzahlen rufen«, unterbrach Elisabeth ihre Tochter. »Und natürlich schaffst du das. Du schaffst alles, was du dir in den Kopf setzt! Also... Tschüs.«

»Tschüs«, erwiderte Mika lahm. Für ihren Geschmack war das kein wirklicher Rat, sondern nur Worte. Leicht dahingesagte Worte.

Niedergeschlagen ging Mika auf ihr Zimmer. Hatte sie sich von ihrer Mutter tatsächlich mütterlichen Rat erhofft? Was für eine dumme Idee! Solange es kein physikalisches Problem war, musste sie sich die Antworten auf ihre Fragen wohl selbst geben.

13. Kapitel

In der Reithalle saß eine Gruppe Reitschülerinnen auf ihren Pferden aufgereiht vor Maria Kaltenbach. Michelle auf Weingraf thronte neben ihr. Es war der Tag vor den Kaltenbach Classics, die Generalprobe.

»Ja, Kinder! Morgen wird uns zwar leider nur Michelle vertreten, aber heute sollt ihr alle die Chance haben, den offiziellen Parcours auszuprobieren. Wer will den Anfang machen?«, fragte Frau Kaltenbach. Sofort schossen alle Arme der Reitschülerinnen gleichzeitig nach oben. Diese Gelegenheit wollte sich keine der jungen Reiterinnen entgehen lassen.

Sam interessierte die Generalprobe reichlich wenig. Er sammelte vor der Halle die Pferdeäpfel in eine Schubkarre. Seit gestern fühlte er sich unglücklich und auch zornig. Obwohl er die Sache mit Mika für sich bereits abgehakt hatte. Denn Mika schien ja sowieso alles egal. Und in einer Woche würde sie wieder in der Großstadt sein. Ihn, Gut Kaltenbach und Ostwind würde sie bald vergessen haben.

Während er missmutig die Schubkarre packte, kam

die kleine Tinka eilig auf ihrem Schecken-Pony angetrabt. »Oh Mann, Archibald hat sich in eine Kuh verliebt und ich hab ihn einfach nicht von der Koppel gekriegt…«, rief sie hektisch.

Sam lächelte gutmütig. Ja, Tinka hatte die wahre Leidenschaft. Sie würde ihren Archibald niemals im Stich lassen! Bereitwillig schob Sam das große Tor für sie auf. »Keine Panik. Die haben noch nicht angefangen«, sagte er. Dann rief er in die Halle: »Tor frei!«

Das Pony trippelte sogleich eilig an ihm vorbei und Sam schob das Tor wieder zu. Nun waren also alle Kaltenbachschülerinnen beisammen. Als er sich jedoch umdrehte, entdeckte er in der Ferne ein weiteres Pferd.

Sam kniff die Augen zusammen. Erst konnte er im Gegenlicht nichts genau sehen, doch dann erkannte er die langen roten Haare. Also doch! Sams Herz begann schneller zu schlagen. Und obwohl ihn maßlose Freude überflutete, hatte er plötzlich auch einen Kloß im Hals.

Sam schob das Tor wieder auf.

»Dann zeigt euch jetzt Michelle noch einmal, wie es ge–«, sagte gerade Maria Kaltenbach. Doch weiter kam sie nicht. Denn Sam rief mit unverhohlenem Stolz in der Stimme: »Tor frei!«

»Wer kommt denn jetzt noch?«, wunderte sich Frau Kaltenbach.

Aller Augen richteten sich nun auf das Tor, das quietschend aufgeschoben wurde. Ein Mädchen auf einem dunklen Hengst ritt langsam in die Halle. Den Pferdemädchen klappte die Kinnlade herunter, Maria Kaltenbachs Gesichtszüge entgleisten. Alle starrten auf Mika, die auf Ostwind direkt vor ihrer Großmutter zum Stehen kam. Maria Kaltenbach wich unwillkürlich einen Schritt vor dem Hengst zurück.

»Was soll das werden?«, fragte sie streng.

Mikas unsicherer Blick suchte Sam, der zum Glück sofort neben ihr auftauchte. Maria schaute ihn fassungslos an. »Samuel?!«

»Frau Kaltenbach, bitte... ich kann ihnen das jetzt nicht erklären. Sie müssen sich das einfach nur anschauen«, stammelte Sam.

Doch er wurde jäh unterbrochen. »Was fällt euch ein...«, entrüstete sich Frau Kaltenbach.

»Bitte!«, rief Sam inständig.

Maria Kaltenbach verstummte. Sam verstand dies als Einwilligung. Er atmete tief durch. Dann nickte er Mika zu und flüsterte: »Zeigt's ihnen!«

Mika wendete Ostwind und ritt eine Runde durch die Halle. Ihre Unsicherheit war offensichtlich. Gegen Michelle auf Weingraf mit ihrem makellosen Reitdress wirkte Mika in ihren alten Jeans zudem ziemlich schäbig. Die Pferdemädchen tuschelten.

»Was hat die denn an?«

»Kein Sattel?!«

»Ist das Ostwind?«

Mika lenkte Ostwind auf die Startposition. Dann beugte sie sich zum Hals des Pferdes hinunter. »Ich geh vor«, flüsterte sie.

Ostwinds Schnauben war die Antwort. Mika richtete sich auf und galoppierte an. Vor ihr tauchte das erste Hindernis auf. In Gedanken flog sie darüber hinweg. Dann sprang Ostwind ab.

Den Zuschauern entkam ein überraschter Laut. Ein anerkennendes »Ahhhh...« tönte durch die Halle.

Mika lachte innerlich befreit auf. Es ging! Sie konnten es schaffen! Jetzt waren sie und Ostwind nicht mehr zu halten. Sie flogen förmlich durch den Parcours. Kein Hindernis war ihnen zu hoch. Sie wuchsen mit jeder übersprungenen Latte über sich hinaus. Ihr Ritt spiegelte sich auch auf den Gesichtern des Publikums: von ungläubigem Erstaunen bis zu heller Begeisterung waren alle Gefühlsregungen vertreten.

Mika hatte sich noch nie so gut gefühlt. Sie ritt eine haarscharfe Kurve und galoppierte nun auf das letzte Hindernis zu: den Doppel-Oxer. Ostwind setzte zum Sprung an, sie hoben ab – und landeten fehlerfrei. Als der letzte Huf donnernd auf dem Boden aufsetzte, brachen die Pferdemädchen in frenetischen Jubel aus. Maria Kaltenbach sah fassungslos, wie ihre Schülerinnen auf Mika zustürmten und Ostwind umringten, der ruhig in ihrer Mitte stand. Alle wollten ihn anfassen.

Mika war der Tumult unangenehm. Aber nicht nur ihr – auch Michelle. Nur auf andere Art. Ihr bleiches Gesicht war eigentümlich verzerrt, während sie Mika fassungslos fixierte.

Mika spähte ängstlich zu ihrer Großmutter. Was mochte sie jetzt denken? Doch Maria Kaltenbach stand nur starr und ausdruckslos wie eine Salzsäule. Dann straffte sie die Schultern und ging ohne eine Miene zu verziehen auf Mika zu. Sam folgte ihr. Die Mädchen bildeten eine ehrfürchtige Gasse. Mika lächelte ihrer Großmutter unsicher entgegen, bereit für ein Donnerwetter. Maria Kaltenbach blieb vor ihr stehen. Sie würdigte Ostwind keines Blickes und sah nur Mika an. Dann lächelte sie. »Das hast du gut gemacht... für den Anfang.«

In diesem Moment wich auch die letzte Anspannung von Mika. Unendliche Erleichterung breitete sich in ihr aus.

»Das war er!«, rief Mika und umarmte Ostwinds Hals. Der Hengst schnaubte leise. Maria Kaltenbach wandte sich schnell Michelle zu.

»Hast du gesehen, Michelle, genau das meine ich. So musst du Weingraf morgen reiten!«, sagte sie.

Michelle traf diese Bemerkung erkennbar bis ins Mark. Aber Maria Kaltenbach sah es nicht. Michelle nickte knapp. Dann wendete sie Weingraf und ritt einsam aus der Halle.

»Das wird ein Spaziergang morgen!«, rief Sam triumphierend. Doch ein strenger Blick von Maria Kaltenbach brachte ihn zum Schweigen.

»Ich denke, vorher habt ihr mir beide einiges zu erklären«, sagte sie streng. Sam und Mika schluckten und tauschten einen besorgten Blick.

»Auch wenn ich glaube, dass unsere Chance sich für morgen mehr als nur verdoppelt hat«, beendete Frau Kaltenbach ihren Satz, der mit Jubelgeschrei ihrer Reitschülerinnen quittiert wurde.

14. Kapitel

Beim Abendessen erzählte Mika ihrer Großmutter ausgelassen von ihrem heimlichen Training bei Herrn Kaan. Auch Sam saß heute mit am Tisch. Er lachte viel und herzlich, besonders als Mika mit Händen und Füßen den eigenwilligen Unterricht seines Großvaters erklärte. Maria Kaltenbach beobachtete Mika hingegen mit einer Mischung aus Staunen und Stolz.

Mika war derart bester Stimmung, dass sie alles um sich herum vergaß. Sie dachte nicht mehr an ihren verpatzten Urlaub mit Fanny, das miese Zeugnis oder ihre wütenden Eltern. Aber sie dachte auch nicht mehr an ihren Lehrer, Herrn Kaan, der auf ihre und Ostwinds Rückkehr vom Gut wartete. Aber Maria Kaltenbach hätte sie wohl auch nicht mehr gehen lassen. Denn es wurde später und später, bald war es Nacht.

Mikas Großmutter hatte den ganzen Abend nicht viel gesagt. Aber es war offensichtlich gewesen, dass sie etwas auf dem Herzen hatte.

Als sich Mika bereits zum Schlafen in ihr Zimmer zurückgezogen hatte, klopfte es noch einmal unerwartet an ihrer Tür. Mikas Großmutter betrat das Zimmer. Sie rang nach den richtigen Worten. »Mika, du hast mich heute sehr überrascht«, sagte sie schließlich. »Du bist offensichtlich eine echte Kaltenbach.«

Damit streckte sie Mika ein Paar edle Stiefel hin. Mika erkannte die Reitstiefel aus der Olympiavitrine! »Ich hatte sie eigentlich für deine Mutter aufgehoben, aber-«, sagte Maria Kaltenbach. Doch sie brachte den Satz nicht zu Ende. Stattdessen machte sie eine unbestimmte Handbewegung, als wollte sie eine unschöne Erinnerung wegwischen.

Mika wusste nicht, was sie sagen sollte. »Danke. Ich... Danke«.

Mikas Großmutter lächelte sanft und deutete auf Mikas abgewetzte rote Turnschuhe. »Tadellose Kleidung ist nämlich auch eine reiterliche Tugend. Aber das lernst du noch.«

Dann strich sie ihrer Enkelin ungelenk übers Haar. Mika stand mit den Stiefeln in der Hand da wie Falschgeld.

»Ich weiß, das geht alles ein bisschen schnell... aber du hast ein ganz außergewöhnliches Talent«, erklärte Mikas Großmutter.

»Das war Ostwind. Ich hab gar nichts gemacht«, erwiderte Mika.

Doch ihre Großmutter wollte von Ostwind nichts hören. »Ja. Sicher«, sagte sie ausweichend. »Morgen ist ein wichtiger Tag, geh bald schlafen, ja?«

Doch Mika ließ nicht locker. Sie fasste sich ein Herz: »Oma?«, fragte sie.

Maria Kaltenbach lächelte. Denn es war das erste Mal, dass Mika sie so nannte. Mika suchte nach Worten. »Das mit deinem Bein, das wollte er nicht«, sagte sie und sah ihre Großmutter bittend an.

Doch Maria Kaltenbach dachte nicht an Aussöhnung. Sie konnte es nicht. Ihre Züge verhärteten sich. »Gute Nacht«, verabschiedete sie sich knapp und schloss hinter sich die Tür.

Mika blieb allein zurück. Seufzend sah sie auf die Reitstiefel in ihren Händen.

Gut Kaltenbach war am nächsten Morgen nicht mehr wiederzuerkennen. Es war der Tag der Kaltenbach Classics. Dutzende Autos mit Pferdeanhängern parkten dicht gedrängt in der Auffahrt. Zahlreiche Reiter und Reiterinnen führten Pferde mit geflochtenen Mähnen über den Hof, Startplaketten wurden befestigt und Reitstiefel poliert. Festlich gekleidete Besucher liefen Richtung Reithalle, um sich gute Plätze zu sichern. Es war unschwer zu erkennen: Die Classics waren *das* sportliche und soziale Ereignis des Sommers in der Region.

Für Sam waren die Classics allerdings vor allem ein ganz normaler Arbeitstag, ein Tag, an dem er mit anfassen musste. Er stand gerade auf dem belebten Innenhof, als sich die Haustür des Gutshauses öffnete. Das rothaarige Mädchen, das heraustrat, hätte er beinahe nicht wiedererkannt. Es trug ein schwarzes Reiterjackett mit dem Wappen des Gestüts und eine weiße Reiterhose. Sams anerkennender Blick wanderte zu ihren Stiefeln.

»Wahnsinn. Ich fass es nicht!«, rief er.

Mika lächelte verlegen. »Meine Turnschuhe waren mir lieber«, erwiderte sie.

Dann sah sie sich mit unsicherem Blick suchend um. Es fehlte jemand. Jemand, den sie gerne dabeigehabt hätte. »Meinst du, er kommt auch?«, fragte sie.

Sam wusste sofort, wen Mika meinte. Er zuckte mit den Schultern. »Mein Großvater hat seit zehn Jahren keinen Fuß mehr ins Gestüt gesetzt, also sei nicht enttäuscht.«

Mika erwiderte nichts. Aber Sam spürte ihre Unsicherheit. Er sah sie ernst an. »Das schafft ihr. Auch ohne ihn«, sagte Sam.

In diesem Moment tauchte Michelle auf. Grußlos ging sie an den beiden vorbei Richtung Stall und musterte Mika abschätzig von Kopf bis Fuß. Als sie jedoch die Stiefel an Mikas Füßen entdeckte, weiteten sich ihre Augen. Geschockt blieb sie stehen. Sie machte den Mund auf, als wollte sie etwas sagen, doch sie brachte keinen Ton heraus. Sam und Mika sahen sie fragend an.

Doch bevor einer von beiden etwas sagen konnte, fuhr ein Jeep vor, dessen Ankunft alle aufblicken ließ. Er trug das Wappen des Landes auf der Tür und darüber stand »Landestrainer Springsport«. Friedrich Fink war eingetroffen.

Gleich darauf lief Maria Kaltenbach schnellen Schritts auf Michelle, Mika und Sam zu. Michelle hatte sich wieder gefasst und lächelte ihr entgegen, doch Maria Kaltenbach hatte nur Augen für Mika. Wohlwollend nickte sie über ihr Outfit. Dann legte sie den Arm um sie und führte sie fort: »Komm, ich möchte dich jemandem vorstellen!«, sagte sie.

Da fuhr ein weiteres Auto auf den Hof. Es war ein unheimlicher schwarzer Pferdetransporter. Er gehörte dem Ungarn. Als Sam den Transporter sah, konnte er sich ein Grinsen nicht verkneifen: »Und jemand anders ist umsonst gekommen, fürchte ich«, rief er befriedigt.

Dabei achtete er nicht mehr auf Michelle. Ansonsten hätte er gesehen, wie sie Mika und Maria Kaltenbach fassungslos nachstarrte. Als sie sich wieder umdrehte, wischte sie sich ihre Tränen aus den Augen. Es waren Tränen der Wut. Michelles Blick fiel auf

Tinka, die fröhlich an ihr vorbeigeradelt kam. Der riesige Putzkasten im Korb hinter ihr brachte sie bedrohlich zum Schwanken. Tinkas gute Laune verursachte bei Michelle einen kaum zu bändigenden Zorn. Doch dann erhellte ein verbissenes Lächeln plötzlich ihr gerötetes Gesicht.

»Tinka? Willst du mit mir den Parcours abgehen?«, rief sie.

Tinka sperrte gerade ihr Fahrrad ab. »Ich?«, fragte sie ungläubig. »Echt jetzt?«

»Ich brauch ein paar Tipps«, sagte Michelle besonders nett.

Tinka war sprachlos. Sie hob den schweren Putzkasten vom Rad. Michelle sprang ihr bei, um zu helfen. »Ach und übrigens: ich glaube, du hattest recht wegen Weingrafs Bein. Hast du noch was von dieser Salbe?«, fragte Michelle betont beiläufig.

Tinka fasste sich wieder. »Ja, klar! Warte, ich geb sie dir gleich«, rief sie und öffnete eilfertig ihren Koffer.

»Nur nicht zu viel, sonst...«, sagte Tinka und reichte Michelle die Tube.

»Ja, ja, ich weiß«, erwiderte Michelle schnell und steckte sie ein. Dann legte sie freundschaftlich einen Arm um Tinka.

»Und jetzt komm. Du kannst mir nachher auch satteln helfen«, sagte sie. Tinka konnte ihr Glück nicht fassen. Michelle wollte Tipps! Sie wollte Rat und Hilfe! Von ihr! Tinka strahlte, als wäre Weihnachten und sie der Baum.

Als Mika zu Ostwind in die Box trat, sah der Hengst sie fragend an. Er wieherte leise – fast hätte man meinen können, er lachte.

»Ich weiß, ich seh komisch aus…«, sagte Mika verlegen.

Sie nahm einen edlen schwarzen Ledersattel mit einer weißen Satteldecke, der über der Klapptür der Box lag, und hob ihn sachte auf Ostwinds Rücken. »Du aber auch«, kicherte sie.

Sie zog den Gurt fest und trat einen Schritt zurück. Kopfschüttelnd betrachtete sie ihr Werk. Dann lehnte sie sich an Ostwind und schloss erschöpft die Augen.

»Oh Mann. Was machen wir hier eigentlich?«, seufzte sie.

»Das weiß ich auch nicht«, hörte sie plötzlich Michelle hinter sich. Ihre Stimme klang kalt. Mika öffnete erschrocken die Augen. Aber Michelle lächelte freundlich. In der Hand hielt sie Fesselbandagen.

»Ich wollte euch nicht lange stören, aber die hier braucht er, damit er sich beim Springen nicht verletzt«, erklärte sie hilfsbereit. Ostwind schnaubte.

Mika griff baff nach den Bandagen. So viel Freundlichkeit hatte sie von Michelle gar nicht erwartet!

»Danke! Das wusste ich nicht«, sagte sie.

Michelle winkte kameradschaftlich ab. »Hey, macht ja nichts. Hab ich gern gemacht. Und weißt du, am Ende wollen wir ja beide nur das Beste für Kaltenbach.«

»Ich bin echt froh, dass du das so siehst«, sagte Mika erleichtert und sah zu Ostwind, der nervös auf der Stelle tänzelte.

Michelle lachte fröhlich und reichte Mika die Hand.

»Na dann: Hals- und Beinbruch. Und vergiss die Gamaschen nicht«, verabschiedete sie sich.

Mika sah Michelle überrascht nach, dann bückte sie sich, um Ostwind die Fesselschoner anzulegen.

»Dann wollen wir mal.«

15. Kapitel

In der Reithalle war der Wettbewerb bereits in vollem Gange. Das zahlreiche Publikum füllte die Tribüne bis auf den letzten Platz. Unten mühte sich ein rotköpfiger Reiter durch den Parcours. Mit größter Not und ohne jede Eleganz nahm er das letzte Hindernis. Vereinzelt erscholl Applaus.

»*Das war Felix Rügen für den Hollerbecker Hof auf Cornflakes. Insgesamt hat er acht Strafpunkte mit einer Zeit von 97,32*«, verkündete eine Stimme über Lautsprecher.

Der Reiter verließ den Parcours und grüßte in die Richtung der Jurybox, wo Landestrainer Friedrich Fink und sein Team sich aufmerksam Notizen machten. Maria Kaltenbach saß direkt neben ihm und ließ ihren Blick über die Tribüne schweifen. Da entdeckte sie ganz hinten, weit von den anderen entfernt, ein Gesicht, das sie seit Jahren nicht gesehen hatte. Es war Sams Großvater, Herr Kaan, der nun seinerseits Maria Kaltenbach ansah. Für einen langen Moment sahen sie sich direkt in die Augen. Dann erschien ein kleines Lächeln auf Maria Kaltenbachs Gesicht. Sie nickte. Es war eine kaum sichtbare Geste voller Respekt. Herr Kaan erwiderte ihren Gruß.

Dann richteten sich aller Augen auf den Reitplatz.

»Und jetzt, vom Gestüt Kaltenbach mit der Startnummer 23, Michelle von Ridder auf Weingraf«, kündigte die Lautsprecherstimme an.

Im nächsten Moment ritt auch schon Michelle elegant in die Arena ein. Sie grüßte zackig. Das Publikum applaudierte. Der Landestrainer und Maria Kaltenbach nickten ihr von der Tribüne aus wohlwollend zu.

Michelle wendete Weingraf und drückte ihm die Sporen in die Flanken. Weingraf galoppierte an. Er wirkte schwerfällig. Doch das erste Hindernis nahm er problemlos, auch das zweite. Michelle ließ nicht locker. Immer wieder zog sie Weingraf den Kopf auf die Brust, bis ihm weißer Schaum aus dem Mund tropfte.

Währenddessen ritt Mika auf Ostwind vom Abreitplatz zur Halle. Ostwind tänzelte nervös hin und her.

»Ruhig. Hey. Ganz ruhig«, versuchte Mika ihn zu beruhigen. Doch auch sie fühlte sich unsicher und zunehmend besorgt.

In der Halle galoppierte Michelle nun den schnaubenden Weingraf an das letzte Hindernis heran: den Doppeloxer. Das Publikum hielt den Atem an, als sie absprang. Weingrafs Hufe krachten gegen Holz, die Stange wackelte – doch sie blieb liegen. Michelle stieß einen undamenhaften Jubelschrei aus.

»Das war Michelle Ridder, mit einer Zeit von 94,3 bei null Fehlern, und damit rückt sie auf den ersten Platz«, meldete der Lautsprecher.

Es erscholl herzlicher Applaus. Michelle ritt aus. Friedrich Fink nickte Maria Kaltenbach anerkennend zu.

»Und nun, als letzter Start, mit der Nummer 24, ebenfalls vom Gestüt Kaltenbach: Ostwind, vorgestellt von Mika Schwarz«, verkündete die Lautsprecherstimme.

Der Landestrainer sah Maria Kaltenbach an. »Ostwind?«, fragte er erstaunt.

»Und meine Enkelin«, verkündete Maria Kaltenbach stolz.

Am Eingang des Parcours wartete Mika ungeduldig auf den Startgong, während Sam ihr die Steigbügel festzog. Er sah, dass Mika sehr angespannt aussah.

»Alles okay?«, fragte Sam.

»Nein.« Mika schüttelte den Kopf. »Er hat irgendwas.«

Besorgt tastete Sam Ostwind ab, die Flanken, die Beine, schließlich streifte er seine bandagierten Fesseln. Da riss Ostwind den Kopf hoch und tänzelte zurück. Mika hatte Mühe, sich im Sattel zu halten. Ausgerechnet in diesem Moment ertönte die Glocke.

Mika ritt zum Startpunkt. Ihr Blick glitt über die Tribüne. Sie schluckte, als sie die erwartungsvollen Gesichter der Zuschauer bemerkte. Friedrich Fink, Maria Kaltenbach, Tinka und die Pferdemädchen, das Publikum – alle verschwammen ihr augenblicklich vor den Augen. Doch dann blieb ihr Blick am äußersten Ende der Tribüne an einem vertrauten Gesicht hängen: Herr Kaan. Ihre Blicke trafen sich. Herr Kaan nickte Mika zu. Sie nickte zurück und bekam neuen Mut. Jetzt wird doch noch alles gut, dachte sie erleichtert.

Von Weitem sah sie, wie Sam den Daumen demonstrativ für sie in die Höhe hob. Doch als Sam die Hand vor sein Gesicht hielt, streifte ein merkwürdiger Geruch seine Nase. Er hob seine Hände an die Nase und schnupperte. »Das riecht nach…«, murmelte er nachdenklich. Dann weiteten sich seine Augen.

Da ertönte die zweite Glocke. Mika galoppierte an. Sie ritt auf das erste Hindernis zu und übersprang es mühelos.

Von der Tribüne erscholl ein anerkennendes »Ahh« aus vielen Kehlen. Die perfekte Harmonie zwischen Pferd und Reiterin war für niemanden zu übersehen. Friedrich Fink war sichtlich beeindruckt, Maria Kaltenbach strahlte vor Stolz. Nur Herr Kaan verfolgte Mikas Ritt mit wachsendem Unbehagen. Denn er erkannte sofort, dass etwas nicht stimmte. Zwar übersprang Ostwind auch noch das nächste Hindernis, doch er wurde sichtlich nervöser.

Auch Mika spürte das. Vorsichtig beugte sie sich während des Ritts hinab zu seinem linken Ohr. »Was hast du? Was ist denn?«, fragte sie besorgt.

Ostwind wieherte verzweifelt, als wolle er ihr antworten. Aus den Augenwinkeln sah Mika, wie Sam ihr mit großen Gesten irgendein Zeichen geben wollte. Doch schon tauchte das nächste Hindernis vor ihr auf. Ostwind galoppierte an, er sprang kraftvoll ab. Doch diesmal berührte er die Hürde. Seine Fesseln krachten schmerzhaft gegen die Stange. Noch im Sprung bäumte er sich auf und begrub mit einem Schritt nach vorn das Hindernis unter sich. Mika griff verzweifelt in Ostwinds Mähne, doch sie konnte sich nicht halten. Das Publikum schrie entsetzt auf. Mika fiel. Kaum am Boden rappelte sie sich auf. Aber über ihr bäumte sich das Pferd verzweifelt auf und schlug immer wieder mit den Hinterbeinen aus.

»Ostwind!«, rief Mika verzweifelt.

Doch er hörte sie nicht. Wild buckelnd galoppierte er durch die Halle. Er war jenseits aller Kontrolle. Da sah Mika Sam. Er jagte Ostwind hinterher und versuchte ihn am Zügel zu fassen. Mika rannte los.

»Sam! Nicht!«, rief Mika. Ihr Schrei gellte durch die Halle.

Sam drehte sich zu ihr um. Ostwind bäumte sich auf. Das Publikum schrie laut auf. Aber das Unglück war nicht mehr aufzuhalten. Ostwinds Huf traf Sam am Kopf.

Mit einem überraschten Gesichtsausdruck ging er zu Boden und blieb regungslos liegen. Kein Laut war mehr von der Tribüne zu hören. Ostwind kam unvermittelt zum Stehen.

Mika fiel neben Sam auf die Knie. »Nein. Nein. Nein«, flüsterte sie verzweifelt. Ein endloser Strom von Tränen rann ihr über das Gesicht. Ihr Herz schien zu bersten. Etwas Schrecklicheres hatte sie noch nie erlebt.

16. Kapitel

Es war nicht einfach gewesen, Mika in einen Krankenwagen zu bugsieren. Dort saß sie nun abseits des Trubels völlig benommen und schaute ins Leere. Eine Sanitäterin klebte ihr gerade ein Pflaster auf die Stirn, als Maria Kaltenbach mit besorgter Miene in der offenen Tür auftauchte.

»Wie geht es ihr?«, fragte sie.

»Gut. Sie hatte mehr Glück als der junge Mann. Ist nur ein Kratzer«, sagte die Sanitäterin.

Mika horchte auf. »Was ist mit Sam?«, wollte sie wissen.

»Wir tun, was wir können«, sagte die Sanitäterin in einem professionellen Tonfall, sodass dies alles bedeuten konnte.

In diesem Moment wurde Sam auf einer Liege vorbeigetragen. Er war noch immer bewusstlos. Zwei Sanitäter schoben ihn in einen wartenden Krankenwagen. Mika starrte ihnen hinterher. Mit quietschenden Reifen und Blaulicht fuhren sie davon.

Das war ein Traum, oder? Bitte lass es nur ein

Traum sein, flehte Mika innerlich. Ihre Großmutter war ebenfalls sichtlich angegriffen. »Ich hätte das nie zulassen dürfen. Dieses Pferd ist eine Gefahr«, sagte Maria Kaltenbach bitter.

Mika erwachte aus ihrer Starre. Nein, Ostwind war unschuldig! »Er hatte irgendwas... er...«, begann Mika stammelnd. Unglücklich brach sie ab. »Ich kann's nicht erklären.«

Aber Maria Kaltenbach wollte auch keine Erklärung hören. Es verursachte ihr nahezu körperliche Schmerzen, dass ihre Enkelin Ostwind immer wieder in Schutz nahm. Maria Kaltenbach sah Mika kalt an. »Erst hat er mich zum Krüppel gemacht und jetzt das. Der Ungar nimmt ihn heute noch mit.«

Mika stand auf und wich entsetzt ein paar Schritte zurück. »Nein! Bitte. Bitte...«, flüsterte sie heiser.

Aber ihre Großmutter ging wortlos davon. In Gedanken war sie bei Sam.

Mika blickte ihr verzweifelt nach. Ihr war klar, dass sie nichts mehr für Ostwind tun konnte. Ihre Großmutter hatte ihren Entschluss gefasst. Wenn noch Hilfe für Ostwind zu erwarten war, dann nur von einem! Herrn Kaan! Mika schlüpfte aus dem Krankenwagen und lief so schnell sie konnte los, um ihn zu suchen.

Sie fand ihn in der Halle. Doch Herr Kaan war nicht ansprechbar. Reglos kniete er auf dem leeren

Parcours. An der Stelle, wo Sam gelegen hatte, war der Sand rot verfärbt.

In ihrer Verzweiflung versuchte Mika, Herrn Kaan hochzuziehen, doch er rührte sich nicht. »Schnell, Sie müssen mir helfen. Sie will Ostwind dem Ungarn geben, er ist schon hier! Sie müssen mit ihr reden. Es war nicht seine Schuld, dass wissen Sie doch!«, rief sie angsterfüllt.

Herr Kaan hob nur langsam den Kopf und sah Mika aus leeren Augen an. »Wenn Sam stirbt, dann ist das meine Schuld«, sagte er apathisch. Dann sank er wieder in sich zusammen wie ein leeres Schlauchboot.

»Nein!«, rief Mika. Am liebsten hätte sie sich einfach nur fallen gelassen. All ihre Kraft schien sie zu verlassen. Doch Mika musste eine Entscheidung treffen! Wenn sie jetzt nichts tat, war Ostwind verloren. Ein tiefer Stich ging ihr durchs Herz, als sie Herrn Kaan alleine ließ. Aber es musste sein. So schnell wie möglich rannte sie aus der Halle.

Auf dem Hof standen Menschen in kleinen Gruppen beisammen und unterhielten sich aufgeregt. Auch Michelle stand dabei, direkt neben dem Landestrainer.

»Ich habe ihr gesagt, das Pferd ist schwierig. Ich hätte es niemals verkaufen dürfen«, sagte Friedrich Fink.

»Frau Kaltenbachs Urteilsvermögen ist nicht mehr das, was es mal war. Sie ist ja auch schon über sechzig«, mischte sich Michelle ins Gespräch. Sie wollte dem Trainer schmeicheln, das war deutlich.

Aufmerksam sah Friedrich Fink Michelle an. »Ich bin siebenundsechzig«, erwiderte er trocken.

Michelles Lächeln gefror.

In dem Moment krachte etwas Metallenes laut auf den Steinboden. Alle sahen erschrocken auf. Die Ladeklappe des schwarzen Pferdetransporters war heruntergelassen worden. Die Fahrertür öffnete sich und grobe schwarze Arbeitsstiefel tauchten darunter auf. Der Ungar. Selbst Friedrich Fink wandte sich schaudernd ab, als der Mann ohne Wort und ohne Gruß hinüber zum Stall ging.

Die Stallgasse war menschenleer. Die Pferde in ihren Boxen wieherten beunruhigt, als der Schatten des Ungarn sie passierte. Vor Ostwinds Box machte er Halt. Er fasste das Betäubungsgewehr fester und öffnete die Tür zur Box... doch sie war leer. Bis auf ein Paar edle braune Reitstiefel, die einsam im Stroh lagen.

17. Kapitel

An der Tür des Gutshauses klingelte es Sturm. Eine bleiche Maria Kaltenbach öffnete die Tür – und schaute in das nicht minder bleiche Gesicht ihrer Tochter Elisabeth, Mikas Mutter. Die beiden hatten sich seit Jahren nicht gesehen. Aber an eine Umarmung dachte keine von beiden.

»Wo ist meine Tochter?«, presste Mikas Mutter hervor. Ihre Stimme zitterte vor Wut.

»Die Polizei ist benachrichtigt. Wir suchen sie. Weit kann sie nicht sein. Sie hat schließlich ein Pferd dabei«, versuchte Maria Kaltenbach ihre Tochter zu beruhigen. Aber das war ihr gründlich misslungen.

»Ein Pferd! Natürlich! Was hab ich mir nur dabei gedacht, sie zu dir zu bringen?!«, rief Mikas Mutter aufgebracht und sah ihre Mutter herausfordernd an. Doch Mikas Großmutter wirkte ungewöhnlich alt und müde. Sie wollte keine Grundsatzdiskussionen, keinen Kampf. »Komm doch erst mal rein. Mika wird sicher bald auftauchen. Sie kann ja schlecht auf die Autobahn«, sagte sie und öffnete weit die Tür.

Mika hielt ihr Handy fest ans Ohr gepresst. Sie ritt auf Ostwind auf dem Standstreifen einer Schnellstraße. Autos brausten an ihr vorbei. Sie passierte eine Raststätte. Eine Oma, die gerade ihren Proviant auf ein Tischchen sortierte, staunte sie erschrocken an. Doch Mika versuchte, sie und den Verkehr zu ignorieren.

»Fanny, hörst du mich?«, rief sie gegen den Lärm in ihr Handy.

Fanny stand gerade in bunten Shorts am Meer und patschte durchs Wasser. »Klar hör ich dich...«, reagierte die Freundin beleidigt. »Und zwar das erste Mal seit drei Wochen, du treulose Orange.«

»Tomate!«, unterbrach Mika sie ungeduldig. »Ich brauche jetzt deine Hilfe«, schrie sie ins Telefon. »Sag mir einfach nur, wie ich zu dir komme. Ich erklär's dir später.«

Wie bitte? Mika war auf dem Weg zur Nordsee? Diese Ankündigung schien Fanny sofort zu versöhnen. »Echt, du kommst noch? Hast du deine Mum bequatschen können? Cool!«

»Fanny!«, rief Mika entnervt.

»Okay, okay. Wo seid ihr denn jetzt?«, besann sich Fanny endlich auf Mikas Bitte.

Mika sah sich um und entdeckte ein großes Schild. »Auf der Autobahn. Irgendwo vor Bremen«, gab sie an Fanny durch.

Fanny tippte bereits in ihrem Handy herum. »Dann müsst ihr... ab da Richtung Bremerhaven fahren und dann nach Schillig. Direkt am Meer. Ich schick dir 'nen Link.«

»Danke«, schrie Mika ins Handy, denn ein LKW brauste dicht an ihr vorbei.

»Super, dann bis nachher. Hallo? Hallo? Mika?«, rief Fanny. Aber da hatte Mika schon aufgelegt.

Auf Gut Kaltenbach warteten zwei Frauen schweigend auf eine Nachricht. Maria Kaltenbach saß in einem Sessel neben dem Kamin, vor ihr das Telefon, das nicht klingeln wollte. Ihre Tochter Elisabeth stand am Fenster und schaute unverwandt hinaus. Regen prasselte auf den Hof. Die unerträgliche Spannung zwischen den Frauen war beinahe greifbar.

Irgendwann hielt Mikas Mutter das Schweigen nicht länger aus.

»Viel hat sich ja nicht verändert«, bemerkte sie möglichst unverbindlich.

»Mika hat es hier gefallen«, sagte Maria Kaltenbach.

»Ja, sicher. Deshalb ist sie wohl auch abgehauen«, erwiderte Elisabeth sarkastisch.

Maria Kaltenbach zuckte gekränkt zusammen. Aber sie brannte darauf, mit ihrer Tochter über Mika zu sprechen.

»Sie ist ein Naturtalent. Es könnte eine echte Ausnahmereiterin aus ihr...«, begann sie in dringlichem Ton. Aber Mikas Mutter wollte davon nichts hören. Sie drehte sich um und sah ihre Mutter mit kalter Wut an: »Du hast dich kein bisschen verändert. Du siehst Menschen immer noch in nur zwei Kategorien: Reiter – und alle anderen. Die dich nicht interessieren.« Mikas Mutter machte eine kurze Pause und fügte dann bitter hinzu: »Das war schon immer so. Aber ich lasse nicht zu, dass du meine Tochter verbiegst.«

Maria Kaltenbach sah ihre Tochter erstaunt an. »Verbiegen? Deine Tochter würde all diese Wälzer über Quantenphysik sicher gerne eintauschen gegen ein Paar Reitstiefel«, rief sie. Doch dann wandte sie ihren Blick ab und sah nachdenklich ins Feuer. »Mag sein, dass ich damals Fehler gemacht habe, aber Mika hat lieber im Stall als in ihrem Bett übernachtet«, fügte sie schließlich hinzu.

Mikas Mutter stiegen mit einem Mal die Tränen in die Augen.

»Aber doch nur weil sie wollte, dass du sie siehst!!«, rief sie unerwartet heftig.

Für einen Moment war es sehr still im Kaminzimmer. Langsam stand Maria Kaltenbach auf und hinkte auf ihre Tochter zu. »Elli«, sagte sie hilflos. Doch Mikas Mutter schüttelte nur abwehrend den Kopf.

»Wir sollten etwas essen. Komm«, sagte Maria Kaltenbach schließlich und verließ schleppend das Zimmer. Mikas Mutter blieb alleine zurück.

Als Maria Kaltenbach spät ins Zimmer zurückkehrte, lag ihre Tochter in ihrem Lehnstuhl neben dem Telefon in einem unruhigen Schlaf. Maria Kaltenbach legte einen Scheit auf die glimmende Glut im Kamin. Dann nahm sie eine Decke von einem Stuhl und deckte ihre Tochter behutsam zu.

Es regnete wie aus Kübeln. Mika hatte die Schnellstraße verlassen und führte Ostwind am Zügel über eine matschige Schotterstraße. Ihr wurde immer mehr klar, dass sie ihr Ziel nicht so bald erreichen würden. Auch wollte sie Ostwinds Gesundheit nicht länger aufs Spiel setzen. Der Hengst brauchte Ruhe. Mika führte Ostwind zu einer Tankstelle. Dort kaufte sie von ihrem letzten Geld alle Mineralwasserflaschen, die sie sich leisten konnte. Dann schüttete sie das Wasser in eine Schüssel und gab Ostwind zu trinken.

Nachdem Ostwind seinen Durst gelöscht hatte, suchte Mika für ihn einen ruhigen Platz auf einer Wiese. Ostwind war am Ende seiner Kräfte. Erschöpft legte er sich auf den Boden. Mika kuschelte sich an seinen Bauch und schlief sofort ein.

Nach einem kurzen, traumlosen Schlaf öffnete sie

verwirrt die Augen. Ostwind war bereits wach. Er erhob sich. Mika tat es ihm nach.

Ihre Reise ging weiter über endlos lange Straßen. Als Mika zwei Wanderern begegnete, die ihr mit unverhohlener Neugier nachsahen, lenkte sie Ostwind in einen Waldweg. Die Straße wollte sie künftig meiden. Sicherlich hatte ihre Großmutter längst die Polizei informiert. Sie mussten unbedingt zu Fanny! Erst dann konnten sie sich wirklich ausruhen!

Mikas Magen knurrte. Ihr Hintern tat weh. Aber irgendwann waren Hunger und Schmerz verschwunden. Mika fühlte sich wie in Trance. Sie merkte kaum, wie sich die Landschaft um sie herum immer mehr veränderte. Bald wurde die Gegend einsamer, und wogende Felder säumten ihren Weg, soweit das Auge reichte. Ein Blick auf ihr Handy verriet Mika, dass es nicht mehr weit sein konnte. Doch mit einem Mal verließ sie alle Kraft. Sie schloss die Augen und legte sich auf Ostwinds Hals. Sie ließ sich einfach tragen. Denn sie wusste, sie würden ankommen.

Mika erwachte erst, als Ostwind leise wieherte. Er hob den Kopf und schnupperte in die Luft. Mika richtete sich auf. Das weite Meer lag direkt vor ihnen.

»Ich glaube, wir sind da…«, rief Mika.

Alle Anstrengungen waren angesichts der sonnenglitzernden Wellen vergessen. Ostwind wieherte. Nun gab es nur noch eins: zum Strand! Langsam suchten sie sich ihren Weg durch die Dünen hinab zur Brandung. Dann tauchten sie ein in den salzigen Wind, in das zeitlose Rauschen des Meeres. Begleitet vom Kreischen der Möwen preschten sie los. Unter Ostwinds Hufen spritzte der Sand. In wildem Galopp ging es ihrem Ziel entgegen.

Kurz vor dem Feriencamp rief Mika Fanny an. Diese stand bereits am Strand, doch so sehr sie sich auch drehte und schaute, sie konnte Mika nicht entdecken.

»Nö. Ich seh dich immer noch nicht«, sagte sie ins Telefon. »Da ist nur so eine Tussi auf einem Gaul.«

»Tussi?« Mika klang empört. Aber sie lachte. Das Wasser der Brandung spritzte unter Ostwinds Hufen. Im Galopp kamen sie immer näher. Aber Fanny drehte sich erst zu ihr um, als Mika mit Ostwind direkt vor ihr zum Stehen kam. Fanny entfuhr ein erschrockenes Quieken, als sie Mika auf dem großen Pferd entdeckte.

Mika glitt von Ostwinds Rücken und umarmte Fanny, die sich langsam von ihrem Schock erholte.

»Ich hab mich schon gefragt, warum du so lange brauchst. Bist du den ganzen Weg hierher geritten? Und was ist das für ein Pferd? Und überhaupt: Pferd?«, plapperte Fanny schließlich drauflos.

Mika brannte darauf, Fanny sofort alle Einzelheiten der letzten Wochen zu berichten. Doch genauso dringlich war ihr Bedürfnis nach einer Mahlzeit. Deshalb führte Fanny sie und Ostwind direkt ins Camp, wo sie sofort von kleineren Campkindern umringt wurden. Mit Heißhunger stürzte sich Mika sogleich auf einen Schokopudding, den ihr Fanny reichte. Während sie futterte, erzählte sie alles, was geschehen war, vom Anfang bis zum Ende. Ostwind stand die ganze Zeit über friedlich einige Meter entfernt unter einer Kiefer.

»... und dann bin ich eben abgehauen«, erklärte Mika abschließend.

Fanny und die zuhörenden Kinder hatten Mikas Bericht mit offenen Mündern verfolgt.

»Und die wollten wirklich Salami aus ihm machen?«, fragte Fanny ungläubig.

Mika nickte müde. »Ungarische Salami«

»Und jetzt? Was machen wir jetzt?«, wollte Fanny wissen.

Mika streckte sich neben dem Feuer aus. »Das entscheiden... wir... morgen.« Sie schloss die Augen. »Ich muss nur Ostwind noch füttern... bevor ich... einschl...« Und schon im nächsten Moment war Mika fest eingeschlafen. Aber das war okay. Sie musste sich keine Sorgen mehr machen. Alles war gut.

Fanny nahm ein Strandtuch und deckte Mika

zu. »Das machen wir schon«, versicherte sie. Dann wandte sie sich an die Kinder und rief: »Ihr habt's gehört. Das Pferd hat Hunger. Alle Vorräte an Deck!«

Sofort wuselten alle los, um ihre Leckereien herbeizuschaffen. Dann reihten sie sich in einer Warteschlange vor Ostwind auf. Ein kleiner Junge trat vor und reichte Ostwind ehrfürchtig eine Butterbrezel. Ostwind kaute genüsslich.

»Nächster!«, kommandierte Fanny.

Ostwind bekam von einem Mädchen kreischgrüne saure Apfelringe hingehalten. Er machte einen Schritt auf sie zu. Das Mädchen erschrak und ließ die Tüte fallen. Ostwind futterte die Süßigkeit vom Boden auf.

»Nächster!«, rief Fanny.

18. Kapitel

Mika schlief tief, aber unruhig. Kaum war die Sonne aufgegangen, schreckte sie hoch. Das Erste, was sie sah, war Fannys besorgtes Gesicht.

»Morgen«, sagte Fanny.

Mika setzte sich schnell auf. Sie sah um sich. In ihrem Kopf war nur eine Frage: »Ostwind?«

Fanny deutete auf eines der Großzelte, das sich verdächtig ausbeulte. Mika atmete erleichtert auf.

»Wir mussten ihn verstecken. Ein paar Betreuer sind misstrauisch geworden«, erklärte Fanny.

»Ich dachte schon... ich hab geträumt... ich dachte, es wär was mit ihm«, sagte Mika.

»Naja. Wo du es sagst...«, entgegnete Fanny kleinlaut. »Ich weiß ja nichts über Pferde, aber ist das normal, dass die so dick in der Mitte werden und grünen Schaum spucken?«

»Was?« Mika war sofort auf den Beinen und rannte in das große Zelt, in dessen Mitte Ostwind stand. Ein kleines Mädchen war bei ihm und streichelte ihn hilflos. Schaum tropfte aus seinem Maul. Mika stürzte zu ihrem Pferd. Ostwind sah sie aus trüben Augen an. Das kleine Mädchen wich zurück.

»Was hast du? Was ist denn?«, fragte Mika Ostwind.

Der Hengst schnaubte schmerzerfüllt. Sein Bauch war kugelrund und gluckerte vernehmlich. Mika stiegen die Tränen in die Augen.

»Was mach ich denn jetzt? Was mach ich denn jetzt?«, murmelte sie entsetzt vor sich hin. Sie zog ihr Handy aus der Tasche und scrollte mit zitternden Fingern durch die Liste. Es gab nur einen Menschen, den Mika jetzt anrufen konnte. Aber es meldete sich nur der Anrufbeantworter: »*Hi, hier ist Sam. Ich bin ziemlich sicher gerade im Stall. Also, hinterlasst mir einfach 'ne Nachricht.*«

Die Ansage war kaum zu Ende, als Ostwind sich nicht mehr auf den Beinen halten konnte. Er knickte ein. Mika ließ ihr Handy fallen und versuchte erfolglos, das zentnerschwere Pferd mit ihrer Kraft auf den Beinen zu halten. Dann sank sie mit ihm zu Boden. Tränen liefen über ihr Gesicht.

»Nicht aufgeben. Bitte gib nicht auf!!«, flehte sie.

Fanny stand hilflos daneben. Sie hatte sich noch niemals so furchtbar gefühlt. Vorsichtig hob sie Mikas Handy auf.

Das Telefon im Kaminzimmer klingelte. Maria und Elisabeth fuhren fast gleichzeitig hoch. Mikas Großmutter nahm ab.

»Kaltenbach?«, meldete sie sich schnell. Doch dann schlich sich Enttäuschung auf ihr Gesicht.

»Nein. Sie ist noch nicht aufgetaucht. Natürlich. Danke«, sagte sie und legte auf. Sie sah ihre Tochter an und schüttelte traurig den Kopf. Elisabeth sackte sichtlich zusammen. Da klingelte ihr eigenes Handy. Doch sie war mit ihren Gedanken vollkommen woanders. Abwesend nahm sie ab. »Ja?«

Im nächsten Moment richtete sie sich hellwach auf. »Was? Wo?«, rief sie.

Ein Auto raste über die staubige Zufahrtstraße und bremste mit quietschenden Reifen. Elisabeth und Dr. Anders sprangen aus dem Auto. Fanny stand vor dem Tor des Jugendcamps und hatte sie bereits erwartet.

»Wo ist sie?«, rief Mikas Mutter.

»In unserem Zelt. Ich wusste einfach nicht, was ich tun soll. Es geht ihr gar nicht gut. Sie ist auch krank, glaub ich«, erklärte Fanny unglücklich.

Mikas Mutter rannte sofort los, Fanny und Dr. Anders folgten ihr.

Der Anblick, der sich Mikas Mutter bot, als sie die Zeltplane zur Seite schlug, brach ihr fast das Herz. Auf dem Boden kauerte ein großes Pferd, das offensichtlich sehr krank war. Neben ihm lag Mika. Sie hatte die Augen geschlossen, war leichenblass und zitterte. Elisabeth kniete sich zu ihrer Tochter und zog sie in ihre Arme. »Mein Schatz, was machst du nur für Sachen? Ich habe mir solche Sorgen gemacht«, sagte sie zärtlich.

Mika öffnete die Augen. Sie glänzten fiebrig. »Mama. Er will nicht mehr aufstehen. Du musst ihm helfen«, flüsterte sie schwach.

Elisabeth wiegte Mika beruhigend hin und her. Sie sah fragend zu Dr. Anders, der bereits neben Ostwind kniete. Nach einer kurzen Untersuchung gab er Entwarnung. »Er hat eine Kolik. Ich spritz ihm einen Krampflöser«, erklärte er.

Elisabeth streichelte ihr Tochter. »Wir kümmern uns um ihn«, beruhigte sie Mika.

Nun sackte Mika in den Armen ihrer Mutter vollends zusammen. Sie konnte sich kaum noch wach halten. Ihre Mutter fühlte ihre Stirn.

»Du glühst ja!«, stellte sie fest. Dann hob sie Mika hoch wie ein kleines Kind.

Als sie sie aus dem Zelt tragen wollte, versuchte Ostwind mit einem schmerzerfüllten Wiehern noch einmal auf die Beine zu kommen. Auch Mika versuchte sich mit letzter Kraft aus den Armen ihrer Mutter zu befreien. »Nein! Bitte nicht, ich muss bei ihm bleiben. Ostwind!«, rief sie.

Aber sie war zu schwach. Und auch das Pferd brach wieder zusammen. Schnell trug Elisabeth Mika aus dem Zelt. Sie verfrachtete ihre Tochter auf dem Rücksitz und raste zurück Richtung Kaltenbach, wo Mikas Vater bereits auf sie wartete.

Wenige Stunden später lag Mika in einem sauberen Bett und schlief tief und fest. Ihr Arm hing an einem Tropf. Elisabeth und Phillip warteten ungeduldig auf das Untersuchungsergebnis.

Endlich erschien eine Ärztin. »Körperlich konnten wir nichts finden, es sieht eher aus wie ein schwerer Schock«, erklärte sie. »Wir haben ihr ein leichtes Beruhigungsmittel gegeben.«

Mikas Vater strich seiner Tochter besorgt über die Stirn. Elisabeth atmete tief durch. Sie spürte nun ihre eigene Erschöpfung durch die lange Fahrt. Müde machte sie sich auf, um Kaffee zu holen.

Als sie mit den zwei Kaffeebechern zu Mikas Zimmer zurückkehrte, öffnete sich die Tür eines anderen Krankenzimmers. Ein alter Mann trat heraus. Elisabeth konnte es nicht glauben – es war Herr Kaan. Auf ihrem Gesicht spiegelte sich erst Überraschung, dann Freude.

»Onkel Kaan?«, fragte Elisabeth.

Der alte Mann war ebenso überrascht. Dann lächelte er. »Hallo, Elli.«

Mikas Mutter fühlte sofort die alte Vertrautheit. Ihr Onkel war früher immer für sie da gewesen, er hatte sie immer verstanden. Ohne viele Worte. Nun freute sie sich aus tiefstem Herzen, ihn zu sehen. Und auch Herr Kaan bekam, als er sie anschaute, einen weichen Ausdruck in den Augen. Froh über das Wiedersehen teilten sie sich den Kaffee und die Bank auf dem Krankenhausflur. Herr Kaan wollte wissen, was geschehen war. Und so erzählte Elisabeth in Kürze, was vorgefallen war.

»Das ist doch verrückt. Mika hat sich vorher auch nicht für Pferde interessiert!«, schloss sie ihren Bericht.

»Maria hat die Gabe ihrer Tochter genauso wenig wahrgenommen wie du«, sagte Herr Kaan und schüttelte den Kopf. »Zwei so kluge Frauen, die so wenig sehen.«

Aber Mikas Mutter verstand nicht. »Was denn für eine Begabung?«, wollte sie wissen.

»Sie spürt das Pferd. Sie fühlt wie er. Es gibt nicht viele Menschen, die das können«, erklärte Herr Kaan.

Elisabeth sah ihren Onkel sprachlos an.

»Weißt du noch, als du damals zu mir gekommen bist?«, fragte Herr Kaan.

Elisabeth lächelte bei dieser Erinnerung. »Hmmh. Ich wollte von zu Hause abhauen, irgendwohin, wo keine Pferde sind«, sagte sie.

»Das ist dir ja wohl gelungen«, sagte Herr Kaan amüsiert. Dann stand er auf.

»Ich muss wieder zu meinem Enkel. Er ist aufgewacht«, erklärte er.

Elisabeth sprang auf. Es tat ihr mit einem Mal leid, dass sie nur von Mika gesprochen hatte. »Gott sei Dank«, rief sie erleichtert.

»Harter Schädel. Kommt nach mir«, sagte Herr Kaan. Beide tauschten einen langen, warmen Blick. Dann ging Herr Kaan. Elisabeth blieb nachdenklich zurück.

Währenddessen stand Maria Kaltenbach unbewegt auf der Treppe des Gutshauses. Kein Vogel zwitscherte weit und breit. Wenige Meter vor ihr stand der schwarze Anhänger. In der Morgensonne glänzte er wie ein böses Insekt. Sie hatte einen Schlussstrich ziehen müssen. Und hiermit war es geschehen. Mit einem metallischen Surren schloss sich langsam die Ladefläche. Dann fiel sie krachend ins Schloss.

Im selben Moment zuckte Mika in ihrem Krankenbett zusammen. Sie öffnete die Augen. Verschwommen und unscharf sah sie die weiße Decke ihres Krankenzimmers. Sie blinzelte. Das Bild wurde schärfer. Ein Gesicht kam in ihr Blickfeld. Ihre Mutter lächelte auf sie herab.

»Hallo, Schatz.«

Mika blinzelte noch einmal und sah sich in dem merkwürdigen Raum um, in dem sie sich befand. Sie sah jetzt auch ihren Vater, der zu ihrer Mutter trat.

»Guten Morgen, Mäuschen«, sagte er liebevoll.

Mika setzte sich auf. Jedoch zu schnell, ihr wurde wieder schwindelig.

»Was ist mit Ostwind?«, fragte sie schwach.

Ihre Mutter legte ihr eine Hand auf die Schulter.

»Alles in Ordnung. Alles gut«, sagte sie beschwichtigend.

Mika sank zurück ins Kissen.

»Hier ist übrigens noch jemand, der dir Hallo sagen will«, erklärte Mikas Mutter und trat zur Seite. Hinter ihr tauchte eine Gestalt mit einem weißen Kopfverband auf. Da erhellte ein Lächeln Mikas Gesicht.

»Hallo. Ich hab gehört, mit dir kann man Pferde stehlen...«, sagte Sam und grinste.

Mika war unendlich erleichtert. »Sam!«, rief sie.

Einsam ging Maria Kaltenbach den langen Flur des Gutshauses hinunter. Vor dem Trophäenschrank blieb sie stehen. Sie hatte in ihrem Leben so viel gewonnen – am Ende aber alles verloren. Erst ihre Tochter, dann ihre Fähigkeit, zu reiten. Und nun auch ihre Enkeltochter. Sie wollte gerade die Stiefel wieder in die Vitrine stellen, als Michelle hinter sie trat.

»Frau Kaltenbach?«

Maria drehte sich um.

»Ich wollte ihnen nur sagen, dass es mir sehr leidtut. Mit ihrer Enkelin und dass...«, sagte Michelle und gab sich alle Mühe, mitfühlend zu klingen.

Maria winkte ab. »Schon gut, Michelle. Danke. Ich hätte es wissen müssen«, sagte sie. Sie sah auf die Stiefel in ihrer Hand. Kurz entschlossen gab sie sie Michelle. Sie bemühte sich um ein Lächeln. »Hier. Die gehören dir.«

Auf Michelles Gesicht breitete sich ein Strahlen aus. »Wirklich? Danke!«

Aber Maria Kaltenbach war mit ihren Gedanken schon wieder woanders. Sie nickte abwesend.

»Und... Frau Kaltenbach?«

»Ja?«

Michelle platzte fast vor Stolz. »Der Landestrainer hat angerufen.« Sie machte eine dramatische Pause, bevor sie fortfuhr: »Ich bin im Kader!«

Maria lächelte. Aber ihre Augen waren ohne wirkliche Freude.

Sam saß auf Mikas Bettkante. Mika berührte seinen Kopfverband.

»Das ist alles meine Schuld«, entschuldigte sie sich.

»Ach was. War doch kein Wunder«, sagte Sam tröstend. »So viel Peppagon bei einem so empfindsamen Pferd wie Ostwind, aber woher hättest du das wissen sollen?«

Mika sah Sam an wie ein Auto. »Peppa – was?«

»Na, die Wärmesalbe, die du ihm auf die Fesseln geschmiert hast. War sicher gut gemeint, aber das brennt wie Hölle, deshalb darf man das nur ganz dünn…«, erklärte Sam. Dann bemerkte er Mikas zunehmende Ratlosigkeit.

»Du hast ihm das nicht draufgemacht?«, fragte er schließlich.

Mika schüttelte entschieden den Kopf.

»Aber… seine Gamaschen waren richtig getränkt damit. Den Geruch würde ich überall erkennen. Wer würde…?«

Mika kam ins Grübeln. »Michelle hat mir diese Dinger gegeben«, erklärte sie nachdenklich.

Sie sahen sich an. Langsam, aber hörbar fiel der Groschen. Mika schlug ihre Decke zurück.

»Wir müssen nach Kaltenbach!«, rief sie. Sie schnappte sich ihre Schuhe und wollte an Sam vorbei zur Tür.

Doch ihre Mutter versperrte ihr den Weg. »Oh nein. Du musst nirgendwohin. Das ist nicht mehr unsere Angelegenheit. Wir fahren jetzt nach Hause und vergessen diese ganze… unerfreuliche Episode«, sagte sie.

»Der Ungar bringt ihn um, wenn wir nichts machen!«, schrie Mika.

Auf Elisabeths Gesicht spiegelte sich ein innerer Kampf, während Phillip ratlos neben ihr stand.

Mika holte tief Luft. »Mama! Papa! Bitte. Ich bin vielleicht die Enttäuschung eures Lebens, weil ich keine Ahnung von Quantenzeugs habe und nie haben werde. Aber ich weiß jetzt ganz sicher, was ich kann«, erklärte sie eindringlich.

Mikas Eltern waren sprachlos. Sie schauten ihre Tochter an, dann einander. »Und was?«

Statt Mika antwortete Sam: »Fliegen!«

Mikas Eltern drehten sich überrascht zu Sam um.

»Ich hab noch nie jemanden gesehen, der eine so starke Verbindung zu Pferden hat«, erklärte Sam begeistert.

Als sich Mikas Eltern wieder ihrer Tochter zuwenden wollten, war diese verschwunden. Eilig hatte sie sich ihre Schuhe geschnappt und jagte nun in ihrem Schlafanzug wie ein kleiner Hase durch die Krankenhausflure. Sie schlug behände Haken um fahrende Krankenhausbetten und schlurfende Greise mit Infusionsständern.

Als sie aus dem Krankenhaus kam, lud dort gerade ein Taxi eine hochschwangere Frau ab. Mika zögerte keine Sekunde. Sie rannte auf die Frau zu und sprang hinter ihr ins Taxi. Während sie sich auf der Rückbank in ihre roten Turnschuhe strampelte, dirigierte sie das Taxi nach Kaltenbach.

Dort war man gerade im Begriff, den Reitschulalltag wieder aufzunehmen. Einen Alltag ohne Mika, ohne Ostwind. Als sei niemals etwas geschehen. Der Landestrainer, Friedrich Fink, war zu Besuch. Denn er hatte Wichtiges zu verkünden. Er stand neben Maria Kaltenbach und Michelle auf dem Hof. Die Pferdemädchen hockten in gebührendem Abstand auf der Treppe des Gutshauses.

»...und aufgrund deiner hervorragenden Leistung freue ich mich, dich in den Junior-Kader des Landes Hessen zu berufen«, erklärte Herr Fink und überreichte Michelle feierlich eine rote Kaderjacke. Die Augen der Pferdemädchen weiteten sich. Maria Kaltenbach nickte wohlwollend.

»Danke. Ich werde mein Bestes geben«, erklärte Michelle feierlich.

Doch weiter kam sie nicht, denn Mikas Taxi raste durch das Tor und bremste nur wenige Meter vor ihnen. Die Tür flog auf und Mika sprang heraus. Sie hatte nur einen Gedanken: nicht zu spät zu kommen!

»Mika!«, rief Maria Kaltenbach. »Was –«

Aber Mika hörte nicht hin. »Ostwind war nicht schuld!«, rief sie atemlos. »Michelle hat seine Gamaschen mit dieser Pfeffersalbe getränkt! Deshalb ist er durchgegangen!«

Als Reaktion starrten nun alle auf dem Hof Mika

entgeistert an. Und tatsächlich schien ihr Auftritt im Schlafanzug mehr als merkwürdig.

»Spinnst du jetzt?«, rief Michelle empört. Sie sah aus, als würde sie Mika gerne die Augen auskratzen.

Friedrich Fink versuchte zu schlichten. »Ich kann verstehen, dass du einen Grund suchst für das, was passiert ist«, wandte er sich verständnisvoll an Mika. »Aber Ostwind ist ein schwieriges Pferd. Es überrascht mich nicht...«

»Ist er nicht!«, unterbrach ihn Mika wütend. Sie funkelte Michelle zornig an. »Und Sam hätte sterben können.«

Michelles empörte Unschuldsmiene entgleiste ihr für einen Augenblick. Das hatte sie offensichtlich auch nicht gewollt.

»Mika!«, mahnte Maria Kaltenbach streng. »Hast du irgendeinen Beweis für diese Anschuldigungen?«

Mika rang nach Worten. Sie hatte nichts vorzuweisen. Sie schaute sich Hilfe suchend um.

»Ich... Nein«, stammelte sie und erklärte schließlich hilflos: »Sam hat es gerochen.«

»Kann es sein, dass du noch unter Medikamenten stehst?«, schnappte Michelle.

Die Stimmung richtete sich nun klar gegen Mika. Aus dem Kreis der Pferdemädchen begegneten ihr Blicke voller Unverständnis. Auch der Landestrainer verlor die Geduld.

»Dann machen wir doch weiter, wenn niemand noch etwas zur Aufklärung beizutragen hat?«, sagte Herr Fink unwirsch.

Mika ließ niedergeschlagen den Kopf sinken. Doch da meldete sich plötzlich eine zarte, aber feste Stimme. »Doch. Ich.«

Aller Augen richteten sich auf Tinka, die für einen Moment vor so viel Aufmerksamkeit zusammenschrak. Doch sie hob tapfer ein paar weiße Gamaschen und eine leere knallrote Salbentube hoch. Aus Michelles Gesicht wich alle Farbe.

»Wenn ich das gewusst hätte, hätte ich dir die Salbe niemals geliehen!«, rief Tinka wütend zu Michelle und reichte die leere Tube an eine sprachlose Maria Kaltenbach weiter. Sie sah von der Tube in ihrer Hand zu Michelle. Diese versuchte Tinka die Gamaschen zu entreißen, aber Tinka war geschickt im Ausweichen.

»Du kleine Ratte! Gib ... das ... her«, rief Michelle und griff immer wieder daneben. »Das war ihre Idee!«, behauptete Michelle schließlich.

»Schluss jetzt«, rief Maria Kaltenbach donnernd.

Michelle gab auf.

»Ich möchte, dass du meinen Hof sofort verlässt«, sagte Maria Kaltenbach. Sie klang tief enttäuscht.

»Von mir aus!«, rief Michelle zornig. »Mir hat's hier eh nie gefallen auf diesem zweitklassigen Ponyhof!«

Mit erhobenem Kopf wollte Michelle davonstapfen. Doch Friedrich Fink hielt sie an ihrer Jacke fest.

»Nicht so hastig. Die bleibt schön hier«, sagte er.

Michelle pellte sich aus der roten Kaderjacke und warf sie dem Landestrainer vor die Füße.

»Das wird ein Nachspiel haben«, sagte er ernst.

Michelle funkelte ihn böse an. »Nur zu, Opa.«

Dann rauschte sie ab. Dabei lief sie fast vor ein Auto, das auf den Hof gefahren kam. Es hielt mit quietschenden Bremsen. Aber Mika war das alles egal, sie hatte nur noch ein Ziel.

Bevor jemand sie halten konnte, rannte sie los in Richtung Stall, vorbei an Sam und ihren Eltern, die aus dem Auto kletterten und ihr verblüfft nachschauten.

»Mika! Warte!«, rief ihre Großmutter.

Doch Mika hörte sie nicht mehr. Sie wollte nur noch zu Ostwind. Voller freudigem Überschwang lief Mika die Stallgasse entlang. Doch dann verlangsamte sich jäh ihr Schritt. Denn die Tür zur Box stand sperrangelweit offen. Fassungslos sah Mika hinein. Die Box war leer und sauber ausgefegt. Mika begriff. Mit einem Laut tiefster Verzweiflung sank sie auf die Knie und vergrub das Gesicht in den Händen.

Maria Kaltenbach betrat hinter ihr die Box. Mikas Anblick zog ihr das Herz zusammen. Es tat ihr so leid! Sie hätte alles gegeben, um es ungeschehen zu machen! Aber sie sagte nichts, sie konnte nichts sagen. Aber Mika hätte sie auch nicht verstanden. Denn Mika verstand die ganze Welt nicht mehr. Alles war aus den Fugen geraten.

Mika schluchzte auf und hob den Kopf. Verschwommen sah sie das Gesicht ihrer Großmutter. Dann sank sie auf den kalten Boden und weinte. Sie weinte, als gäbe es kein Morgen mehr.

19. Kapitel

Mit geröteten Augen saß Mika auf der Rückbank des Autos und sah apathisch ins Nichts. Wie durch Watte hörte sie draußen die Stimmen ihrer Eltern, die sich von ihrer Großmutter verabschiedeten.

»Lasst Mika bald wiederkommen. Sie ist ein großes Talent, sie würde sicher sofort in den Kader...«, sagte ihre Großmutter.

»Mama«, sagte Mikas Mutter leicht mahnend. Die beiden Frauen schauten sich an. Mikas Großmutter verstummte. Dann lächelte sie. »Tschuldigung. Tschuldigung.«

Und dann, nach einem kurzen Moment der Unsicherheit, nahm Elisabeth ihre Mutter in den Arm. Maria Kaltenbach hatte Tränen in den Augen.

»Es tut mir so leid«, sagte sie.

»Mach dir keine Vorwürfe«, flüsterte Elisabeth bewegt.

Maria Kaltenbach ließ ihre Tochter los und sah ihr fest in die Augen. »Ich meine nicht nur Mika.«

»Ich weiß«, sagte Elisabeth.

Mikas Vater trat hinzu. Er schleppte Mikas Taschen und den schweren Rucksack.

»Uff. Das nächste Mal lassen wir die Fachliteratur aber zu Hause.«

Mikas Großmutter wandte sich ihm zu. »Danke«, sagte sie.

»Wofür?«, fragte er.

Mikas Großmutter sah ihn lächelnd an. »War es nicht deine Idee, mich anzurufen?«

Phillip antwortete nicht, er lächelte nur. Dann umarmte auch er sie herzlich. »Bis zum nächsten Mal«, sagte er.

Mikas Eltern stiegen ins Auto. Maria Kaltenbachs Blick suchte Mika, doch Mika schaute sie nicht an. Während Phillip den Wagen startete, kam Sam angerannt. Er klopfte bei Mika an die Scheibe.

»Hey! Willst du dem Stallburschen etwa nicht Tschüss sagen?«, rief er bemüht fröhlich.

Langsam kurbelte Mika das Fenster herunter. »Hey«, sagte sie leise.

Für einen stillen Moment sahen Sam und Mika sich an. Jeder spürte die Traurigkeit des anderen.

»Danke für alles«, stieß Mika schließlich hervor.

»Komm wieder«, sagte Sam bemüht aufmunternd. »Ne Mistgabel hab ich immer frei für dich.«

Er grinste mit etwas Mühe. Mika versuchte es ebenfalls.

In dem Moment ließ Mikas Vater den Motor an und sie fuhren los.

Sie verließen den Hof, fuhren die Schotterstraße entlang, vorbei an der Koppel und den leuchtenden Rapsfeldern. Herrn Kaans Laube kam in ihr Blickfeld, sie zog ebenfalls vorbei. Dann ging es die schmale Landstraße den Hügel hinauf – hinter dem sich mit einem Mal wie aus dem Nichts ein ungewöhnlich langer Stau erstreckte. Die Autos standen dicht an dicht, scheinbar endlos glitzerte die Blechschlange in der flimmernden Luft. Offenbar ging schon seit einiger Zeit nichts mehr, denn einige Fahrer waren ausgestiegen. Auch Mikas Vater stellte entnervt den Motor ab. »Da ist sicher wieder ein Trekker umgekippt. Ausgerechnet«, sagte er.

Elisabeth drehte sich sorgenvoll zu Mika um, die apathisch im Polster lehnte.

»Mäuschen. Sei doch nicht so traurig«, sagte sie und suchte nach tröstenden Worten. »Du weißt doch: Im Weltall geht nichts verloren. Nur die Form verändert sich. Vielleicht ist er irgendwo da oben und passt auf dich auf?« Sie verstummte. »Was ist denn?«, fragte sie irritiert.

Mika sah ihre Mutter mit leerem Gesichtsausdruck an. Elisabeths Worte waren nicht wirklich zu ihr durchgedrungen. Denn für einen Augenblick hatte Mika das Gefühl, in der Ferne Hufe zu hören. Oder war das Geräusch nur in ihrem Kopf? Dann flammte ein Bild vor ihren Augen auf.

Mika hielt den Atem an. Sie versuchte, das Bild zurückzuholen. »Halt! Halt an!«, rief sie.

»Mika, wir stehen«, erklärte ihr Vater.

Doch da war Mika schon aus dem Auto gesprungen. Ihre Eltern sahen ihr entgeistert nach.

»Vielleicht muss sie aufs Klo?«, überlegte Elisabeth, während sie Mika nachschaute, die an den Autos vorbeirannte, zurück den Hügel hinauf. Als Mika Herrn Kaans Koppel erreicht hatte, blieb sie stehen. Völlig außer Atem sah sie über die große Wiese bis zum Waldrand. Nichts war zu sehen. Nichts war zu hören – außer dem friedlichen Surren der Insekten. Enttäuscht atmete Mika aus.

Sie ließ die Schultern sinken und wandte sich traurig zum Gehen. Für einen Augenblick hatte sie geglaubt –

Plötzlich kam Wind auf. Er fuhr kräftig in die Wipfel der Bäume und über die weite Wiese. Er kam aus Osten. Aus der Ferne erklang ein vertrautes Wiehern. Und dann sah sie ihn! Er brach aus dem Schatten des Waldrands und galoppierte über die Wiese auf sie zu. Ein Strick baumelte um seinen Hals. Also doch!

Unfassbare Freude ließ Mikas Gesicht leuchten.

»Ostwind!«, rief sie. Dann rannte sie los, querfeldein zu ihm, ihrem Pferd.

Ostwind stieß ein glückliches Wiehern aus und trabte Mika entgegen, schneller und schneller und schneller. Sie trafen sich genau in der Mitte der leuchtenden Wiese, und Mika fiel Ostwind um den Hals, der ganz still dastand und den Kopf auf sie herabsenkte. Lange standen sie so da, in stiller Zwiesprache.

In diesem Moment verließ Herr Kaan seine Laube. Als er sah, wie Mika und Ostwind im warmen Sonnenlicht beieinanderstanden, erschien ein Lächeln auf seinem Gesicht.

Ostwind stupste Mika sanft an die Schulter. Mika ließ ihn los.

»Wie hast du das nur gemacht?«, fragte sie.

Nur einen Kilometer weiter stand ein Polizeiauto mit Blaulicht am Straßenrand neben einem gekippten Pferdetransporter, der die Straße blockierte und offenbar die Ursache des Staus war. Die Klappe war offen und zeigte deutlich die Dellen der Hufe, die sie aufgebrochen hatten. Schaulustige standen herum, ein Polizist schüttelte ungläubig den Kopf.

Doch davon bekamen weder Mika noch Mikas Eltern etwas mit. Phillip und Elisabeth waren aus dem Wagen ausgestiegen und warteten immer noch neben der Straße.

»Die schwache Blase hat sie von dir«, sagte Mikas Vater.

Mikas Mutter wollte diesen Vorwurf gerade energisch von sich weisen, als sie etwas sah, das ihr die Sprache verschlug: Über den sanften Hang kam eine Reiterin angesprengt. Sie flog förmlich über die Wiese. Mikas Mutter überkam eine Ahnung. Sie versuchte etwas zu sagen, doch ihre Stimme versagte. Stattdessen schlug sie ihrem Mann hart auf den Arm.

»Was denn?«, beschwerte sich dieser. Aber dann sah auch er den Hengst. Und seine Tochter, die sich eng an den Rücken des ungesattelten Pferdes schmiegte. Sie kamen immer näher, verringerten aber nicht das Tempo. In einem gewaltigen Satz flogen sie über den Wagen hinweg. Phillips Kinnlade klappte herunter. Auf dem Gesicht von Mikas Mutter lag der Ausdruck puren Staunens.

»Das hat sie von mir«, sagte sie gerührt und stolz.

Mit donnernden Hufen kam Ostwind auf dem Boden auf. Ohne Halt ging es weiter. Und es würde nie wieder aufhören. Mika wusste, sie waren nun unzertrennlich. Felder rasten an ihr vorbei und das Gestüt Kaltenbach, es ging vorbei an Tinka und Archibald, und an einer Abteilung staunender Reitschülerinnen. Ein Gatter kam in ihr Blickfeld, doch auch das konnte sie nicht aufhalten.

Mit einem Satz ging es darüber hinweg, über ihr nur das grenzenlose Blau des Himmels. Es war ein unbekanntes Gefühl maßlosen Glücks ...

Epilog

Drei Monate später saßen sieben Menschen gemeinsam auf der vollbesetzten Tribüne eines Reitstadions.

Gerade hatte eine Reiterin den Parcours absolviert, und der Lautsprecher gab das Ergebnis bekannt: »… *eine gute Zeit von 3:14 Minuten bei 4 Strafpunkten war das für Nadine Siber auf Tunichtgut.*«

Sam und Herr Kaan saßen neben Maria Kaltenbach. Neben ihr Mikas Eltern und Fanny, ganz außen schließlich Friedrich Fink.

»*Als Nächstes, vom Gestüt Kaltenbach mit der Startnummer 88 und einer Wildcard: Mika Schwarz auf Ostwind!*«, verkündete der Lautsprecher.

Fanny sprang auf und zeigte aufgeregt auf den Parcours. »Da ist sie!«, rief sie.

Alle reckten die Hälse. Ein Raunen ging durch das Stadion. Phillip und Elisabeth strahlten stolz, als sie ihre Tochter sahen.

Mika sah fabelhaft aus – auf ihre eigene Art. Sie trug nicht das offizielle Reiterdress. Sie hatte sich für eine Jeans, ihre roten Turnschuhe und ein weißes

Flatterhemd entschieden, und ritt ohne Sattel und ohne Trense.

»Oh, nein!«, stieß Maria Kaltenbach hervor.

»So wird sie aber disqualifiziert«, bemerkte Herr Fink beleidigt.

»Na, habt ihr geglaubt, dass sie den ganzen Zirkus einfach so mitmacht?«, fragte Herr Kaan.

»Habt ihr wenigstens wieder was zum Streiten«, warf Sam mit Blick auf Maria Kaltenbach und seinen Großvater amüsiert ein.

»Ist doch toll ohne Sattel und Trense! Sie traut sich wenigstens was«, rief Elisabeth. Es war offensichtlich, dass sie gerade sehr stolz auf ihre Tochter war.

»Physikalisch gesehen, definitiv eine Herausforderung«, pflichtete Phillip Elisabeth bei. »Allein schon wegen der Aerodynamik.«

Herr Fink sah Mikas Großmutter anklagend an. Maria Kaltenbach schluckte. Doch dann zuckte sie die Schultern und schaute mit liebevollem Blick ihre Tochter an. Elisabeth lächelte glücklich und drückte zärtlich die Hand ihrer Mutter.

In diesem Moment ertönte die Startglocke. Stille legte sich über das bis zum letzten Platz gefüllte Stadion.

Mika ritt mit Ostwind zum Startpunkt. Aller Augen waren auf sie gerichtet. Doch anstatt den obligatorischen zackigen Reitergruß zu absolvieren, winkte sie ihrer Familie.

Langsam galoppierte Mika an, wurde immer schneller. Vor dem ersten Hindernis setzte Ostwind zum Sprung an – und dann flogen sie.

Kristina Magdalena Henn
Lea Schmidbauer

OSTWIND

Rückkehr nach Kaltenbach

1. Kapitel

Schwarze Nacht umgab sie. Totenstille. Kein Windhauch war zu spüren.

Plötzlich packte sie etwas, hielt ihr Bein fest und eiserne Dornen bohrten sich tief in ihre Haut. Verzweifelt versuchte sie, sich zu befreien, doch mit jeder Bewegung verfing sie sich nur noch mehr. Unerbittlich schlang sich der Draht um ihre Beine.

Schemenhaft nahm sie ihre Umgebung war – eine Lichtung, riesige Bäume, die den Wald bewachten und ihn noch unheimlicher erscheinen ließen. Ein Uhu schrie sein Alarmsignal in die Dunkelheit,

Da hörte sie die Schritte im Unterholz.

Sie bäumte sich auf und schlug wild um sich, in einem verzweifelten Versuch, sich zu befreien. Sie musste hier weg. Schnell. Ihr Herz wollte ihr aus der Brust springen. Doch die Schritte kamen unerbittlich näher. Jemand fasste ihre Schulter ...

»Neiiiiiinnnnn!« Mit einem gellenden Schrei schreckte Mika aus dem Schlaf. Sie riss die Augen auf – und sah eine dunkle Gestalt, die sich über sie beugte.

O nein! War das etwa einer dieser Träume, in denen man träumte aufzuwachen, nur um dann in einen noch schrecklicheren Traum zu geraten?

Doch die Gestalt zuckte erschrocken zurück und schrie mindestens ebenso laut auf. Irgendwie kam sie Mika jetzt seltsam bekannt vor. »F...anny?«, krächzte sie heiser. Und endlich erkannte sie ihre Freundin, die mit einer seltsamen Baskenmütze und einem riesigen Rucksack auf dem Rücken auf das Fußende von Mikas Bett sank.

»Mann! Hast du mich erschreckt!«, schimpfte Fanny und machte einige tiefe Atemzüge, um ihren Puls unter Kontrolle zu bringen.

Mika setzte sich schlaftrunken auf. »'tschuldige. Aber ich hatte schon wieder diesen Traum...« Ihre Augen blickten sorgenvoll.

»Den, wo der Lessing dich ans Lehrerpult fesselt und du den Satz des Pythagoras pantomimisch darstellen sollst?«, fragte Fanny mitfühlend, aber als Mika nur abwesend den Kopf schüttelte, plapperte sie munter weiter: »So was musst du jetzt auch nicht mehr träumen, denn ab heute sind hochoffiziell Sommerferien! Und wir fahren nach...«, Fanny trommelte einen kleinen Wirbel auf die Bettkante, »...MAGNIFIQUE PARIS!«

Mika schwang die Beine über die Bettkante und verkniff sich einen Seufzer. Paris. Zwei endlose Wochen lang hinter Fanny durch staubige Großstadtstraßen her schlurfen. Aber so war der Deal, den die Freundinnen gemacht hatten: zwei Wochen Paris und dann – Mikas Herz machte einen kleinen Satz bei dem Gedanken – zurück nach Kaltenbach! Zu Ostwind.

Eine gefühlte Ewigkeit war vergangen, seit sie ihn das

letzte Mal gesehen hatte. Zwar telefonierte sie fast täglich mit Sam, der ihr geduldig berichtete, wie gut es dem schwarzen Hengst ging, aber seit ein paar Nächten hatte sie auch diesen Traum. Immer wieder. Irgendwas war los, doch Mika konnte dieses Gefühl einfach nicht in Worte fassen, und selbst wenn: Wer sollte das verstehen, wenn nicht einmal sie selbst es verstand?

Ein dunkler Ort, zu dem es sie hinzog, während gleichzeitig alles in ihr nach Flucht schrie. Das machte keinen Sinn. Und doch war sie sich sicher, dass es mit Ostwind zu tun haben musste. Irgendwie...

»Arrrrgh!« Ein empörter Aufschrei brachte Mika unsanft zurück in die Gegenwart, wo Fanny durch das unordentliche Zimmer stapfte und gerade den leeren Rucksack entdeckt hatte. »Du hast noch nicht mal gepackt! Ich hab schon das Taxi bestellt, das kommt in 'ner Viertelstunde. Unser Zug geht um halb elf!« Fanny begann wahllos Kleidungsstücke, die auf dem Boden verstreut lagen, in den Rucksack zu stopfen. »Meine Tante holt uns am Bahnhof ab, dann fahren wir von dort direkt ins Quartier Latin, da mach ich das erste Interview...«

Jetzt wäre ein guter Zeitpunkt, es ihr zu sagen, dachte Mika, aber stattdessen kam wieder nur ein lahmes, lang gezogenes »Ookaay...« aus ihrem Mund. Verdammt! Wieso war es so schwer, Fanny das beizubringen?

Mika wollte nicht nach Paris. Sie konnte da nicht hin, auch wenn sie es ihren Eltern und Fanny in einem schwachen Moment versprochen hatte.

Ihre Mutter war von der Idee hellauf begeistert gewesen. »Du musst doch in den Ferien auch mal was anderes sehen als immer nur... Schubkarren und... Mistgabeln. Kultur! Käse! Frankreich!«

Sie war aus dem Schwärmen gar nicht mehr herausgekommen, und sogar Mikas Vater hatte irgendwas von einem »wirklich sehenswerten Teilchenbeschleuniger im Institut für angewandte Kernphysik« gemurmelt. Und – da waren sie sich alle einig – was waren schon zwei Wochen?

Also hatte Mika zugestimmt. Nicht weil sie an Teilchenbeschleunigern oder Käse interessiert gewesen wäre, sondern um Fanny einen Gefallen zu tun. Dieser bescheuerte »Jugend schreibt«-Wettbewerb um die beste Schüler-Reportage war Fannys großer Traum, und wenn Mika etwas verstehen konnte, dann, wie es sich anfühlte, einen Traum zu haben.

Doch nun half alles nichts, sie musste es Fanny sagen, denn sie hatte nicht mehr lange bis – und da klingelte es auch schon an der Tür. Mist!

Fanny zurrte gerade den Rucksack zu und riss triumphierend die Arme in die Luft, als wäre sie Siegerin im Rucksack-Schnell-Packen-Wettbewerb. »Fertig! Perfektes Timing, würde ich sagen. Das ist das Taxi!«, und bevor Mika etwas sagen konnte, war sie schon zur Tür gerannt.

Das freudige Paris-Lächeln fiel Fanny aus dem Gesicht, als sie den Besucher erkannte. Ein braunhaariger Junge mit Karohemd und einem schiefen Grinsen im Gesicht. »Was zur... Sam?« Fanny kannte ihn nur flüchtig, vor allem aus Erzählungen, und er war ihr suspekt. Andererseits war ihr jeder suspekt, der einfach so ohne Vorwarnung in Mikas Leben geschneit kam.

Sam war Stallbursche auf Kaltenbach, dem Gestüt von Mikas Großmutter. Er bestand allerdings darauf, dass es »Pferdewirt in Ausbildung« hieß. Und jetzt stand er da, vor Mikas Tür, und klapperte stolz mit einem Schlüsselbund vor Fannys Augen.

»Hey! Ich habe gehört, jemand hier hätte ein Taxi bestellt?«

»Hä?«, war alles, was Fanny dazu zu sagen hatte. Und dann noch: »Woher weißt du das?«

Sam ließ den Schlüsselbund sinken und sah sie verwirrt an. »Echt jetzt? Das war eigentlich nur so ein Spruch. Weil ich gestern...« Stolz zog er seinen Führerschein aus der Tasche, den er endlich bestanden hatte, nachdem er zu seiner Schmach zweimal durchgefallen war.

Fanny beeindruckte das wenig, denn sie hatte bereits eine üble Vorahnung. Misstrauisch kniff sie die Augen zusammen. »Okay, was willst du hier?«, fragte sie.

Doch noch bevor Sam antworten konnte, tauchte Mika hinter ihr auf. »Sam! Ist was mit Ostwind?«, fragte sie atemlos.

»Nein, keine Sorge.« Er winkte ab. »Ich wollte euch abholen. Mit dem *Auto!*«, sagte er strahlend und wedelte wieder mit den Autoschlüsseln vor Fannys Gesicht.

Diesmal schnappte sie danach und brachte die klimpernden Schlüssel in ihrer Faust zum Schweigen. »Wie –

uns abholen? Ich versteh grad nur Bahnhof – und apropos Bahnhof: Da müssen wir jetzt auch hin!« Sie sah Mika nachdrücklich an.

Mika wich Fannys bohrendem Blick aus und ihre Augen flackerten nervös zu Sam. »Also... äh... äh... ich... wir... also«, druckste sie herum.

»Jaaa?« Fanny verschränkte die Arme vor der Brust.

»Du weißt, du bist meine beste Freundin«, begann Mika nervös. »Und Freundinnen haben ja an sich immer Verständnis füreinander, zum Beispiel, wenn man Pläne aus wichtigen Gründen ändern muss. Und als ganz konkretes Beispiel: Wenn wir zuerst nach Kaltenbach und dann nach Paris fahren würden?« Sie wartete die Antwort gar nicht erst ab, damit Fanny sie nicht unterbrechen konnte, und fuhr fort: »Mein Gefühl sagt mir einfach, dass mit Ostwind was nicht stimmt, und ich weiß, es ist nur ein Gefühl und möglicherweise Quatsch, aber... aber...« Mika ging die Luft aus. »Bitte...!«, konnte sie gerade noch hervorpressen. Dann schluckte sie und schwieg.

Fanny sah Mika an und kniff wieder die Augen zusammen. Sie sah nun wirklich aus wie ein Krokodil, kurz bevor es zuschnappte und seine wehrlose Beute verschlang. Doch das hatte einen Grund: Noch zu gut konnte Fanny sich an letztes Jahr erinnern, als Mika das monatelang geplante Feriencamp sausen lassen musste und nach Kaltenbach geschickt wurde. Und an das, was dann passiert war.

Fanny atmete tief durch. Ruhig bleiben, ganz ruhig. Sich aufregen brachte jetzt nichts, denn sie wusste drei Dinge mit ziemlicher Sicherheit: Gegen das Pferd hatte sie keine Chance. Gegen Mikas »Gefühl« erst recht nicht. Und ein zweites Mal würde sie ihre beste Freundin ganz sicher nicht alleine in Urlaub fahren lassen – Paris hin oder her.

Und überhaupt viertens würde sie vor diesem – sie sah Sam an, der versuchte, möglichst unbeteiligt auszusehen –, diesem *Pferdepfleger* ganz sicher keine Szene machen. Also blieb nur, gute Miene zum bösen Spiel zu machen und dem flehenden Ausdruck in Mikas Augen nachzugeben. »Meinetwegen. Aber nur, wenn du mir hoch und heilig versprichst, dass wir danach wirklich zwei Wochen zusammen nach Paris fahren. Ohne Pferd! Und ohne Ausreden!«

Mika fiel ihr so stürmisch um den Hals, dass Fanny das Gleichgewicht verlor und rücklings auf ihrem Rucksack landete wie ein Käfer mit Schlagseite. »Versprochen! Und ich schwöre dir, auf Kaltenbach gibt es jede Menge Material für einen tollen Artikel.«

Fanny rappelte sich möglichst würdevoll hoch. »Ich schätze, eine gute Reporterin findet immer ein spannendes Thema. Paris kann jeder. Sehen wir Kaltenbach als Herausforderung!«

Mika hätte Fanny gleich wieder umarmen können und auch Sam grinste zufrieden. »Dann kann's ja losgehen!«

Vorher gab es allerdings noch ein paar Sachen zu erledigen. Sam machte es sich auf dem Bett gemütlich, während Fanny im Flur mit ihrer Tante in Paris telefonierte und Mika ihren Rucksack packte – diesmal mit sinnvolleren Dingen als die, die Fanny wahllos aus der Unordnung gefischt hatte. Glücklicherweise waren Mikas Eltern schon gestern zu ihrer sterbenslangweiligen Studienreise nach Griechenland (»Die Wiege der Mathematik!«) aufgebrochen und konnten daher nicht sehen, wie ihre Tochter ihr notdürftig aufgeräumtes Zimmer innerhalb eines Tages in etwas verwandelt hatte, das Mikas Vater »den anschaulichsten Beweis der Chaostheorie« nannte.

Belustigt beobachtete Sam, wie Mika stirnrunzelnd eine Daunenjacke und einen Handfeger aus dem Rucksack zog.

»Ist ja gerade noch mal gut gegangen. Ich dachte kurz, sie reißt uns die Rübe runter«, sagte Sam.

»Fühl dich nicht zu sicher«, alberte Mika, die sich auf einmal seltsam leicht fühlte. Sie würde nach Kaltenbach fahren! Dann würde sie sehen, dass es Ostwind bestens ging, und dann würden auch diese merkwürdigen Träume endlich aufhören. »Und du bist wirklich sicher, dass ...«

Sam verdrehte die Augen und vollendete Mikas Satz: »Es Ostwind gut geht? Ja, Mika. Ich habe ihn heute Morgen noch auf seiner Koppel besucht, da ist er gerade mit Archibald um die Wette gelaufen.« Sam runzelte nachdenklich die Stirn. »Zumindest denke ich, dass Archibald das dachte. Und Frau Holle...«

Mika stutzte. »Wer?«

»Na, die Kuh, der Archibald mit Fell und Huf verfallen ist. Tinka hat alles versucht, aber richtig glücklich war er erst, als sie Frau Holle letzte Woche mit auf die Koppel gestellt haben. Seitdem leben sie da zu dritt, und mein Großvater sagt, er habe selten so viel tierische Harmonie gesehen.«

Bei dieser Vorstellung erschien auf Mikas Gesicht zum ersten Mal an diesem Tag ein breites Lächeln und sie verbannte den dunklen Traum aus ihren Gedanken.

Mika schnürte ihren Rucksack zu, stopfte den Rest der herumliegenden Gegenstände kurzerhand in den Schrank und drückte die Tür mit ihrem ganzen Gewicht zu. »Fertig. Kann losgehen!«

In diesem Moment kam auch Fanny zurück ins Zimmer, die immer noch ein bisschen grimmig aussah. »So, jetzt habe ich den Zug umgebucht und meiner Tante hoffentlich erklärt, dass wir zwei Wochen später kommen. Könnte aber auch sein, dass ich ihr ein Rezept für Erdbeerquark durchgegeben hab. Französisch ist nicht gerade mein bestes Fach.«

Mika und Fanny flogen durch die Kurven wie zwei Kugeln bei der Ziehung der Lottozahlen, während sie verzweifelt – und vergeblich – versuchten, sich an der abgewetzten Sitzbank des alten Geländewagens festzukrallen. Das war keine Autofahrt, das war Achterbahn pur.

Hinter dem Steuer grinste Sam stolz. »Und, irgendwelche Musikwünsche?«

Das Auto machte einen knirschenden Satz nach vorne, Fanny und Mika wurden unsanft in ihre Gurte geschleudert. »Ups, falscher Gang, Mädels, sorry!«

Mika zwang sich zu einem Lächeln, während Fanny

japste: »Lebend ankommen wäre momentan mein einziger Wunsch!«

Beleidigt drehte sich Sam zu ihr um. »Hey! Ich habe einen druckfrischen Führerschein in der Tasche und...«

»Achtung!«, schrien Fanny und Mika im Chor, und Sam konnte gerade noch das Steuer herumreißen.

Der große Jeep mit dem Logo des Gestüts Kaltenbach auf der Seitentür schlingerte um Haaresbreite an einer Straßenkehrmaschine vorbei, die über die Fahrbahn zuckelte.

Die Mädchen schnappten nach Luft, aber Sam schien das nicht sonderlich zu beeindrucken. Er plauderte munter weiter, als befänden sie sich auf einer ländlichen Spazierfahrt und nicht auf einer vierspurigen Schnellstraße durch die Frankfurter Innenstadt. »Nur dass ihr vorbereitet seid, Kaltenbach ist nicht ganz auf der Höhe momentan. Jeden Monat werden es weniger Pensionspferde und auch die Reitschülerinnen bleiben weg. Seit einiger Zeit geht es langsam, aber stetig den Bach runter.«

Eine Sorgenfalte erschien auf Sams Stirn.

Mika wollte gerade etwas erwidern, als der Wagen nicht gerade sanft um eine Kurve bog und sie sich hart den Kopf an der Fensterscheibe stieß. »Was... Autsch!«

Fanny warf ihr einen Blick zu, der eindeutig sagte: »Wir werden sterben!«, während Sam schon wieder unbekümmert auf das Gaspedal trat.

»Seit Michelle weg ist, haben wir keine vielversprechende Turnierkandidatin mehr«, fuhr er fort. »Das ist nicht gut fürs Image. Außerdem wird die Konkurrenz immer größer.«

Fanny, die sich wenigstens ein bisschen von ihrer Todesangst ablenken wollte, fragte nach: »Michelle, das ist die fiese Kuh, die Ostwind dieses Zeug auf die Füße geschmiert hat, damit er bei dem Turnier durchdreht, richtig?«

Mika nickte ernst. »Und Sam damit um ein Haar umgebracht hätte… und Ostwind auch.«

Eine Weile saßen sie schweigend im Auto und dachten an diesen Teil des letzten Sommers, bis Sam seine gute Laune wiederfand: »Sei's drum: Jetzt sind erst mal Sommerferien, und Frau Kaltenbach freut sich sicherlich wie ein Schnitzel, dich… also euch früher als erwartet wiederzusehen. Und Ostwind erst!«

Mika lächelte und vergaß bei dieser Aussicht sogar für einen Moment, dass sie noch lange nicht angekommen waren. Bis es neben ihnen hupte und sich Fannys Finger schmerzhaft in ihren Oberschenkel bohrten.

2. Kapitel

Kies spritzte auf, als sie ein paar Stunden später mit quietschenden Reifen auf den Hof des Gestüts einbogen. Noch bevor der Geländewagen ganz zum Stehen gekommen war, riss Fanny die Tür auf und sprang aus dem Auto. Sie atmete tief durch und sah aus, als würde sie am liebsten den Boden küssen. »Nie wieder! Und wenn wir zu Fuß nach Paris gehen müssen!«

Mika blieb noch eine Weile im Auto sitzen. Sie schaute sich um und wartete dabei auf das wohlige Gefühl, das sich immer in ihr ausbreitete, sobald sie hier ankam oder auch nur an das Gestüt dachte.

Doch irgendetwas hatte sich verändert. Wie Sam gesagt hatte. Aber was?

Kaltenbach war immer noch Kaltenbach: das altehrwürdige Gutshaus, der schöne Fachwerkstall, der Hof mit seinen blühenden Rosensträuchern – die Erinnerung daran ließ Mika unwillkürlich grinsen, denn in einem dieser stacheligen Büsche war sie schon einmal recht unsanft gelandet, als sie aus ihrem Zimmer im ersten Stock geklettert war.

Ihr Blick wanderte weiter, hinüber zu den alten Kastanien, die den großzügigen Reitplatz überschatteten, auf die bunt gestreiften Hindernisse, die dort aufgebaut waren – alles wie immer.

Plötzlich wusste sie es: Wo waren die Pferde und wo waren die vielen Pferdemädchen?

Normalerweise hingen sie in Trauben am Gatter, sahen Maria Kaltenbachs Unterricht auf dem Platz zu und warteten, bis sie an der Reihe waren. Doch heute schien alles merkwürdig ruhig und verlassen.

»Mika! Endlich!« Ein Ruf durchbrach die Stille und ein kleiner Kugelblitz kam aus dem Stall auf sie zu geschossen.

Mika sprang aus dem Auto. »Tinkabell!«, rief sie und fing das kleine Mädchen lachend auf.

Tinka war die freche Tochter des Tierarztes Dr. Anders. Auch wenn sie einige Jahre jünger war als Mika, hatte sie vor einem Jahr geholfen, Michelles Intrige aufzuklären und damit einen festen Platz in Mikas Herz erobert. Genauso wie Archibald, Tinkas eigensinniges Schecken-Pony, das nun seit ziemlich genau einem Jahr mit Ostwind zusammenwohnte.

»Ich wollte gerade zu Archi. Ich hab eine neue Fellkur entwickelt, die ich ausprobieren wollte, schau!« Tinka hielt Mika stolz einen Eimer mit einem grünbraunen Gebräu unter die Nase. »Teebaumöl, Malzbier und Brennnesselsaft!«

Mika fiel bei dem Geruch fast in Ohnmacht, lächelte aber tapfer. »Toll!«, sagte sie schwach und versuchte, nicht durch die Nase zu atmen.

»Ich muss jetzt los, sonst fängt das an zu stinken«, fuhr

Tinka fröhlich fort. »Wir sehen uns später!« Und schon lief sie die Einfahrt hinunter.

Sam, der in der Zwischenzeit beide Rucksäcke aus dem Kofferraum gehievt und sich umgehängt hatte, stellte sich neben Mika.

Fanny sah sich einigermaßen unbeeindruckt um. »Und was macht man hier jetzt so? Sieht ja nicht grad aus, als wär hier die Hölle los.«

Sam grinste. »Och, der Schein trügt. Wie wär's mit ein bisschen Wellness im Whirlpool?«

Und Mika fiel ernst ein: »Vielleicht vorher eine Runde auf der Indoor-Kartbahn?«

Fanny schaute die beiden mit großen Augen an: »Echt jetzt? Whirlpool mit Kartbahn?«

Sam und Mika lachten schallend los. So war es Mika letztes Jahr auch gegangen, als sie auf Kaltenbach angekommen war. Doch schon bald war es ihr herzlich egal gewesen, dass es hier weder das eine noch das andere gab. Sie hatte Ostwind kennengelernt, und durch ihre Verbindung einen Teil von sich, den sie vorher nicht gekannt hatte.

Fanny fand das allerdings weniger lustig. »Haha. Und wo ist dann meine Story, hm? *Live aus dem Misthaufen?* Oder schreibe ich über die *Unerträgliche Langeweile des Landlebens?*«

Sam warf sich in Pose wie ein Männermodel. »Wie wäre es denn mit einem Artikel über den attraktiven Stallmeister?«

Fanny verdrehte genervt die Augen. »*Du* reichst höchstens für 'nen Scherzartikel!«

Bevor Sam etwas erwidern konnte, wurden die drei von Stimmen abgelenkt. Sie drehten die Köpfe und sahen, wie Mikas Großmutter mit zwei geschniegelten Anzugträgern und einer adretten Asiatin auf die Stallungen zuging.

Maria Kaltenbach wirkte noch ernster als sonst, trug ein jagdgrünes Twinset und hatte ihre grauen Haare zu einem strengen Knoten zusammengebunden. Sie stütze sich beim Gehen auf einen Stock, dessen Klicken mit ihrer Stimme zu ihnen hinüberwehte: »Und jetzt kommen wir zu den geräumigen Boxen, für die Sie verschiedene Arten von Einstreu auswählen können...«

Maria war so vertieft, dass sie weder Mika noch Fanny wahrnahm.

»Und wer von denen ist jetzt deine berühmte Großmutter?«, flüsterte Fanny.

Sam grinste. »Na, rate mal. Die Asiatin oder der Typ mit dem Schnurrbart?«

Mika hatte die beiden gar nicht gehört, sondern schaute abwesend ihrer Großmutter nach. Sie hatte kein gutes Gefühl und wandte sich an Sam: »Die sehen aber nicht aus, als wollten sie hier Reiterferien machen?«

Sam zuckte mit den Schultern. »Vielleicht Pferdebesitzer, die hier trainieren lassen wollen?«

Mika war nicht überzeugt. Sie hatte das angeekelte Gesicht des Mannes gesehen, als er mit seinen glänzenden Lederschuhen ein paar Pferdeäpfeln ausgewichen war.

Wie ein Pferdebesitzer hatte der nun wirklich nicht gewirkt.

Fanny verschränkte ungeduldig die Arme vor der Brust. »Können wir dann mal einchecken?«

Sam zwinkerte ihr zu: »Gerne, gerne. Wenn die Damen mir bitte folgen wollen?«

Mit ihren Rucksäcken bepackt wie ein Lastenesel ging er in Richtung Gutshaus. Fanny folgte ihm, doch Mika blieb stehen. »Geht schon mal vor, okay?«

Fanny schaute sie fragend an, doch Sam grinste verständnisvoll. »Keine Sorge, ich zeige der Frau Reporterin das Zimmer und dann geb ich ihr die große Führung. Gehen Sie nur unbesorgt zu Ihrem Pferd, Mylady.«

Fanny schnitt hinter Sams Rücken eine Grimasse in Mikas Richtung und sagte dann mit zuckersüßer Stimme: »O ja, bitte! Ich kann es kaum erwarten.«

Nun musste auch Mika lachen. Sam und Fanny – das konnte ja heiter werden!

»Bis zum Abendessen!«, rief sie den beiden zu und machte sich endlich auf den Weg.

Mika rannte über den schmalen Feldweg bis zu den blühenden Wiesen und Sonnenblumenfeldern, so schnell, dass die umhertanzenden Schmetterlinge kurz ins Schleudern gerieten, als sie an ihnen vorüberjagte. An der kleinen Kreuzung bog sie scharf ab und huschte geduckt unter Herrn Kaans Wohnwagenfenster vorbei.

Sie würde ihren Meister später besuchen ... erst einmal musste sie zu Ostwind. Zu ihrem Pferd. Ihr Herz schlug schneller. Was, wenn er nicht da war? Sie kämpfte die Erinnerung an den Albtraum nieder, die ausgerechnet jetzt wieder in ihr hochstieg. Gleich würde sie es wissen. Sie sauste um die Ecke und ... Mikas Herz machte einen Satz.

Auf der saftigen Weide hinter Herrn Kaans Wohnwagen graste der schwarze Hengst im Schatten seines Lieblingsbaums, einer gewaltigen Eiche. Er schüttelte ein paar lästige Fliegen ab, wollte gerade wieder den Kopf zurück ins Gras tauchen, als er aufmerksam die Ohren spitzte. Mit wachen Augen sah er sich um, bis er Mika entdeckt hatte. Er stieß ein lautes Wiehern aus und galoppierte los.

Frau Holle unterbrach erschrocken ihr gemütliches Wiederkäuen, als er mit erhobenem Schweif an ihr vorbeidonnerte. Ostwind war schon fast am Zaun angekommen, als Mika sich mühelos über das Gatter schwang.

Der Hengst begrüßte Mika freudig, die ihm um den Hals fiel, ihr Gesicht in seiner Mähne vergrub, den warmen Pferdegeruch einatmete und ihn nicht mehr loslassen wollte.

Am liebsten würde Mika ihr Leben lang hierbleiben, auf Kaltenbach, bei Ostwind. Doch das erlaubten ihre Eltern natürlich nicht. Schule, Zukunft, vernünftig sein. Die immer gleichen Worte ihrer Mutter klangen ihr in den Ohren.

»Ich hab dich so vermisst!« Ostwind antwortete mit einem sanften Schnauben. Mika kraulte den Rappen hinter den Ohren, lehnte ihre Stirn an seine. Das war ihr Pferd. Sie waren füreinander bestimmt. Das klang selbst in

Mikas Ohren irgendwie komisch, aber das Gefühl war ganz klar, ganz einfach. Und gleichzeitig unendlich schwierig zu erklären.

Mika konnte es selbst kaum verstehen. Bis vor einem Jahr waren Pferde etwas gewesen, das sie nur aus dem Fernsehen kannte. Ihre Mutter war auf dem Gestüt großgeworden, doch Elisabeth hatte das Leben hier immer gehasst. Ihr Traum war es gewesen, eine große Physikerin zu werden – Mika schüttelte es bei der bloßen Vorstellung. Und so hatte sie ihre Tochter von dem Ort ferngehalten, an dem sie selbst so unglücklich gewesen war.

Doch als Mika Ostwind vor einem Jahr begegnet war, war es so, als wäre sie endlich angekommen. Sie hatte es gefühlt und auf ihr Gefühl konnte sie sich immer verlassen. Zumindest bisher. Denn auch jetzt, wo hier bei Ostwind doch alles gut schien, spürte Mika immer noch diese Unruhe.

Sie strich Ostwind über das glänzende Fell. »Du bist okay, oder? Ich hab mir solche Sor...«, weiter kam sie nicht, denn ihre Finger hatten plötzlich eine Unebenheit ertastet und Ostwind zuckte zurück. Mika sah entgeistert ihre Finger an. Das war doch... getrocknetes Blut?! Schnell beugte sie sich näher und tastete die Stelle behutsam ab.

Ostwind ließ sie gewähren, obwohl es ihm sichtlich unangenehm war. Mika war die Einzige, die er so nah an sich heranließ. Und nun sah sie es auch: an Ostwinds Brust und Beinen bis hinunter zu den Fesseln waren etliche Striemen und Kratzer. Die meisten waren oberflächlich und bereits fast verheilt, aber einige mussten tiefer ins Fleisch geschnitten und geblutet haben, so wie der Kratzer, den Mika gerade berührt hatte.

»Woher hast du das?«, fragte sie besorgt. Ostwind stand ganz still da und sah sie an. »Was hast du gemacht, hm?«

Offenbar hatte sie mit diesem komischen Gefühl doch recht gehabt. Erst der Traum und nun das. Wenn sie nur wüsste, was...

»Weißt du, Archibald ist halt ein Alphatier«, ertönte plötzlich eine helle Stimme.

Mika drehte sich um. Hinter ihr stand Tinka und strahlte wie eine Lichterkette. Sie hielt Archibald am Halfter, der darüber gar nicht glücklich schien und sich widerborstig gegen seine Reiterin stemmte. »Ich hab die auch schon gesehen.« Tinka deutete auf Ostwinds Beine. »Die hat er schon seit ein paar Tagen. Ich denke, das sind Spuren ihrer Rangkämpfe«, fügte sie nicht ohne eine Spur Stolz hinzu.

Zweifelnd betrachtete Mika den kleinen, freundlichen Ponywallach.

»Glaubst du wirklich, dass das Archibald war?«, fragte sie vorsichtig. »Selbst wenn er sich für den Herdenchef hier halten sollte« – was Mika dem selbstbewussten Schecken durchaus zutraute –, »hätte er dann nicht auch irgendwelche Wunden?«

»Hm... stimmt auch wieder. Hat er aber nicht.« Tinka kniff nachdenklich die Augen zusammen. Mit geschultem Blick musterte sie Ostwind. »Vielleicht wurde er von Dasselfliegen befallen. Die legen ihre Eier ins Fell, und die

Pferde beißen und scheuern sich dann selber wund, das könnte schon so aussehen...«, doch Tinka brachte ihren Satz nicht mehr zu Ende, denn Archibald hatte in der Zwischenzeit den Knoten seines Führstricks aufgeknabbert und galoppierte zurück zu Frau Holle.

»Archiiieee!« Tinka drehte auf dem Absatz um. »Oder es ist die Liebe«, rief sie im Laufen, »dann drehen echt alle durch.«

Lächelnd sah Mika ihr nach. Dann wandte sie sich wieder Ostwind zu, der friedlich grasend neben ihr stand. »Hey«, sagte sie sanft, »ich krieg schon raus, was los ist. Und ich weiß auch schon, wen ich fragen kann.«

»Ich habe keine Ahnung.« Herr Kaan schüttelte langsam den Kopf und sah Mika nachdenklich an, die neben ihm auf der hölzernen Treppe saß, die zu seinem Zuhause hinaufführte.

Der alte Mann hatte, zumindest in Mikas Augen, die coolste Wohnung der Welt. Er wohnte in einem alten Bauwagen direkt neben Ostwinds Koppel und hatte hier eigenhändig alles umgebaut. Herr Kaan war Sams Großvater und hatte früher auf Kaltenbach als Trainer gearbeitet, bis Mikas Großmutter ihn nach einem Streit gefeuert hatte.

Seitdem lebte er hier, mitten in der Natur, schnitzte Holzpferde und genoss jede Minute. Bei ihm hatte Mika im letzten Jahr alles gelernt, was sie über Pferde wusste. Er hatte ihr das Reiten beigebracht, auf seine Art, ganz ohne Zwang.

Herr Kaan war außerdem der Erste, der Mikas Gefühl

vertraut hatte. Er war ein weiser Lehrer, ihr Meister, wie sie ihn liebevoll nannte. Ob er ihr auch die seltsamen Träume erklären könnte?

»Stimmt was nicht?«, fragte Herr Kaan, als habe er ihre Gedanken erraten, und reichte ihr eine Tasse von dem scheußlichen Tee, den er so gerne trank.

Mika nahm gedankenverloren einen Schluck und musste sich zwingen, ihn nicht in hohem Bogen wieder auszuspucken. Igitt! Mit einem höflichen Lächeln würgte sie den bittern Tee hinunter. »Also, ich habe einen Traum, der immer wiederkommt. Von einem schrecklichen Ort, zu dem ich hinwill... und gleichzeitig weg. Und da ist Stacheldraht, der mich festhält, und jetzt hat er... Ostwind... er hat diese Wunden...«, beendete sie den Satz mit einem hilflosen Schulterzucken. Sie wusste ja selbst wie bescheuert sich das alles anhören musste.

»Hmmm.« Herr Kaan war ein Meister der langen Pausen und hielt wahrscheinlich den Weltrekord im Schweigen-am-Stück.

Nach einer gefühlten Ewigkeit sagte er schließlich: »Hast du seine Ohren bemerkt?«

Mika stutzte. »Ostwinds... Ohren?«

»Ja. Pferde sehen auch mit den Ohren. Die Ohren sind da, wo ihre Aufmerksamkeit ist. Immer wenn ich in den letzten Tagen bei ihm war, war er immer nur mit einem Ohr da. Das andere lauschte... irgendwo da hin.« Er machte eine Kopfbewegung in Richtung des Waldes. »In die Ferne. Ein bisschen so, als wäre er nicht ganz hier.«

Mika nickte heftig. »Ja! Genauso fühlt es sich an!«, pflichtete sie Herrn Kaan bei. »Er ist unruhig. Irgendwie ... besorgt. Er hat irgendwas! Aber was? Und wieso weiß ich nicht, was er hat?« Unglücklich ließ Mika den Kopf hängen.

Herr Kaan antwortete ernst: »Mika. Du hast eine tiefe Verbindung zu diesem Pferd, aber mit Pferden ist es ähnlich wie mit Menschen. Selbst bei der innigsten Beziehung verstehen wir den anderen nicht vollkommen. Viel wichtiger ist, dass wir akzeptieren, wenn wir etwas nicht verstehen. Und lernen, Geduld zu haben, bis wir es verstehen.«

Mika versuchte, Herrn Kaans Rat zu begreifen.

»Er wird einen Weg finden, es dir mitzuteilen. Vertrau ihm, hab Geduld«, sagte der alte Mann und stand auf. »Und mach dir keine Sorgen wegen der Kratzer. Ich werde ihn zur Sicherheit mit Arnika-Tinktur behandeln, aber die Stellen verheilen bereits. Alles halb so schlimm.«

Geduld war nicht gerade Mikas Stärke, aber sie würde ihm vertrauen. Wie immer.

3. Kapitel

Die Sonne stand schon schräg und tauchte den Hof des Gestüts in dunkeloranges Licht, als Sam und Fanny aus der großen Scheune kamen.

Müde trottete die Jungreporterin hinter dem redseligen Stallburschen her.

»Und nun kommen wir zum absoluten Höhepunkt«, pries Sam die nächste verschlossene Tür an.

Fanny zwang höflich ihre Augen auf, die schon ziemlich auf Halbmast standen. »Diesmal wirklich?«, fragte sie ohne echte Hoffnung, als Sam mit »TA-DA!« schwungvoll die Tür öffnete. »Das Heiligtum eines jeden angehenden Pferdewirts: die Futterkammer!«

Fanny verdrehte die Augen, während Sam begann, ihr alles haargenau zu erklären. »Hier haben wir die Futtertonnen: Spezialkraftfutter, haferfreies Müsli für die Allergiker, Müsli light für die Übergewichtigen, Hochleistungs-Müsli für die Leistungspferde, Fohlen-Müsli für die...«

»Fohlen?«, ergänzte Fanny eine Spur zu bissig, doch Sam nickte nur begeistert. »Genau! Sehr gut!«

»Da hab ich ja gleich das nächste Hammer-Thema: *Die außergewöhnliche Vielfalt des Pferdefutters im August.*«

Sam sah Fanny an. »Klingt spannend«, sagte er eifrig und meinte das offensichtlich völlig ernst, sodass Fanny fast schon wieder lachen musste.

Sam fuhr ungerührt fort: »Und hier ist der Medikamentenschrank, in dem wir –« Er hielt inne und musterte den abgewetzten Metallschrank, dessen Tür halb offen stand. »Komisch, der sollte eigentlich abgesperrt sein. Wo ist denn das Schloss?«

Fanny erwachte aus ihrer Teilnahmslosigkeit und richtete ihre Augen auf den Schrank. »Ist es das?« Sie zeigte auf den Boden, wo ein Vorhängeschloss lag.

Sam hob es auf und beide starrten es an. Der silberne Metallbügel war eindeutig aufgesägt worden.

»Das ist doch... Vielleicht hat jemand dringend was gebraucht und den Schlüssel nicht gefunden?«, murmelte er, aber seine Augenbrauen zogen sich misstrauisch zusammen. »Ich hätte auch schwören können, dass in letzter Zeit Futtervorräte weggekommen sind.«

Fannys Augen blitzten mit einem Mal hellwach. Jetzt wurde es endlich interessant! Aufgebrochene Schränke, gestohlenes Futter – damit ließ sich schon eher etwas anfangen...

Als sie aus dem Stall traten, kam auch Mika gerade durch die Toreinfahrt gelaufen.

Sam grinste und sagte zu Fanny: »Daran kannst du dich gleich gewöhnen. Mika sieht man hier eigentlich nur zum Essen.«

Mika grinste ebenfalls. »Wieso, habt ihr mich schon vermisst?«

»Nicht die Spur«, gab Fanny zurück, »es war so aufregend! So viele spannende Maschinen und Heuballen und Pferdefuttersorten.« Sie imitierte ein Gähnen. »Aber es gibt einen Dieb! Das könnte tatsächlich interessant werden!«, fügte sie deutlich begeisterter hinzu.

Mika sah Sam fragend an. »Echt jetzt?«

Doch Sam zuckte die Schultern. »Das ist wohl eher Fannys lebhafter Fantasie entsprungen. Es fehlen zwar immer wieder ein paar Sachen hier und da, und das Schloss am Medikamentenschrank ist kaputt ... aber dafür kann es auch eine ganz logische Erklärung geben. Ich frage am besten gleich mal Dr. Anders. Wir sehen uns morgen!« Er winkte den beiden Mädchen zu und ging zielstrebig über den Hof davon.

Fanny wandte sich an Mika: »Und wie geht es deinem Ostwind? Bist du jetzt beruhigt?«

»Es geht ihm gut. Er hat zwar ein paar Kratzer, aber ... es geht ihm gut. Denke ich«, fügte sie zögernd hinzu, aber beruhigt war sie ganz und gar nicht. Ostwind verhielt sich merkwürdig, Kaltenbach hatte Probleme und jetzt auch noch diese Geschichte mit einem rätselhaften Dieb? Nein, wirklich beruhigend war das alles nicht.

»Mika?« Das war die klare Stimme ihrer Großmutter, die über den Hof schallte. »Kommt doch rein und lasst euch endlich begrüßen! Es gibt auch gleich Essen!«

»Wir kommen!«, rief Mika zurück und wandte sich mit letzten Instruktionen an Fanny: »Also, das Essen ist gewöhnungsbedürftig, und meine Großmutter ...«

»…ist auch gewöhnungsbedürftig, ich weiß«, vollendete Fanny ihren Satz. »Macht aber nichts. Hauptsache, es wird interessant!« Fanny grinste komplizenhaft, und plötzlich war Mika sehr froh, ihre Freundin hierzuhaben.

»Es ist nicht mehr alles, wie es war, aber es ist alles in bester Ordnung«, versicherte Maria, als sie später zu dritt beim Abendessen saßen. »Willst du noch einen Knödel?«

Mika schüttelte heftig den Kopf, und auch Fanny beeilte sich, dankend abzulehnen.

Ihre Großmutter sah schlecht aus, befand Mika, als sie die ältere Dame näher betrachtete. Und das lag nicht an den ungenießbaren Knödeln. Ihr Rücken war zwar noch immer kerzengerade und ihre Kleidung makellos, aber sie hatte tiefe Sorgenfalten auf der Stirn und sah viel älter aus als bei ihrem letzten Besuch. Und auch ihre ausdrückliche Versicherung, dass alles in allerbester Ordnung sei, war eine Spur zu angestrengt, als dass Mika sie glauben konnte.

Fanny kaute nachdenklich auf den gummiartigen Knödeln herum, sah sich aber sonst begeistert im Speisezimmer um. Ein glänzender Kronleuchter hing über der langen, dunklen Tafel, dem Silberbesteck und dem Porzellan, das mit zarten Pferdemotiven verziert war. »Das ist hier mindestens so cool wie im Buckingham Palace!«

»Ach? Warst du schon mal da?«, fragte Maria mit echtem Interesse.

»Äh, nein, leider«, gab Fanny zurück und beugte sich schnell über ihren Teller.

Mika lächelte. Maria Kaltenbach hatte einfach nicht viel Sinn für Humor.

»Also, ich war vorhin bei Ostwind, und er hat da so ein paar seltsame Kratzer...«, begann Mika vorsichtig. Immer noch tat sie sich schwer, frei mit ihrer Großmutter über den Hengst zu sprechen. Die hatte ihn zwar mit großen Hoffnungen gekauft, aber dann war es zu einem schlimmen Unfall gekommen. Ostwind hatte Maria Kaltenbach so schwer verletzt, dass sie das Reiten aufgeben musste. Und daran trug in ihren Augen allein Ostwind die Schuld.

Mika konnte sich nur schwer vorstellen, wie schlimm das für ihre Großmutter gewesen sein musste. Aber das war Vergangenheit.

Ostwind war nicht mehr das wilde, gefährliche Pferd, das man in der hintersten Box des Stalls wegsperren musste. Auch Maria hatte das inzwischen eingesehen. Und vielleicht hatte sie ja eine Idee, was mit ihm los war. Schließlich kannte Mika neben Herrn Kaan niemanden, der sich so gut mit Pferden auskannte.

»Es wundert mich nicht im Geringsten, dass er Kratzer hat. Er ist ja auch bei Wind und Wetter draußen!« Die plötzliche Schärfe in Maria Kaltenbachs Stimme ließ sogar Fanny von dem zähen Bratenstück aufblicken, an dem sie gerade hochkonzentriert und erfolglos herumsäbelte.

»Wenn ich den wenigen Interessenten sage, dass mein einziges Springpferd mit echtem Potenzial und Weltklasse-Abstammung zusammen mit einem verrückten Pony und einem Rindvieh den ganzen Tag auf einer verwilderten

Koppel herumspringt, dann schauen die mich an, als hätte ich nicht mehr alle Tassen im Schrank. Und das zu Recht!«, vollendete sie lautstark ihren Satz.

Mika schluckte schwer – und das lag nicht nur an dem unverdaulichen Knödel auf ihrem Teller. Sie war geschockt. Nie im Leben hätte sie gedacht, dass Ostwind etwas mit Kaltenbachs schwieriger Lage zu tun haben könnte.

»Aber Oma«, begann sie vorsichtig und merkte, dass es ihr noch immer komisch vorkam, die strenge alte Dame so zu nennen. »Wenn es Kaltenbach nicht gut geht...«

Doch ihre Großmutter unterbrach sie unwirsch. »Kaltenbach geht es wunderbar! Das Gestüt ist seit über hundert Jahren im Besitz unserer Familie und das wird ja nun auch so bleiben.« Bei diesen Worten lächelte sie Mika an. »Es ist alles in bester Ordnung, wirklich. Wo bleibt denn das Dessert?«

»Dessert?« Fannys Augen weiteten sich vor Schreck. »Also, Frau Kaltenbach, ich kriege wirklich keinen Bissen mehr runter, das war so lecker...«

»Papperlapapp, du hast doch kaum was gegessen. Und Marianne macht einen köstlichen Vanillepudding.«

Fanny sah Mika Hilfe suchend an, die mit entschuldigender Miene unmerklich den Kopf schüttelte.

»Ich hätte echt fast losgeprustet, als du den Pudding in die Blumenvase gekippt hast«, lachte Fanny, als die beiden wenig später ihr altmodisches Zimmer betraten.

Mika kicherte. »Die armen Blumen, wenn die nicht

aus Plastik wären, würden sie diesen Pudding sicher nicht überleben.«

Bäuchlings ließ sie sich auf das Himmelbett fallen, das quietschend protestierte. Sehnsüchtig schaute sie aus dem offenen Fenster, durch das die laue Sommernacht zu ihnen hineinwehte.

Mika lauschte, durch die Grillen und den Wind, zu der nächtlichen Koppel hin. Was Ostwind jetzt wohl gerade machte? Er war wach, das glaubte sie zu spüren, und wie sie schaute er in die Dunkelheit. Nur wohin?

Während Mika so vor sich hin träumte, packte Fanny ihren Laptop aus, rückte ihn auf dem antiken Schreibtisch zurecht, ließ sich davor nieder und knackte mit den Fingergelenken. Sie würde eine berühmte Reporterin werden! So wie Edna Buchanan, Helen Thomas und Antonia Rados. Dass sie noch in die Schule ging und zwischen ihr und der großen Karriere noch einige Jahre lagen, war für sie Nebensache. Außerdem hatte sie momentan ein viel ernsteres Problem.

»Ich habe eine Schreibblockade!«, jammerte Fanny.

»Du hast dich doch eben erst hingesetzt«, brummte Mika vom Bett her. »Und außerdem sind wir gerade angekommen.«

»Nix da, ich roste ein. Mir fehlt hier einfach die Inspiration!« Fanny klopfte gegen ihren Kopf. »Und außerdem muss der Artikel in zwei Wochen fertig sein. 1500 Wörter über *einen besonderen Ort* oder *besondere Menschen* oder *ein besonderes Ereignis*. Am besten also über einen besonderen

Menschen, dem an einem besonderen Ort ein besonderes Ereignis widerfährt. *Das* dürfte hier ziemlich schwierig werden. Was meinst du?« Erwartungsvoll drehte sie sich zu Mika um... aber die war schon eingeschlafen. Tief und fest und in voller Montur.

Seufzend stand Fanny auf, zog ihrer Freundin die heiß geliebten roten Turnschuhe aus und deckte sie sanft zu. »Träum schön«, sagte sie liebevoll, bevor sie selbst gähnen musste. »Neuer Tag, neues Glück«, murmelte sie und schaltete den Laptop aus. Wehmütig sah sie zu, wie ihr Eiffelturm-Bildschirmhintergrund erlosch, knipste die Lampe aus und kroch in das knarzende Himmelbett.

4. Kapitel

In atemberaubender Geschwindigkeit rannte sie durch den dunklen Wald. Es roch nach Moos und Tannennadeln. Kühler Wind sauste in ihren Ohren, schwarze Äste peitschten links und rechts schmerzhaft gegen ihren Körper. Sie schmeckte Blut, doch sie raste weiter. Sie konnte den Waldrand schon sehen, das fahle Mondlicht, das durch die hohen Bäume schien. Gleich war sie da!

Jetzt gab es nur noch ein Hindernis zu überwinden, und diesmal würde sie es schaffen, diesmal würde sie nichts aufhalten. Es kam immer näher.

Sie spürte, wie Panik ihr eiskalt den Nacken hochkroch – aber die trieb sie nur weiter, immer schneller. Sie schoss aus dem Wald, nahm all ihre Kraft zusammen und sprang.

In ihrem Bett in Kaltenbach riss Mika die Augen auf. Ihr Herz hämmerte in ihrem Brustkorb, als wäre es ein flatternder Vogel in einem zu kleinen Käfig. Sie setzte sich auf, wischte eine feuchte rote Strähne aus dem Gesicht und schwang die Beine aus dem Bett. Schon wieder!

Dabei war sie so sicher gewesen, dass es mit diesen Träumen vorbei sein würde, wenn sie wieder in Kaltenbach und bei Ostwind war. Ostwind!

Sie musste zu ihm und zwar gleich. Fanny neben ihr schlief tief und fest und brummte im Schlaf wie ein zufriedener Bär.

Leise stand Mika auf und schlich aus dem Zimmer. Auf Zehenspitzen tappte sie aus der Küche des Gutshauses, wo sie sich einige Äpfel in ihre Umhängetasche packte.

Ein übergewichtiger Mond tauchte den Hof des schlafenden Gestüts in fahles Licht. Gerade wollte sie durch das große Tor verschwinden, als sie ein klirrendes Geräusch innehalten ließ.

Kam das aus dem Stall? War Sam etwa noch wach?

»Hallo?«, rief sie leise und lauschte dann angestrengt in die Dunkelheit.

Das Geräusch war verstummt. »Ist da jemand?«, fragte sie noch einmal, diesmal etwas lauter, doch es kam keine Antwort. Sicher war es nur ein Pferd gewesen, das sich in der Box gedreht hatte.

Sie wollte gerade weitergehen, als sie die Schritte hörte. Das war kein Pferd, das war ein Mensch. Ein Mensch, der versuchte, besonders leise aufzutreten.

Mika holte tief Luft. Das musste der Dieb sein!

Eigentlich hätte sie Angst haben müssen, aber sie spürte nur, wie kochende Wut in ihr hochstieg. Kaltenbach ging es schlecht! Was fiel diesem unverschämten Typen ein, sie zu beklauen? Der würde sie gleich kennenlernen!

Sie schnappte sich eine dreizackige Heugabel, die an der Wand lehnte, und näherte sich vorsichtig der Futterkammer. Keine Frage, da war jemand drin.

Jetzt bemerkte Mika auch den Schein einer Taschenlampe. Mit einem Satz sprang sie vor die Tür und rief mit ihrer tiefsten Stimme: »HE DA! DU ... äh ... SIE SIND UMSTELLT! KOMMEN SIE MIT ERHOBENEN HÄNDEN ...«, doch weiter kam sie nicht.

Die Tür der Futterkammer flog auf und stieß so hart gegen ihre Schulter, dass Mika rücklings in eine Schubkarre stolperte. Ein dunkler Schatten schoss an ihr vorbei.

»Hey!«, brüllte sie ihm wütend hinterher. Fluchend strampelte sie sich aus den Pferdeäpfeln, mit denen die Schubkarre beladen war, hoch und rannte ihm nach. Der würde ihr nicht entkommen!

Sie konnte die dunkle Gestalt genau vor sich sehen, wie sie aus dem Tor schoss und über den Schotterweg davonjagte.

»BLEIB! SOFORT! STEHEN!«, brüllte sie und feuerte mit den Äpfeln aus ihrer Tasche nach ihm.

Plonk, plonk, platsch! Ein Apfel hatte offenbar sein Ziel getroffen, und Mika war schon siegessicher – als plötzlich vor ihr in der Dunkelheit ein Motor aufheulte, keuchte und dann losknatterte.

Gegen ein Moped, selbst ein so altersschwaches, hatte sie keine Chance. Japsend und mit üblem Seitenstechen blieb sie stehen, schnappte nach Luft und hörte, wie sich das Knattern in der Dunkelheit verlor.

Mika war immer noch außer Atem, als sie bei Herrn Kaan ankam. Die vielen Schnitzereien, die in einem großen Regal vor seiner Veranda standen, warfen im Mondlicht unheimliche Schatten. Schnell schlich Mika an dem dunklen Bauwagen vorbei, kletterte über das Gatter der Koppel und wartete darauf, Ostwinds vertrautes Schnauben zu hören. Doch sie hörte nichts. Eine Wolke war vor den Mond gezogen und in der Dunkelheit konnte Mika den Rappen nirgendwo entdecken. Sie pfiff leise.

Und endlich antwortete ihr tatsächlich ein Schnauben, aber es war viel tiefer und klang eher wie ein schläfriges … »Muuuhhhh!«

Das war sicher nicht ihr Pferd. »Ostwind?«, rief Mika leise, doch nichts rührte sich.

Sie rief noch einmal, lauter, und schon mischte sich Angst in ihre Stimme. »Ostwind!«

Er war nicht da! Sie lief über die nächtliche Koppel und stolperte fast über Archibald, der friedlich an seine Kuh gekuschelt schlief.

»Ostwind!« Mika tastete sich Meter für Meter vor, aber sie war sich sicher, wenn er hier wäre, würde er jetzt kommen.

Sie hatte die große Eiche fast erreicht, als sie das Trommeln der Hufe hinter sich hörte. Sie drehte sich um und sah, wie das schwarze Pferd sich aus dem Schatten löste und mit gesenktem Kopf auf sie zugetrabt kam.

Erleichtert atmete Mika aus. »Mann, da bist du ja! Hast du so tief geschlafen?« Sie klopfte ihm auf den Hals und stellte verwundert fest, dass er schweißnass war und zitterte. »Hey, hey, ganz ruhig. Was ist denn? Hast du auch schlecht geträumt?«

Sie kramte einen der verbliebenen Äpfel aus ihrer Tasche und hielt ihn Ostwind hin, doch der schnupperte nur fahrig darüber hinweg.

»Wer nicht will, der hat schon.« Mika biss herzhaft in den Apfel und sank müde ins sommerwarme Gras. Der Hengst wurde nun zusehends ruhiger, und schließlich knickten seine Vorderbeine ein und er legte sich vorsichtig neben Mika auf den Boden. »Siehst du, du bist auch müde. Jetzt schlafen wir erst mal, und morgen... morgen lösen wir alle Probleme.«

Sie gähnte und kuschelte sich an Ostwind, der nun ruhiger atmete und aufgehört hatte zu zittern.

Das Letzte, was Mika sah, bevor ihr die Augen zufielen, waren Ostwinds aufmerksame Pferdeohren. Eines war auf sie gerichtet, das andere lauschte nach einem Ort, der irgendwo jenseits der schwarzen Nacht lag. Aber die Gewissheit, dass der andere jetzt da war, ließ beide in einen tiefen Schlaf sinken.

Srrrrr. Srrrrr.

Mika schlug im Halbschlaf nach der nervtötenden Fliege, die sich offenbar in den Kopf gesetzt hatte, in ihr Ohr zu kriechen.

Srrrrr.

Mika öffnete ein Auge. Und stellte fest, dass sie mit der Wange auf ihrem Handy lag, das ins Gras gerutscht war und dort energisch vibrierte.

Die Sonne war schon aufgegangen, aber Morgendunst

hing noch über dem Gras und hüllte die Koppel in ein weiches Licht. Ostwind stand bereits grasend neben ihr.

Mika setzte sich auf und der Hengst knuffte sie mit dem Kopf spielerisch in die Seite. Sie knuffte zurück. »Selber guten Morgen. Hättest mich aber ruhig mal wecken können.«

Sie rieb sich die Augen und tastete über ihr Gesicht, auf dem sich die Grashalme abgedrückt und ein Muster hinterlassen hatten. »Oder zumindest Frühstück machen.«

Als Antwort riss Ostwind neben ihr ein riesiges Grasbüschel aus und kaute genüsslich darauf herum. Mika lächelte glücklich. Srrrr!, brachte sich das Handy wieder in Erinnerung. Mika fischte es aus dem hohen Gras.

Vier Nachrichten von Fanny. WO BIN ICH?, lautete die erste SMS. UND WO BIST DU?, die zweite. BIST DU AUF DEM KLO? BIST DU SPAZIEREN? Und die letzte: MIKA! BIST DU ENTFÜHRT WORDEN?

Mika stand auf. »Fanny hat einfach zu viel Fantasie... ich muss dann wohl.« Sie rubbelte zum Abschied Ostwinds Stirn, packte ihre Tasche und lief durch das taufeuchte Gras davon. »Bis später!«

Bis sie auf dem Hof ankam, war der Himmel schon blitzblank geputzt – der Frühnebel hatte sich verzogen und war strahlendem Blau gewichen. Alles andere als strahlend war allerdings Fanny, die auf den Stufen des Gutshauses in der Sonne saß und sie schon erwartete.

Mika trat ihr mit einem ausgeschlafenen Lächeln entgegen. »He! Also ich hab geschlafen wie drei Murmeltiere im Koma«, sagte Mika, »und wie geht's dir so?«

Fanny blitzte sie böse an. »Könnte nicht besser sein. Ich bin davon aufgewacht, dass zwei Typen versucht haben, mein Bett aus dem Zimmer zu tragen. Da war ich mir zwar sicher, dass du gekidnappt worden bist, habe aber sicherheitshalber deiner Oma eine mäßig glaubwürdige Geschichte von deiner neuen Leidenschaft für Frühsport erzählt. Darauf kam ich dann in den Genuss, alleine mit der humorvollen und vor allem erfrischend gesprächigen Dame zu frühstücken. Es gab ›köstliche‹ Croissants, die härter waren als jede kugelsichere Weste, und eiskalten Malzkaffee, den ich jederzeit gegen Tinkas Fellkur getauscht hätte.« Fanny lächelte zuckersüß. »Aber geschlafen habe ich tatsächlich traumhaft. Danke der Nachfrage.«

Mika musste lachen. Sie liebte den Humor ihrer Freundin. »Wer wollte denn unser Bett raustragen?«, hakte sie nach.

»Irgendwelche Leute, die deine Großmutter bestellt hatte«, erwiderte Fanny vage. »Aber die hatten sich wohl im Zimmer geirrt. Und du hast ohne Witz in der Wiese geschlafen?«, fragte sie ungläubig und deutete auf den bereits verblassenden Grasabdruck auf Mikas Wange.

Mika nickte »Ja. Ich bin nachts aufgewacht und wollte nach Ostwind schauen. Und dabei habe ich …«

»Morgen, Mädels.« Sam ging gerade mit einem Sattel beladen an den beiden vorbei und tippte grüßend gegen einen Strohhut, der lässig auf seinem Hinterkopf saß.

»Sam, komm mal her.« Mika winkte ihn heran. »Ich muss euch was erzählen.«

»Echt jetzt?« Fanny sah sie mit einer Mischung aus Neugier, Schauder und Tatendrang an.

Sam ballte grimmig eine Hand zur Faust. »Ein Dieb! Mann, ich wusste es! Das erklärt...«

In diesem Moment ging über ihnen die Tür des Gutshauses auf und Maria Kaltenbach trat aus dem Haus. Sam verstummte abrupt. Er sah Mika und Fanny eindringlich an und legte einen Finger auf die Lippen. Kein Wort zu Frau Kaltenbach!

Mikas Großmutter lächelte wohlwollend auf die drei herab. »Guten Morgen allerseits. Mika, schön zu hören, dass du dich körperlich ertüchtigst. Das ist wichtig für eine gute Haltung. Wie war denn der Dauerlauf?«

Mika grinste und hielt den Daumen hoch. »Super. Ich bin quasi durch und durch ertüchtigt!« Dann sagte sie, eine Spur zu laut: »Also, Sam, dann zeig uns doch mal... äh... diese Sache, die du uns zeigen wolltest?«

Sam nickte heftig mit dem Kopf. »Ja, kommt mit. Ich zeig euch dann mal... diese Sache.«

Fanny stand auf und rollte die Augen über die armselige Schauspielkunst der beiden. Maria Kaltenbach hatte jedoch ohnehin nicht zugehört. Mit sorgenvollem Blick sah sie einem Auto entgegen, das die Auffahrt hinaufgefahren kam.

Einen kurzen Moment standen die drei unentschlossen herum, dann flüsterte Sam: »Kommt. Ich weiß ein Spitzenversteck!«

»Krrrhaaatschiii!!!« Fanny nieste so heftig, dass Sam und Mika gleichzeitig zusammenzuckten.

»Pssst, Mann, leise!«, flüsterte Sam und sah sie strafend an. Dicht gedrängt saßen die drei in Sams Spezialversteck: einem Hohlraum zwischen haushohen Heuballenstapeln, die neben dem Stallgebäude in einem Unterstand aufgetürmt waren.

Mika strich bewundernd über Wände und Decke aus gepresstem Heu. »Cool! Ein Haus aus Heu im Heu.«

»Supercool«, keuchte Fanny vorwurfsvoll und wurde von einem weiteren fiesen Niesanfall geschüttelt, »vor allem für jemanden, der *Heu*schnupfen hat. Das heißt nicht umsonst so! Und warum müssen wir uns überhaupt verstecken? Das mit dem Dieb sollte deine Oma ja vielleicht erfahren, oder?«

»Ja«, erwiderte Sam grimmig, »aber erst wenn ich ihn ihr verschnürt auf dem Silbertablett präsentieren kann. Sie hat schon genug Sorgen«, fügte er ernst hinzu und wandte sich gespannt an Mika. »Also lass hören. Wie sah er aus? Oder war es eine Sie? Haarfarbe, Augenfarbe, Größe, Klamotten?«

Mika biss sich auf die Lippe. »Also… es war dunkel und es ging schnell. Ich habe Geräusche gehört, in der Futterkammer. Dann hab ich geschrien, er oder sie soll rauskommen, und er oder sie ist rausgekommen. Nur eben… sehr schnell. Er ist an mir vorbeigelaufen, ich hab ihn verfolgt, aber dann ist er auf ein Moped gesprungen. Also, ich hab ihn – oder sie – zwar gesehen«, sagte sie abschließend, »aber eben nicht erkannt.«

Sam starrte sie ungläubig an. »Du hast ihn *angeschrien*? Du warst alleine mit einem Dieb, mitten in der Nacht, und hast ihn auf dich aufmerksam gemacht?«

Fanny tätschelte Mika stolz das Knie. »Meine Heldin!«, flüsterte sie, doch Sam fand das offenbar gar nicht lustig. »Mann, Mika, der Typ klaut teure Medikamente und Spezialfutter, der ist wahrscheinlich gefährlich, das hätte so was von schiefgehen können!«

Mika zog trotzig die Brauen zusammen. Sie fand Sam ungerecht, trotzdem wurde ihr im Nachhinein tatsächlich ein bisschen mulmig. »Ich war einfach plötzlich so wütend!«, verteidigte sie sich lautstark. »Ich…«, doch dann ließen sie herannahende Schritte jäh verstummen.

Dumpf, aber deutlich drang Maria Kaltenbachs Stimme durch die dicken Heuballenwände. »Ich brauche doch nur eine einfache Verlängerung«, sagte die alte Dame in ungewohnt flehendem Tonfall.

Vor dem Heuballenturm standen zwei Männer mit braunen Aktentaschen und kalten Augen. Der eine war älter, der andere jünger, ansonsten aber ähnelten sie sich in ihren dunklen, vornehmen Anzügen.

Der Jüngere sah Mikas Großmutter ernst an und blätterte in seinen Unterlagen. »Frau Kaltenbach, Sie haben bereits eine enorme Hypothek auf dem Hof aufgenommen, mit deren Tilgung Sie sechs Monate im Rückstand sind. Wir können den Kredit nicht ›einfach‹ noch einmal verlängern«, sagte er mit einer Spur Schadenfreude in der Stimme.

Der Ältere fügte etwas nachsichtiger hinzu: »Das ist leider

wahr, Maria. Wenn du in den nächsten Wochen keine Zahlung vorweisen kannst oder zumindest eine *Aussicht* auf Zahlung, dann bleibt uns keine andere Wahl...«

Im Heuballenversteck wagten Mika und Sam kaum zu atmen – nur Fanny setzte schon zu einem weiteren Bierkutscher-Niesen an. O nein, nicht jetzt!

Im letzten Moment hielt Sam ihr energisch die Nase zu. Frau Kaltenbach und die beiden Männer standen jetzt genau vor dem Eingang zu ihrem Versteck.

Maria Kaltenbachs Stimme klang gebrochen: »Aber... ich habe gerade ein paar Möbel verkauft, damit könnte ich eine kleine Anzahlung leisten. Und in zwei Wochen sind die Kaltenbach Classics. Das ist eines der renommiertesten Turniere für Nachwuchs-Springreiter, das wir hier jährlich abhalten«, fügte sie erklärend hinzu, denn der junge Banker hatte fragend die Augen zusammengekniffen. »Danach werden sicher wieder mehr Aufträge kommen. Das ist jedes Jahr so.«

Der Ältere lächelte mit echtem Bedauern. »Eine kleine Anzahlung wird diesmal nicht reichen, Maria. Wir brauchen etwas Handfestes. Was ist denn aus diesem Pferd geworden, in das du so viel investiert hast?«

Maria Kaltenbachs Gesicht verdüsterte sich.

Der junge Banker begann, in seinen Unterlagen zu blättern. »Genau, hier: fast eine halbe Million Euro haben Sie bezahlt für...«

Im Inneren des Heuballens schloss Mika die Augen. »Ostwind«, flüsterte sie.

»…für Ostwind?«, kam es gleichzeitig von draußen. »Also, wo ist denn dieses Wunderpferd? Könnte man das nicht verkaufen? Eine halbe Million wäre ja zumindest mal ein Anfang!«

Doch Maria Kaltenbach schüttelte nur wortlos den Kopf. »Nein? Na gut, von Pferden versteh ich nichts, dafür jede Menge von Geld, und ich sage Ihnen dies, Frau Kaltenbach: Sie sind am Ende! Und wir auch, und zwar mit unserer Geduld.« Und damit stapfte er davon, in Richtung ihres Autos.

Mikas Großmutter nahm den Älteren vertraulich am Arm. »Klaus? Wir beide kennen uns doch jetzt schon so lange, und ich war nie gut darin, um etwas zu bitten. Aber ich brauche noch ein paar Monate. Bitte!«

Doch der grauhaarige Banker schüttelte nur traurig den Kopf. »Zwei Wochen. Bis nach dem Turnier. Dann wird Kaltenbach zwangsversteigert. Es tut mir leid.«

Der junge Banker drehte sich noch einmal um. »Kommst du, Klaus? Mir stinkt das hier zu sehr!«, rief er und trat im selben Augenblick schwungvoll auf eine Mistforke, die an der Hausmauer lehnte. Der Stiel schnalzte vor und verpasste dem Schnösel eine saftige Ohrfeige. Autsch!

Auf Marias Gesicht flackerte kurz ein grimmiges Lächeln auf, dann drehte sie sich um und ging wortlos Richtung Haus zurück.

Im Inneren des Heulagers klammerte sich Mika so fest an Fannys Arm, dass diese Mühe hatte, nicht laut loszuschreien. Und auch Sam saß da, als hätte er gerade einen heftigen Kinnhaken abbekommen.

Fanny wand sich aus Mikas eisernem Griff und rieb sich den Arm. »Krass!«, fasste sie in einem einzigen Wort zusammen, was alle dachten.

Mika wollte gerade etwas erwidern, als draußen eine weitere Stimme ertönte. Mika kannte diese Stimme, aber hier auf Kaltenbach hatte sie sie selten gehört.

»Maria, warte!«, rief Herr Kaan, »Ich wollte dir nur rasch etwas von dem wilden Wegerich vorbeibringen, von dem ich dir erzählt habe. Wirkt Wunder gegen müde Beine – tierische wie menschliche.« Er hielt einen Strauß unscheinbarer grüner Blätter in den Händen und ging mit einem warmen Lächeln auf Maria Kaltenbach zu, die in der Tür stehen geblieben war.

Mikas Großmutter lächelte müde. »Ach ... danke«, sagte sie und nahm den Strauß abwesend entgegen.

Herr Kaan sah sie durchdringend an. Er konnte Menschen fast genauso gut lesen wie Pferde, das hatte Maria Kaltenbach schon früher an ihrem ehemaligen Cheftrainer beeindruckt.

»Was ist passiert?«, fragte er besorgt, doch sie konnte jetzt nicht mit ihm reden. Wo hätte sie anfangen sollen?

Maria Kaltenbach zwang sich zu einem Lächeln, das unbekümmert aussehen sollte. »Nichts. Ich hab es nur etwas eilig. Aber ich danke dir«, erwiderte sie freundlich, trat schnell ins Haus und schlug die Tür zu, bevor Herr Kaan mit seinem siebten Sinn spüren konnte, wie schlecht es um sie stand. Doch sie war nicht schnell genug gewesen.

Herr Kaan hatte einen letzten Blick auf ihr Gesicht werfen können, bevor die Tür ins Schloss fiel, und starrte noch eine ganze Weile vor sich hin, bis er sich schließlich umdrehte und ging.

In ihrem Versteck rieb sich Sam das Gesicht mit den Händen, als wollte er sich selber aus einem schlimmen Albtraum aufwecken. Jegliche Farbe war aus seinem Gesicht gewichen. »Das wird dann wohl unser letzter Sommer auf Kaltenbach«, sagte er schließlich tonlos.

Mika fuhr herum: »Das kann nicht wahr sein! Gestern hat sie noch gesagt, dass alles in bester Ordnung ist! Du hast es doch auch gehört!«

Fanny, deren Augen vor lauter Heuallergie schon feuerrot waren, nickte. »Ja, hat sie. Aber ehrlich gesagt, so richtig überzeugend fand ich das schon gestern nicht. Und dann das mit dem Bett heute Morgen... ich fürchte, deine Oma hat wirklich massive Probleme.«

Mika sah Sam an, der nun von seinem Gesicht zu seinen Haaren übergegangen war und sie zu einer so heftigen Sturmfrisur verstrubbelte, dass Mika sicher gelacht hätte – wäre sie dazu in Stimmung gewesen. »Was können wir nur... Wir müssen was unternehmen!«

Fanny war sofort Feuer und Flamme. »Okay. Wie wäre es zum Beispiel, wenn wir die beiden Aasgeier von der Bank kidnappen und auf eBay versteigern? Ich hab da kürzlich so einen Artikel gelesen.«

Sam starrte Fanny entgeistert an. »Wie bitte?«

Mika schüttelte nur den Kopf. Fanny war ausgesprochen »lösungsorientiert« – wie sie es nannte –, auch wenn ihre

Lösungen gerne mal in Katastrophen endeten. Das letzte Mal war dabei das Auto ihres Klassenlehrers in Flammen aufgegangen.

Sam stand auf: »Ihr mögt das vielleicht witzig finden, aber das hier ist kein albernes Spiel«, zischte er. »Wisst ihr, was passiert, wenn Kaltenbach an die Bank fällt? Mein Großvater wird aus seinem Wohnwagen geworfen, was für ihn den Tod bedeuten würde. Ich verliere meinen Ausbildungsplatz und... und...«, er brach ab. »Und mein Zuhause«, fügte er schließlich leise hinzu.

Mika sah ihn erstaunt an. So hoffnungslos hatte sie den immer gut gelaunten Sam noch nie erlebt. »Und... was passiert dann mit Ostwind?«, entfuhr es ihr unwillkürlich, und bei dem Gedanken sprang auch sie alarmiert auf.

»*Ostwind, Ostwind*«, äffte Sam sie nach und funkelte sie aus seinen dunkelbraunen Augen wütend an. »Du interessierst dich doch nur für dich und dein Pferd. Was aus uns wird, ist dir völlig egal. Und du hast es gehört: Ostwind ist schuld daran, dass wir bankrott sind. Dabei hättest du Kaltenbach retten können – aber Mika hat ja ihre *Prinzipien.*« Er holte tief Luft, um seinen Monolog mit einem Paukenschlag zu beenden. »Oder besser gesagt: ihr riesiges Ego.« Und mit einem kräftigen Tritt gegen den Heuballen am Eingang zu ihrem Versteck stapfte er wütend davon.

Mika sah ihm sprachlos hinterher.

»HAAATSCHIII!« Fannys lautes Niesen brachte sie wieder auf den Boden der Realität. »Hm«, bemerkte sie trocken und sah Sam nach, der noch einmal so heftig gegen einen Blecheimer trat, dass der über den ganzen Hof flog, »die Idee mit den Bankern auf eBay fand er wohl nicht so toll, was?«

Mika seufzte. »Die Idee ist ja auch total bescheuert.«

»Also...«, wollte Fanny sich gerade verteidigen, doch etwas in Mikas Gesichtsausdruck sagte ihr, dass ihre Freundin jetzt etwas anderes brauchte als pragmatische... na gut, bescheuerte Lösungsideen.

»Hey«, Fanny legte Mika tröstend die Hand auf den Arm. »Was meinte Sam denn damit, dass du Kaltenbach retten könntest?«

Mika sah sie an. In ihren Augen loderte ein gefährliches Feuer. »Er meint, ich hätte mit Ostwind Turniere reiten sollen.« Fanny war ratlos. »Aha. Und wie würde das dann Kaltenbach retten?«

»Das würde bedeuten, sie hätten ein erfolgreiches Team, das an allen möglichen Turnieren teilnimmt. Ein berühmtes Pferd. Und dann würden andere Pferdebesitzer kommen und hier trainieren wollen. Und vielleicht Sponsoren und... ach, was weiß ich...« Mika sah nun richtig unglücklich aus. »Wir müssen uns was anderes überlegen, Fanny. Wir müssen!«

Fanny nickte entschlossen solidarisch, doch in ihren Augen las Mika nicht die Zuversicht, die sie sich gewünscht hätte.

5. Kapitel

»Wir könnten deine Eltern anrufen und um Geld bitten? Okay, die haben wohl auch keine halbe Million übrig. Wir könnten einen Spendenaufruf im Internet starten?«

Die beiden Mädchen schlenderten über eine blühende Sommerwiese, Mika in Gedanken und Fanny in Selbstgesprächen. »Oder wir könnten eine Bank überfallen.«

Mika sah Fanny entgeistert an. »Spinnst du jetzt?«

Fanny grinste. »Wollte nur sehen, ob du mir überhaupt zuhörst.«

Mika lächelte matt. »Das wird alles nichts helfen. Ich glaube…«

Fanny blieb stehen und sah Mika ernst an. »Ich glaube, du musst vor allem mal mit deiner Großmutter reden«, sagte sie vorsichtig.

Mika seufzte. »Ich weiß. Aber ich fürchte mich davor, was sie sagen wird.«

Nun seufzte auch Fanny. »Ich weiß.«

Sie gingen schweigend weiter, doch plötzlich schlug Mika mit der Faust auf ihre flache Hand. »Ich rede mit ihr. Jetzt, sofort!« Und damit drehte sie sich um, ließ Fanny stehen und rannte zurück zum Gutshaus.

Fanny sah ihr verdattert nach. »Klar. Geh nur. Ich bin ja gerne in der Natur... AHHHHHHH!«, schrie sie erschrocken auf, als ein fast handtellergroßer Grashüpfer auf ihrer Schulter landete.

Die Fenster des herrschaftlichen Wohnzimmers standen weit offen, Grillen summten in der Ferne. Maria Kaltenbach saß in ihrem geflochtenen Schaukelstuhl und bemerkte die Fliegen nicht, die sich auf ihrem Arm zu einer Konferenz versammelten. Sie starrte auf das Ölgemälde, das in einem goldenen Rahmen über dem olivgrünen Sofa hing: *Kaltenbach 1927.*

Ihr geliebtes Gestüt, das sie als einziges Kind ihrer Eltern geerbt hatte. Seit mehreren Generationen im Familienbesitz war Kaltenbach ein angesehenes Gestüt gewesen, das erst Armeepferde und später erfolgreiche Springpferde gezüchtet hatte. Ganz Deutschland war der Name Kaltenbach ein Begriff gewesen und noch mehr, als sie selbst mit 29 Jahren auf ihrer geliebten Stute Pocahontas bei den Olympischen Spielen gewonnen hatte.

Und nun hatte sie Kaltenbach heruntergewirtschaftet! Vor einigen Jahren hatte sie die Zucht einstellen müssen, die nicht mehr rentabel war, und hatte sich ganz auf das Training und die Ausbildung von Springreitern konzentriert. Und jetzt?

Jetzt hatte sie nicht ein einziges vielversprechendes Talent im Stall, keinen bekannten Trainer – und ihre Kräfte ließen nach. Zwei Wochen waren es noch bis zu den Kaltenbach Classics, die sie vor fünfundzwanzig Jahren ins Leben gerufen hatte. Die Classics waren immer ihr ganzer Stolz gewesen. Zum ersten Mal würde sie dieses Jahr, bei ihrem Jubiläumsturnier, kein eigenes Pferd am Start haben. Was für eine Blamage!

Maria Kaltenbach schloss die Augen, denn nun wurde ihr klar, was sie die letzten Monate immer wieder verdrängt hatte: Es würden außerdem ihre letzten Classics sein. Denn Kaltenbach war …

»Oma?«

Maria sah ihre Enkelin im Türrahmen stehen. Ein paar Strähnen ihrer leuchtend roten Haare hingen ihr wirr ins Gesicht, ihre Wangen waren gerötet, ihre Augen blitzten angriffslustig und erinnerten Maria Kaltenbach in diesem Moment mehr denn je an sich selbst. Die Ähnlichkeit war wirklich verblüffend.

»Hab ich dich geweckt?«, fragte Mika unsicher.

»Nein, nein«, antwortete Maria schnell. »Was ist denn los?« Gedankenverloren klopfte sie mit ihrem Stock auf das alte Parkett.

»Das würde ich gerne von dir wissen!« Mika trat näher und stand nun direkt vor ihrer Großmutter, die sich überrascht aufrichtete. »Gestern hast du behauptet, alles sei in bester Ordnung, und heute kommen irgendwelche Männer, tragen Möbel raus und andere reden darüber, Kaltenbach zu versteigern.« Mika hatte jetzt die Hände vor der Brust verschränkt und sah ihre Großmutter herausfordernd an. »Glaubst du, ich bekomme von alledem nichts mit?«

Maria stand schwerfällig auf, um wenigstens halbwegs auf Augenhöhe mit Mika zu sein. »Mika, das ist alles nicht so einfach. Ich wollte dich damit nicht belasten«, sagte sie beschwichtigend.

Doch Mika wollte eindeutig nicht beschwichtigt werden. Ihre Stimme bebte. »Wenn es Kaltenbach nicht gut geht, dann geht es mir auch nicht gut. Also sag mir bitte die Wahrheit. Wie schlimm ist es?«

Maria Kaltenbach sah Mika eine Weile schweigend an. »Es ist nicht so ...«, begann sie, doch etwas in den Augen ihrer Enkelin ließ sie innehalten. Maria sackte in sich zusammen. Es war endlich Zeit für die Wahrheit. »Ich werde Kaltenbach wohl nicht halten können.«

Mika verschlug es den Atem. »Aber ... was wird aus ... Sam und Herrn Kaan und ...?«

Ostwind sagte sie nicht. Aber sie dachte es ... und: Was wird aus mir? Aber auch das sagte sie nicht.

Maria Kaltenbach schüttelte langsam den Kopf. »Ich weiß es nicht.«

Diese offensichtliche Hilflosigkeit war für Mika das Schlimmste. Ihre Großmutter wusste doch sonst immer, was zu tun war.

»Können wir denn gar nichts tun?«, fragte sie, aber ihre Großmutter sah sie einen Moment zu lange an. Etwas Unausgesprochenes hing in der Luft.

Schließlich brachte Maria ein Lächeln zustande. »Du kannst einen schönen letzten Sommer hier haben!« Sie strich Mika über den Arm.

Doch Mika schüttelte sie ab. Sie fühlte einen Kloß im Hals, der sich nicht herunterschlucken ließ und dem bald Tränen folgen würden. Sie musste hier raus!

Sie fuhr herum und rannte durch den langen Flur, die Stufen hinunter, nur weg.

»Mika!«, rief ihre Großmutter ihr erschrocken hinterher, doch Mika war bereits aus der Tür.

Sie rannte, so schnell sie konnte, und hielt nicht an. Nicht für die Rufe ihrer Großmutter. Nicht für Tinka, die auf dem Hof gerade versuchte, Archibald mit dem Hufschmied zu versöhnen. Und nicht für Fanny, die ihr auf der Schotterstraße zum Gestüt entgegengekeucht kam und nur noch verwirrt der Staubwolke nachsehen konnte, die Mika hinterließ.

Es gab nur einen, der sie jetzt verstehen würde. Schon von Weitem hörte sie sein vertrautes Wiehern.

Ostwinds dunkles Fell glänzte in der Nachmittagssonne, und als hätte er auf sie gewartet, stand er bereits am Rand seiner Weide und sah ihr entgegen.

Schnell kletterte sie auf den Zaun und schwang sich auf seinen Rücken. Sie griff in seine dichte Mähne, schlang ihre Beine um seinen Bauch und flüsterte ihm ins Ohr: »Los!«

Ostwind schnaubte freudig auf und fiel sofort in einen ausgelassenen Galopp. Endlich waren sie wieder zusammen!

Sie jagten über die Koppel, Mika dicht an den Pferderücken geschmiegt, fast als wären sie ein einziges Wesen. Mühelos setzten sie über den Zaun, und dann ging es querfeldein: am schattigen Waldrand entlang, über ein wogendes Getreidefeld, egal wohin. Hauptsache weiter, Hauptsache weg.

Mika spürte, dass auch Ostwind nicht anhalten wollte. Sie spürte seine Unruhe und ihre Anspannung und wie sich beides auflöste im puren Rausch der Geschwindigkeit.

Der kleine Baggersee schimmerte dunkelgrün und friedlich in der Sonne, silbrige Libellen schwirrten dicht über der stillen Wasseroberfläche, in der sich die umstehenden Bäume spiegelten.

Unzählige Male, wenn sie in Frankfurt in ihrem Bett gelegen hatte, hatte sich Mika an diesen Ort geträumt. Hier war sie zum ersten Mal auf Ostwinds Rücken geklettert. Sie sah wieder Herrn Kaan vor sich, wie er ihr vom Ufer aus ermutigend zulächelte, als sie das große Pferd unsicher ins Wasser führte.

Mika sprang von Ostwinds Rücken. Sie war durch und durch nassgeschwitzt, ebenso wie Ostwind. Mit gesenktem Kopf stand er am Ufer und sog das kühle Wasser ein. Kurzentschlossen zog Mika ihre Turnschuhe aus, strampelte sich aus ihrer Jeans und stürzte sich ins kühle Wasser. Ostwind riss mit einem ausgelassen Wiehern den Kopf hoch.

Mika lachte. »Na, los, komm rein!« Sie paddelte auf dem Rücken kleine Kreise vor ihm, tauchte unter und kurz vor ihm wieder auf.

Ostwind tänzelte einen Schritt zurück und schüttelte schnaubend den Hals.

Mika sank bis zur Nase unter die Wasseroberfläche, nahm einen großen Schluck und spuckte eine Ladung Wasser nach ihm. »Jetzt komm, du Feigling! Es ist ganz toll hier drin! Nass!«

Ostwind sah sie an und stand ganz still am Ufer.

Mika stand auf, streckte die Hand aus und drehte ihren Körper leicht zur Seite. »Keine Angst.«

Das dunkle Pferd hielt ihren Blick und machte einen Schritt auf sie zu. Auf Mikas Gesicht breitete sich ein Lächeln aus, als er langsam und vorsichtig zu ihr ins Wasser kam. Glücklich und ohne einen Gedanken an den Rest der Welt plantschten sie im Wasser herum: der schlaksige Rotschopf und das große Pferd.

Mika sprang von Ostwinds Rücken, ließ sich neben ihm treiben. Der Hengst schnaubte, blies Wasser aus seinen Nüstern und nahm erschrocken Reißaus vor einer ebenfalls irritierten Ente. Später trockneten sie im Schatten einer hohen Buche: Mika ausgestreckt auf dem Boden, Ostwind friedlich weidend neben ihr. Die Unbeschwertheit der letzten Stunden löste sich langsam auf.

Mika dachte nach: Sie mussten Kaltenbach retten. Sie konnten doch nicht einfach kampflos aufgeben! Kaltenbachs Untergang bedeutete gleichzeitig Ostwinds Untergang. Und ohne Ostwind…

Mika dachte den Gedanken nicht zu Ende. Je länger sie dalag, desto klarer wurde ihr, was sie zu tun hatte. Eigentlich war es ihr schon lange klar gewesen. Sam hatte es ausgesprochen. Es ging um mehr als nur um sie und ihr Pferd.

Mika seufzte und Ostwind hob sofort fragend den Kopf. Auch er war wieder unruhiger geworden. Sie drehte sich zu ihm, den Kopf immer noch im Gras, und blinzelte gegen die Sonne zu ihm hoch. Sie betrachtete die Stellen in seinem dunklen Fell. Auch das war noch ein Rätsel, das es zu lösen galt.

»Das ist tatsächlich eine Zwickmühle!« Herr Kaan nickte bedächtig und meinte damit nicht sein jüngstes Schnitzwerk, das halb fertig vor ihm auf der knorrigen Werkbank eingespannt war.

Es zeigte einen Menschen mit Pferdebeinen oder aber, dachte Mika, während sie es aufmerksam musterte, ein Pferd mit Menschenoberkörper. Je nach Blickwinkel.

Sie saß auf dem Geländer von Herrn Kaans Veranda und ließ ihre Beine baumeln. Ihre Haare waren noch feucht, ihr Gesicht gerötet. Der Ausritt hatte ihr gutgetan und ihren Geist geklärt. Wenn andere Leute über ihre Probleme schliefen, dann musste sie über ihre Probleme reiten.

Herr Kaan machte einen weiteren Zug mit dem Schnitzeisen, als Mika zögerlich fortfuhr: »Ich habe einfach das Gefühl, dass ich keine Wahl habe. Ich wollte nach dem letzten Mal nie wieder... so reiten. Ich habe es Ostwind versprochen! Aber wenn wir nicht bei den Classics antreten, dann haben wir nicht einmal diese klitzekleine Chance. Dann haben wir gar nichts.«

Herr Kaan antwortete nicht, betrachtete nur konzentriert seinen Pferdemenschen.

»Es wäre ja auch nur noch ein einziges Mal. Und es geht um Kaltenbach. Um Sam, um meine Oma und...« Mika zögerte, doch Herr Kaan nickte ihr zu. Er wusste schon, was sie sagen wollte. »Und um Sie«, schloss sie energisch. »Also, was soll ich tun? Mein Versprechen brechen für den vielleicht hoffnungslosen Versuch, Kaltenbach zu retten?«

Herr Kaan sah auf. Sein Blick schweifte zum Waldrand, wo die Sonne gerade langsam hinter den Bäumen versank. »Manchmal muss man ein Versprechen brechen, um der Gegenwart Platz zu machen. Das nennt man dann Verantwortung.«

Mika hatte das Gefühl, dass er gerade nicht nur über sie sprach. Für eine Weile schwiegen sie. Ein kühler Abendwind kam auf, während sie einträchtig dem Sonnenuntergang zusahen.

Schließlich erhob Herr Kaan sich von seinem Schemel. »Ist spät. Deine Großmutter macht sich wahrscheinlich schon Sorgen.«

Mika nickte und sprang vom Geländer. »Danke.«

Herr Kaan sah sie erstaunt an. »Wofür denn?«

»Für alles. Und dafür, dass ich jetzt weiß, was ich machen muss.«

Herr Kaan lächelte. »Das wusstest du doch schon vorher.« Mika erwiderte sein Lächeln. »Ja, aber jetzt weiß ich, dass ich es nicht alleine machen muss.«

Sie deutete eine Verbeugung an: »Gute Nacht, Meister!«, sagte sie und ging in die Nacht hinaus.

Herr Kaan lächelte ihr nach. »Meister... so ein Unsinn«, brummelte er und war dennoch geschmeichelt, als er in seinem Wohnwagen verschwand.

Blaue Stunde. Kaltenbach leuchtete türkisblau. Maria Kaltenbach saß alleine an der langen Tafel im Esszimmer. Marianne, die gute Seele und schlechte Köchin, räumte gerade den Tisch ab, auf dem noch ein einsamer Teller mit einer unangerührten Kohlroulade stand.

»Sie können das Essen ruhig mitnehmen, Marianne. Meine Enkelin wird sich wohl heute Abend nicht mehr blicken lassen«, sagte Maria gerade, als Mika den Raum betrat.

»Äh, doch. Und ich hätte auch einen Riesenhunger!« Überrascht drehten sich beide Frauen um. »Mika! Wo warst du denn den ganzen Tag? Wir haben uns schon Sorgen gemacht. Nicht mal deine Freundin... Franzi?... wusste, wo du steckst«, sagte Maria mit leichtem Vorwurf in der Stimme.

Mika durchquerte das Zimmer mit großen Schritten und ließ sich auf ihren Platz am anderen Ende der langen Tafel fallen. Marianne stellte den Teller vor sie hin. »Soll ich's nochammol warmmache?«, fragte sie eifrig in breitestem Dialekt.

Aber Mika schüttelte den Kopf. »Nein, danke. Ist wunderbar so.« Warm oder kalt war bei Mariannes Kochkunst tatsächlich egal. Und Essen war jetzt ohnehin Nebensache.

»Wir machen es«, verkündete Mika entschlossen.

Maria Kaltenbach blickte verwirrt auf. »Wie? Was macht ihr? Und wer ist ›wir‹?«

Mika schluckte. Jetzt gab es kein Zurück. »Wir sind Ostwind und ich. Und du. Und wir starten in zwei Wochen bei den Classics. Also Ostwind und ich. Und du... trainierst uns.«

Mika bemerkte die ungläubige Freude, die sich auf dem Gesicht ihrer Großmutter ausbreitete, und schob das ungute Gefühl weg, das sie selbst gleichzeitig beschlich. »Von mir aus können wir gleich morgen früh mit dem Training anfangen«, fuhr sie mit einem Eifer fort, den sie nicht im Entferntesten fühlte.

Maria sah sie an, als säße ein Außerirdischer bei ihr am Tisch. »Mika«, sagte sie schließlich langsam, »der Vorschlag rührt mich sehr. Aber das geht nicht. Deine Mutter würde mir das nicht verzeihen...«, sie stockte, »...und ich will dich zu nichts zwingen, was du nicht willst. Das würde *ich* mir nicht verzeihen.«

Mika blickte ihre Großmutter an, die Sorgenfalten auf ihrer Stirn, die müden Augen. Sie verschränkte die Arme vor der Brust und erklärte: »Erstens würde Mama sicher nicht wollen, dass Kaltenbach versteigert werden muss, und zweitens bin ich alt genug, um selber zu wissen, was ich möchte und was nicht. Und drittens...«, sie holte tief Luft, »...gibt es Dinge, die wichtiger sind als wir alle drei«, wiederholte sie Herrn Kaans Worte.

Maria schluckte. Tränen standen in ihren graublauen Augen. Und diesmal nicht vor Trauer und nicht vor Wut. Sie stand auf und humpelte zu Mika, die unbeholfen aufsprang und sich von ihrer Großmutter in die Arme schließen ließ. »Ach, Mika! Wir sind einfach aus demselben Holz geschnitzt, du und ich!«

Mika, die emotionale Ausbrüche jeder Art immer überforderten, stand da wie zur Salzsäule erstarrt.

»Oma«, quiekte sie schließlich, als sie keine Luft mehr bekam. Sofort ließ ihre Großmutter sie los und wischte sich die Augen. Schnell tat sie so, als wäre nichts gewesen.

Mika atmete auf. Doch diese Erleichterung hielt nur kurz, denn da war die alte Maria Kaltenbach auch schon zurück: »Dann iss nun etwas und geh früh schlafen. Ich erwarte dich ausgeruht und das Pferd fertig gesattelt um Punkt acht Uhr auf dem Platz!« Sie klopfte Mika aufmunternd auf die Schulter und ging aus dem Zimmer.

Mika sank zurück auf den Stuhl und nahm einen Bissen kalte Kohlroulade. »Perfekt. Schmeckt genau, wie ich mich fühle«, murmelte sie kauend und schluckte schwer.

»Heyyy, Fannyyy«, sagte Mika beschwichtigend wie zu einem störrischen Pferd, als sie vorsichtig die Tür zu ihrem gemeinsamen Zimmer öffnete. Sie spähte hinein, bereit sich zu ducken und einem – oder mehreren – fliegenden Gegenständen auszuweichen. Doch nichts geschah.

Mika öffnete die Tür ganz und betrat das Zimmer. Es war leer. Keine Fanny weit und breit. Mika sah sich verwundert um. Dann ging sie blitzschnell in die Hocke und sah unters Bett. »Hab dich!«, rief sie, doch statt ihrer Freundin lagen da nur ein paar staubige Wollmäuse und eine einsame Socke auf dem alten Dielenboden.

Nachdenklich setzte sie sich aufs Bett. War Fanny tatsächlich so sauer, dass sie einfach abgereist war? Nur weil Mika einen Tag lang verschwunden war? Aber warum hatte sie dann ihren heiß geliebten Laptop dagelassen?

In dem Moment hörte sie unterdrücktes Gekicher im Hof.

Sie ging zum Fenster. Es war stockfinster draußen, nur ein einsames Glühwürmchen tanzte ... oder halt: War das etwa eine Stirnlampe?

»Fanny?«, rief Mika leise in die Nacht. Doch anstatt einer Antwort hörte sie nun auch noch eine andere, tiefere Stimme. Das war Sam. Sam und Fanny?

Mika spürte, wie plötzliche Eifersucht ihr einen kurzen, aber heftigen Stich versetzte. Was machten die beiden da draußen in der Nacht – ohne sie?

Sie würde es herausfinden. Ohne zu zögern, schwang sie sich aus dem Fenster.

Im fahlen Lichtkegel von Fannys Stirnlampe pumpte Sam den platten Reifen eines altersschwachen Fahrrads auf.

»Haben wir nicht irgendein glamouröseres Verfolgungsfahrzeug, das wenigstens die Luft hält?«, kicherte Fanny gerade, als Mika mit einem dumpfen »WHAM!« wenige Zentimeter neben ihr auf dem Boden landete.

Fanny kreischte laut auf und machte einen Satz auf Sam zu, der seinerseits das Gleichgewicht verlor und neben dem Rad auf den Rücken fiel.

Mika grinste voller Genugtuung über ihren gelungenen Auftritt. »Na? Habt ihr nicht jemanden vergessen?«, fragte sie und zeigte anklagend auf die beiden Fahrräder, die an der Stallmauer lehnten.

Fanny drehte den Kopf und leuchtete Mika mit ihrer Stirnlampe mitten ins Gesicht. Sam wandte sich wortlos dem Rad zu und pumpte weiter – allerdings so heftig, dass die Pumpe vom Ventil sprang. »Wer hat hier wohl wen vergessen?«, fauchte Fanny zurück. »Noch so ein gemütliches Essen alleine mit deiner Großmutter und ich nehme den nächsten Zug nach Hause, ganz ehrlich! Und es geht mir dabei gar nicht mal um die Kohlrouladen – die an sich auch schon Grund genug wären!«

Fannys durchaus berechtigte Empörung nahm Mika ziemlich den Wind aus den Segeln. »Tut mir leid«, sagte sie kleinlaut. Ihre Eifersucht kam ihr plötzlich sehr albern vor. »Wirklich. Ich musste einfach alleine nachdenken, über alles...«, sie hielt inne und sah Sam an, der immer noch pumpte, obwohl der Reifen nun kurz vor dem Platzen war, »...was du gesagt hast. Und du hast recht.«

Sam pumpte nun langsamer, und Mika fuhr entschlossen fort: »Ich werde in zwei Wochen für Kaltenbach bei den Classics starten. Mit Ostwind. Oma wird mich trainieren und... wenn Kaltenbach schon untergeht, dann wenigstens mit einem Sieg!«

Sam hielt inne und sah sie misstrauisch an. »Echt jetzt?«

Mika nickte.

Sam sprang auf und nahm Mika stürmisch in die Arme. Wieso musste sie heute eigentlich jeder umarmen? »Ich wusste es!«, murmelte Sam in ihre Haare.

Fanny leuchtete mit ihrer Lampe von Mika zu Sam und von Sam zu Mika. Sie, die sonst offen war für jede Form von Drama, fand das Romeo-und-Julia-Rührstück, das sich gerade vor ihren Augen abspielte, offenbar nicht ganz so amüsant. Mit ihrer Stirnlampe lieferte sie auch noch das perfekte Scheinwerferlicht dazu!

»So«, sagte sie in ihrer strengsten Reporterstimme, »jetzt ist es aber gut. Wir haben hier eine wichtige Mission, okay?«

Sofort ließ Sam Mika los. »Äh... klar«, sagte er und schraubte plötzlich voller Elan den Verschluss auf das Fahrradventil.

Fanny und Mika standen sich gegenüber und ein Hauch von Anspannung lag immer noch zwischen den beiden.

»Dass du an diesem Turnierdings teilnimmst, heißt aber nicht, dass Paris gestorben ist, oder?«, fragte Fanny, in deren Stimme neben dem bedrohlichen Tonfall noch etwas anderes mitschwang, das Mika nicht ganz deuten konnte.

»Neiiiin! Das ist in zwei Wochen, und danach fahren wir natürlich«, beeilte Mika sich zu sagen.

»Hmmmm...« Fanny schien nicht überzeugt.

»Was soll das hier eigentlich werden?«, fragte Mika schnell, froh über jedes andere Thema.

Und es klappte: Fanny war sofort wieder im Abenteuer-Modus. »Also«, erklärte sie in aufgeregtem Flüsterton, »wir werden dem Dieb auflauern. Auf dem Speicher da.« Sie zeigte auf einen offenen Heuboden, zu dem nur eine alte Leiter hinaufführte. »Sam meinte, von da aus hat man den besten Überblick. Im Medikamentenschrank haben wir eine Mausefalle versteckt. Wenn er die Tür aufmacht und reingreift: *Bäng!*, schnappt die zu. Das verschafft uns wiederum genug Zeit, um runterzuklettern, auf die Fahrräder zu springen und ihn zu verfolgen, falls er fliehen sollte. Und falls Sam ihn nicht schon vorher erwischt.«

Sie nickte Sam zu, der wie aufs Stichwort einen Tennisschläger hochhielt. »Ist jetzt keine perfekte Waffe, aber es sollte reichen«, fügte er grimmig hinzu.

Mika grinste. »Klingt nach einem ziemlich wasserdichten Plan.«

Fanny nickte stolz. »Wäre natürlich gut, wenn du auch dabei wärst, wenn die Falle zuschnappt. Immerhin hast du ihn schon mal gesehen und kannst uns wertvolle Hinweise liefern.«

Sam grinste nun auch. »Und sollte es zu einer Verfolgungsjagd kommen, kannst du gerne auf meinem Gepäckträger mitfahren«, sagte er versöhnlich.

»Danke«, antwortete Mika, »aber wenn, dann fährst du auf meinem Gepäckträger.«

Sie lachten, bis Fanny vorschlug: »Okay, dann gehen wir mal in Position!«

Sam nickte, plötzlich wieder ernst. »Wisst ihr, ich kann vielleicht nicht viel für Frau Kaltenbach tun, aber ich kann diesen Dieb fangen.« Er schwang den Tennisschläger auf seine Schulter und machte sich auf den Weg zum Speicher. Auf leisen Sohlen folgten Mika und Fanny ihm durch die laue Sommernacht.

6. Kapitel

Schwarz und schweigend lag das Gestüt im Mondlicht. Nur aus dem Heuspeicher über dem Stall drang leises, zweistimmiges Schnarchen.

Mika lag neben Fanny und Sam, die seit ungefähr zwei Stunden bäuchlings im Stroh tief und fest schliefen.

Fanny hatte zuvor noch mit einigem Hin und Her ihre Handykamera in Position gebracht, um den bestmöglichen Winkel für ihre Undercover-Fotos zu finden. Sie hatte ein paar Sätze auf ihren gelben Reporterblock gekritzelt und war dann wenige Minuten nach Beginn ihrer groß angekündigten Nachtwache eingeschlafen.

Nun lag sie, den Kopf auf ihrem Block, neben einem ebenfalls schlafenden Sam, der seinen Tennisschläger noch umklammert hielt. Mika seufzte. Sie hätte auch liebend gerne geschlafen, wären da nicht die tausend Gedanken gewesen, die in ihrem Kopf kreisten: ihre Großmutter, Kaltenbach in Gefahr, die Classics, Ostwinds merkwürdiges Verhalten.

Der Dieb würde heute sicher nicht wiederkommen, nachdem sie ihn letzte Nacht schon gestört hatte. So blöd war niemand, dachte Mika, als von unten leise, aber deutlich das Quietschen der Futterkammertür an ihr Ohr drang.

Ihr stockte der Atem. Sie musste Sam und Fanny wecken – doch da war er schon, nur wenige Meter unter ihr. Lautlos schlich die Gestalt durch die Futterkammer. Diesmal hatte er keine Taschenlampe dabei, und es war so dunkel, dass Mika ihn nur schemenhaft erkennen konnte.

Jetzt oder nie! Hart stieß sie Sam an die Schulter, doch der drehte sich einfach nur knurrend um. »Nicht der Schneehase!«, murmelte er traumtrunken. Mika hätte ihn am liebsten wild geschüttelt.

Unten hielt der Dieb inne und lauschte. Hoffentlich hatte er sie nicht gehört, denn hier oben saßen sie in der Falle wie drei Mäuse im Loch. Mika hielt den Atem an.

Endlich schlich er weiter, öffnete lautlos die Tür des Metallspinds, in dem Dr. Anders einen Teil seiner Medikamente aufbewahrte, und griff hinein. *Schnapp!*

»AUUUAAA!« Der heulende Aufschrei ließ nun auch die beiden Oberdetektive aufwachen. »Hey! Was? Wo? Wer?«

Einen Stock tiefer schüttelte der Dieb seine Hand, als wollte er sie lieber loswerden, und brüllte dabei vor Schmerz.

»Wir haben ihn!«, schrie Mika triumphierend und kletterte blitzschnell die Leiter hinunter, bevor die beiden anderen noch richtig verstanden hatten, was geschah.

Die schwarze Gestalt hatte inzwischen jedoch die eingeklemmten Finger befreien können, schleuderte die Mausefalle wütend an die Wand und jagte in dem Moment aus der Tür, als Mika auf den Boden sprang.

Jetzt hatten endlich auch Sam und Fanny die Situation erfasst und stürzten hinter Mika her die Leiter hinunter.

Sie kamen nacheinander aus dem Stall geschossen, gerade als der Dieb sein Moped erreichte, das er vor der Einfahrt ins Gras geworfen hatte.

Mika eilte auf eines der Fahrräder zu und sprang auf.

Fanny war dicht hinter ihr. »Wir kriegen dich, du Ratte!«, rief sie kampflustig und schnappte sich das andere Rad.

Der Dieb rannte mit dem Moped den Schotterweg hinunter, während er im Laufen versuchte, den Motor zu starten.

Mika war schon fast aus dem Hoftor, als Sam auf Fannys Gepäckträger sprang. Fanny schlingerte, als er wütend den Tennisschläger schwang und rief: »Los! Los! Los!«

Fanny strampelte, was das Zeug hielt. Die drei Freunde rasten aus der Hofeinfahrt und nahmen die Verfolgung auf. Da hörten sie, wie der Motor des Mopeds knatternd ansprang.

Der Dieb schwang sich auf den Sattel und sofort vergrößerte sich sein Vorsprung. Mit quietschenden Bremsen bog er in einen kleinen Feldweg ein.

Mika und Fanny nahmen die Kurve, ohne abzubremsen, und Sam brauchte all seine Kraft, um nicht vom Gepäckträger geschleudert zu werden. Mika schoss vorneweg und starrte auf das flackernde rote Rücklicht ein paar Hundert Meter vor sich, das sich immer weiter entfernte.

»Bleib sofort stehen!«, brüllte sie wütend in die schwarze Nacht, doch als Antwort huschten nur ein paar Fledermäuse an ihrem Gesicht vorbei.

Vor ihnen bog das Moped erneut ab und war gerade aus

ihrem Sichtfeld verschwunden, als sie einen lauten Knall hörten.

Mika bremste erschrocken und auch Fanny wurde langsamer. Sam sprang vom Gepäckträger und rollte sich im Gras ab wie ein Ninja-Kämpfer.

Fanny war sichtlich beeindruckt, doch bevor sie ihrer Bewunderung Ausdruck verleihen konnte, schrie Sam: »Sein Auspuff hat sich verabschiedet! Das ist unsere Chance.« Und damit schoss er davon wie ein Jagdhund, der eine Fährte aufgenommen hatte.

Mika und Fanny ließen ihre Räder ins Gras fallen und rannten ihm nach. Sie waren im Vorteil, denn Fannys Stirnlampe war weit und breit das einzige Licht, das den holprigen Weg beleuchtete.

Sam verschwand nun ebenfalls aus ihrem Sichtfeld, wenig später hörten Mika und Fanny einen überraschten Aufschrei, dann – Stille.

Als sie um die Wegbiegung kamen, sahen sie Sam verdutzt im Gras sitzen.

»Ich wusste, dass du ihn erwischst!«, keuchte Fanny siegessicher, doch Sam antwortete nur mit einem kleinen Schmerzenslaut.

Sie leuchtete ihn besorgt ab. »Scheiße, was hat er mit dir gemacht?« Fanny sank zu ihm ins Gras.

»Nix. Bin gestolpert!«, brachte Sam endlich hervor und rieb sich das Knie.

Mika war hin- und hergerissen. Sollte sie den Verbrecher lieber weiterverfolgen oder sich um Sam kümmern?

Kurzentschlossen schnappte sie sich den Tennisschläger und rannte weiter. Sie würde ihn jetzt schnappen, und wenn sie ihn bis nach Mexiko jagen müsste!

Sie konnte die dunkle Gestalt vor sich sehen, aber es war nicht so leicht, in der Dunkelheit schnell zu laufen. Mika richtete ihren Blick auf den Boden, sie musste sich ganz darauf konzentrieren, nicht über irgendetwas zu stolpern und hinzufallen. Hätte sie nur Fannys Stirnlampe mitgenommen.

Plötzlich tauchte ein dunkler Umriss vor ihr auf, ein Hindernis mitten auf dem Weg. Doch es war zu spät, sie war zu schnell. Mika stolperte und fiel der Länge nach... auf etwas Weiches?

Sie öffnete die Augen und lag bäuchlings auf... einem fremden Jungen. Dunkle Augen funkelten sie böse an, ihre Nasenspitze stieß an seine Nasenspitze. Sie spürte das hämmernde Herz durch seinen schwarzen Kapuzenpulli. Oder war es ihres?

Ein paar Schrecksekunden starrten sich die beiden nur an, dann kämpfte Mika sich auf die Füße. Der Dieb setzte sich auf und schob seine Kapuze vom Kopf.

Er war höchstens 16 Jahre alt, mit schwarzen Locken, einem schmalen Mund und Augen, in denen man keine Pupille sah, so dunkel waren sie.

»Lass mich in Ruhe«, fauchte er sie an und wirkte wie ein verletztes wildes Tier, das man in die Enge getrieben hatte.

Instinktiv wich Mika zurück. Damit hatte sie nicht gerechnet. Doch schließlich fand sie ihre Sprache wieder. »Was soll das?«, gab sie wütend zurück. »Warum beklaust du uns?«

Der Junge sammelte die Medikamentenpackungen ein, die ihm beim Sturz aus der Tasche seines zerschlissenen Hoodies gefallen waren und nun verstreut auf dem Weg lagen. »Weil ich muss! Wir haben ein krankes Pferd, das stirbt, wenn ich ihm nicht helfe. Das kannst du glauben oder nicht. Mir egal«, sagte er patzig und sah sie dabei nicht an.

Doch Mika glaubte ihm sofort. Sie spürte seine Verzweiflung förmlich. Eine Verzweiflung, die so groß war, dass er sogar nachdem sie ihn entdeckt hatte, nach Kaltenbach zurückgekommen war.

Aber ganz so leicht wollte sie es ihm auch nicht machen. Dieb blieb Dieb. »Und warum holt ihr keinen Tierarzt, wenn es so krank ist?«, fragte sie.

»Weil ...«, setzte er an, doch dann brach er frustriert ab. »Das verstehst du nicht.« Er stand auf und Mika musterte ihn verstohlen. Er überragte sie um mindestens einen Kopf – was gar nicht so leicht war – und sah mit seinem wilden Lockenkopf ein bisschen aus wie der Sohn eines Räuberhauptmanns.

»Aha«, erwiderte Mika, »und wo ist ...« Eine Stimme ertönte aus der Dunkelheit hinter ihr. Sam.

»Mika?! Mika, wo bist du?«

Der Junge spannte sich an wie eine Katze, bereit zur Flucht. Er sah Mika an, Mika sah ihn an.

»Hier. Alles okay, bin auch hingefallen«, rief sie laut.

»Hast du ihn erwischt?«, drang nun auch Fannys besorgte Stimme zu ihnen.

Mika starrte den Jungen an. »Nein. Er ist weg. Bleibt, wo ihr seid, ich komm gleich.«

Der Sohn des Räuberhauptmanns lächelte vorsichtig. Seine weißen Zähne sahen in der Dunkelheit fast unheimlich aus. »Mika«, wiederholte er flüsternd. »Danke.«

Er wollte schon gehen, da rief ihm Mika leise nach: »Hey! Dafür will ich dein Pferd sehen. Morgen Nacht. Um elf Uhr hier.«

Das Gesicht des Jungen verfinsterte sich. Er schüttelte den Kopf.

Aus dem Dunkel hörte man Sam schimpfen: »Wenn ich den erwische, dann mache ich Hackfleisch aus ihm!«

»Feine Leberwurst!«, das war Fanny.

»Also?« Mika sah ihn eindringlich an und wartete auf eine Antwort.

»Okay«, sagte er schließlich widerstrebend.

»Okay. Und wie heißt du?«

Der Junge sah aus, als müsste er überlegen, ob er diese Information preisgeben wollte. »Milan«, sagte er schroff, drehte sich um und verschwand lautlos in der Dunkelheit.

»Milan«, wiederholte Mika den Namen leise. Erst dann lief sie zurück zu ihren Freunden.

7. Kapitel

Zum hundertsten Mal sah Maria Kaltenbach auf die Uhr. Es war kurz vor halb neun. Früher hätte es auf dem Gestüt um diese Uhrzeit nur so gewimmelt von Reitschülern, Pensionspferden und pferdebegeisterten Zuschauern. Heute war wie immer nur Tinka hier, die eifrig auf Sam einredete, während er den alten Shire Horse Wallach Hugo striegelte.

Seit einer halben Stunde stand Maria nun schon auf dem Reitplatz und hielt Ausschau. Nur war weit und breit keine Spur von ihrer Enkelin. Es war ein sonniger Morgen, und hätte Maria nicht so gut geschlafen wie schon lange nicht mehr, dann wäre sie schon längst in Mikas Zimmer marschiert und hätte sie höchstpersönlich aus den Federn getrommelt. Doch sie wollte die erste Trainingseinheit nicht gleich mit einem Übermaß an Strenge beginnen, und so entschied sie sich, noch einige Minuten auf Mika zu warten. Schließlich hatte sie ihr gestern ein großes Geschenk gemacht: den einzigen schwachen Hoffnungsschimmer, den es für Kaltenbach noch gab.

Mika war gerade bei Ostwinds Koppel angekommen, wo der Rappe noch friedlich unter der Eiche im Gras lag und schlief. Tau ließ das Gras glitzern, als wäre es mit Zuckerglasur überzogen, und die Amseln zwitscherten fröhlich in dem alten Baum.

Es war ein wunderschönes Bild, fast wie auf einer Kitsch-Postkarte, dachte Mika belustigt und blieb einen Moment am Gatter stehen. Normalerweise hatte sie keine Chance, Ostwind zu überraschen. Er hörte sie immer schon kommen und lief ihr entgegen oder stand bereits am Zaun, um sie zu begrüßen. Andererseits war sie auch noch nie so früh hier aufgetaucht. Sie gähnte herzhaft und seufzte dann nicht minder herzhaft. Erstens war sie noch todmüde von der abenteuerlichen Nacht, zweitens musste sie zum Training mit ihrer Großmutter, und drittens hatte sie darüber noch nicht mit Ostwind geredet.

Der Hengst hatte nun offenbar ihren Geruch in die Nase bekommen, denn er hob den Kopf aus dem nassen Gras und schnaubte laut zu ihrer Begrüßung.

Mika schwang sich über den Zaun. »Bitte bleib ruhig liegen«, sagte sie lächelnd, als der Hengst sich danach wieder zurückfallen ließ.

Sie kniete sich zu ihm und tastete ihn vorsichtig ab. Zumindest waren keine neuen Wunden dazugekommen, aber sie hätte zu gerne gewusst, wie oder wo Ostwind sich diese Verletzungen zugefügt hatte. Er setzte sich auf und Mika rutschte auf seinen Rücken. So stieg sie am liebsten auf, denn das war mit Abstand die mühelose Art, aufs Pferd zu kommen. Ostwind stand auf und sie ritt in gemächlichem Schritt über die Wiese in Richtung Gatter.

Mika wusste nicht, wie sie anfangen sollte. Schließlich legte sie sich auf Ostwinds Hals und flüsterte leise: »Ich weiß, du wirst nicht begeistert sein, aber ...«

Ostwind drehte ihr aufmerksam ein Ohr zu, und Mika hatte einmal mehr das Gefühl, dass er jedes Wort verstand.

Sie presste ihre Wange dicht an seinen Hals. »In zwei Wochen sind die Kaltenbach Classics, und ich habe meiner Großmutter versprochen, dass wir beide daran teilnehmen«, sagte sie schnell.

Ostwind blieb stehen, und Mika fuhr fort: »Ein allerallerletztes Mal. Ich weiß, dass du das kannst. Du hast es schließlich im Blut. Bei mir bin ich da weniger sicher«, fuhr sie zögerlich fort. »Aber ich hatte einfach keine Wahl, wirklich nicht, und jetzt müssen wir da zusammen durch. Wir machen den Zirkus noch einmal mit, damit du hierbleiben kannst. Okay?«

In dem Moment wandte Ostwind seinen Hals und wieherte. Seine schwarzen Ohren drehten sich zum Wald wie das Periskop eines U-Bootes.

»Hallo? Hast du mir überhaupt zugehört?«

Was war nur los mit ihm? Mika setzte sich auf und folgte seinem Blick, doch da war nichts zu sehen, außer Bäumen und nochmals Bäumen. »Also, was ist? Bist du dabei?«, wiederholte sie ihre Frage, doch statt einer Antwort machte der Hengst nun ein paar Galoppsprünge und stieg mit einem ausgelassenen Wiehern auf die Hinterbeine.

Mika kannte ihn und hielt sich souverän mit einem Arm an seinem Hals fest. Sie grinste. Da hatte sie ihre Antwort!

Ostwind verlangsamte sein Tempo, als sie wenig später durch das Tor des Gestüts ritten. Auf dem Hof stand eine Reiterin in voller Montur, die mit seltsamen Verrenkungen gerade versuchte, sich selbst möglichst bildfüllend mit ihrem Handy zu fotografieren.

Mika ritt langsam näher und musste sich das Lachen verkneifen. »Willst du aufs Cover der neuen *Wendy*?«, fragte sie lachend, und Fanny fuhr ertappt herum, grinste aber dabei. Es hatte ihr offenbar Spaß gemacht, diese Verkleidung anzulegen, und sie sah wirklich aus, als würde sie jeden Moment zur Fuchsjagd aufbrechen.

»Das wäre zumindest besser, als frühmorgens schon einer lückenlosen Aufstellung aller Springreiter-Olympiaerfolge seit 1912 lauschen zu dürfen und dabei Sägemehl-Brötchen mit einer schimmelgrünen Schmiere runterzuwürgen, die schmeckt, als hätte sie jemand auch anno dazumal zubereitet!« Fanny war so in Fahrt, dass sie den Schatten nicht sah, der neben ihr immer länger wurde.

»Das war Pâté Crème, eine Delikatesse aus Stockfisch und Dorschleber und sehr beliebt unter Menschen, die keine kulinarischen Banausen sind.« Maria Kaltenbach stand mit unbewegter Miene hinter Fanny, deren Gesicht für einen kurzen Moment gefror. Autsch.

»Und Mika, wo du jetzt auch schon da bist«, fuhr Maria ungerührt fort, »würde ich gerne mit dem Training beginnen, wenn es dir recht ist.«

Fanny machte eine verzweifelte »Geh schon«-Geste und Mika nickte beflissen.

»Natürlich«, sagte sie zu ihrer Großmutter, flüsterte »Bis später, Wendy!« zu Fanny und lenkte Ostwind den energischen Schritten ihrer Großmutter nach über den Hof in Richtung Reitplatz.

Fanny atmete erleichtert aus und blickte sich dann suchend um. Sam hatte darauf bestanden, ihr heute eine – ihre erste – Reitstunde zu geben, auch wenn sie lieber alles andere gemacht hätte, als auf einen dieser unheimlichen Vierbeiner zu steigen. Nur was?

Das war nun mal ein Reiterhof hier. »Recherche, Recherche!«, murmelte Fanny und entdeckte im selben Moment Sam, der ihr fröhlich zuwinkte und ein riesiges Ross am Zügel hielt. Seufzend setzte Fanny sich in Bewegung.

Mika stand mit Ostwind auf dem Reitplatz und die beiden wirkten ziemlich verloren inmitten des professionellen Springparcours. Mika gähnte herzhaft, und Ostwind stand mit gesenktem Kopf und hängenden Ohren da, als wäre er ein Esel im Ruhestand. Beide gaben nicht gerade ein Bild reiterlichen Ehrgeizes ab.

»Zunächst müssen wir ein paar Dinge klären«, sagte Maria Kaltenbach in ihrem gewohnt strengen Tonfall.

Mika nickte, immer noch gähnend. »Kommt nie wieder vor. Morgen sind wir pünktlich. Hoch und heilig.«

Marias Miene blieb ungerührt. »Ich meine nicht deine Verspätung – wobei ich dir da zustimme –, sondern deinen Aufzug. Du siehst aus, als kämst du direkt aus einem Wildwestfilm.«

Sie schwieg einen Moment und fuhr dann ohne den Hauch eines Lächelns fort: »Und wenn du bei den Classics starten willst, ohne wieder disqualifiziert zu werden, müssen wir uns auf bestimmte Dinge einigen.«

Mikas Miene verdüsterte sich. Sie wickelte Ostwinds Mähne um ihre Finger, dann sagte sie eine Spur zu laut: »Erstens nehmen *wir* an den Classics teil, nicht nur ich, und außerdem...«, sie stockte und rang mühsam ihren Trotz nieder, »...lass ich mit mir verhandeln.«

»Gut, dann brauchst du einen ordentlichen Springsattel, Zaumzeug und Stiefel. Und eine Gerte kann einer professionellen Springreiterin auch nicht schaden.«

Mikas Augenbrauen zogen sich zusammen wie Gewitterwolken. »Keine Gerte und ich behalte meine Schuhe«, erklärte sie ihrer Großmutter mit fester Stimme.

Ostwind schnaubte, als könne er das nur unterstreichen.

»Aber...«, begehrte Maria auf, und für eine Weile feilschten die beiden wie zwei türkische Teppichhändler auf dem Basar.

Bis Maria schließlich nachgab: »Gut, deine Schuhe kannst du zumindest im Training anbehalten. Und auf die Gerte werden wir vorerst verzichten. Obwohl man sehr präzise Hilfen mit ihr geben kann. Man schlägt die Pferde damit ja nicht«, fing sie erneut an, bremste sich aber schnell wieder und hob beschwichtigend die Hände. »Schon gut. Geh satteln und dann sehen wir weiter.«

Als Ostwind und Mika eine halbe Stunde später fast perfekt ausstaffiert zum Reitplatz zurückgetrottet kamen, konnte das Training endlich beginnen. Doch es war ernüchternd.

Maria stand in der Mitte des Platzes und rief Mika Anweisungen zu, während sie Ostwind durch den Parcours ritt. Aber die beiden gaben ein jämmerliches Bild ab. Der Hengst umlief die Hindernisse, verweigerte oder riss die gestreiften Stangen der niedrigsten Sprünge lustlos. Er gab sich einfach keine Mühe, das war deutlich zu sehen, und auch Mika sah man an, dass sie nicht recht wusste, was sie mit den Zügeln in ihren Händen eigentlich anfangen sollte. Sie gähnte immer wieder und hatte Mühe, nicht aus dem Sattel zu kippen.

»Du musst ihn insgesamt mehr versammeln!«, rief Maria über den Platz.

»Wer will sich versammeln?«, murmelte Mika ratlos.

»Halbe Parade! Stell ihn dir nach innen!«

Mika verstand kein Wort. Jede Zelle ihres Körpers meldete: Keine Lust! Keine Lust!, und es brauchte all ihre Kraft, dagegen anzukämpfen. Sie zwang sich zur Ordnung, schließlich hatte sie es versprochen! Sie tat es für Kaltenbach!

»Jetzt den Graben!«, rief Maria, »ich weiß, dass du das kannst!«

Gehorsam galoppierte Mika mit Ostwind auf den Wassergraben zu und versuchte zu tun, was ihre Großmutter sagte. Das Problem war nur: Sie konnte sich vielleicht selbst etwas vormachen – aber Ostwind konnte sie nicht täuschen.

Kurz vor dem Absprung brach der Hengst aus, stieg mit

einem frustrierten Wiehern und platschte mitten in das Brackwasser des Grabens. Es spritzte in hohem Bogen und Maria bekam eine saftige Dusche.

Erschrocken sah Mika ihre Großmutter an und duckte sich instinktiv tiefer auf Ostwinds Rücken, bereit für das unvermeidliche Donnerwetter.

Doch nichts geschah. Maria wischte sich ungerührt die Brille sauber. »Wer mit Pferden lebt, ist Dreck gewöhnt. Ein bisschen Schlamm ist noch kein Grund zum Verzweifeln.«

Das Trauerspiel auf dem Reitplatz schon eher. »Wir machen Schluss für heute«, entschied Maria schließlich niedergeschlagen. »Mit der Nummer könnt ihr zwar jederzeit im Zirkus auftreten, für ein ernsthaftes Turnier muss aber noch viel passieren. Morgen ist ja auch noch ein Tag.« Auf ihren Stock gestützt hinkte sie zum Gatter, ohne Mika noch einmal anzusehen.

Mika seufzte schwer, als sie und Ostwind den Reitplatz verließen. Das war einfach nicht ihr Element, dieses Reiten auf Kommando. Und außerdem war sie nun wirklich, wirklich müde. Sie trottete über den Hof in Richtung Sattelplatz, rutschte von Ostwinds Rücken und kämpfte kurz mit den widerspenstigen Schnallen des ungewohnten Sattelgurts. Doch schließlich hatte sie ihr Pferd von allem befreit und Ostwinds Kopf steckte schmatzend in einem Eimer Schrot.

Mika wollte gerade auf einen umgedrehten Eimer neben ihn sinken und sich endlich ausruhen, als Fannys ängstliche Stimme an ihr Ohr drang. Sie drehte den Kopf. Das kam doch ... aus der Reithalle?

Mika schlich näher und stieg auf eine blaue Futtertonne, die eben zu diesem Zweck an der Holzbande lehnte, um in die Bahn sehen zu können. Sie spähte in die große Reithalle, in deren Mitte Sam stand. Er hatte Hugo an der Longe, der gemächlich im Kreis trottete wie eine sehr langsame Turmuhr, während Fanny krumm wie eine Banane auf seinem Rücken saß und sich am Sattel festkrallte.

»Nicht loslassen, ja nicht loslassen«, befahl sie Sam, der über beide Ohren grinste.

Er hielt mit gespielter Anstrengung die Longe in der Hand. »Oh, Gefahr, Gefahr, ich kann ihn nicht mehr halten ... Achtung!«

Sam öffnete die Finger und die Longe glitt zu Boden.

»Neiiiin!«, quiekte Fanny entsetzt, packte Hugos Mähne mit beiden Fäusten, schloss die Augen und sah aus, als müsste sie jeden Augenblick vor das Jüngste Gericht treten. Das betagte Pferd blieb jedoch nur stehen, senkte den Kopf und äpfelte seelenruhig.

Sam lachte sich schief, und auch Fanny musste mitlachen, als sie sich endlich traute, die Augen wieder zu öffnen.

Mika beobachtete die beiden eine Weile, froh über die kurze Ablenkung. Doch dann holte sie die Gegenwart wieder ein. Die Aufgabe, die vor ihr lag, war so viel schwerer, als sie es sich vorgestellt hatte.

Sie rutschte von der Tonne und stand unschlüssig da, als sich plötzlich eine warme Hand auf ihre Schulter legte.

Mika fuhr herum, und Herr Kaan stand hinter ihr. Er lächelte sein seltenes Lächeln und sagte, als hätte er ihre Gedanken gelesen: »Keine Sorge, jeder Tag ist anders.«

Mika blinzelte ihn an. »Haben Sie uns etwa zugeschaut?« Sie spürte, wie ihr bei diesem schrecklichen Gedanken die Röte ins Gesicht stieg.

Herr Kaan blieb unbewegt. »Du hast selber gesagt: Du musst das nicht alleine machen. Lass dich nicht irritieren, auch nicht von deiner Großmutter und ihren Ansichten. Und lass ihn...«, er zeigte auf Ostwind, »zur Ruhe kommen. Er ist rastlos. Ihr beide seid das.«

Obwohl es ihr peinlich war, dass Herr Kaan ihre erste Trainingsstunde beobachtet hatte, freute sie sich, ihren Meister auf dem Gestüt zu sehen. Er hatte jahrelang keinen Fuß auf Kaltenbach gesetzt, nachdem Maria ihn gefeuert hatte. Aber Mika hatte dafür gesorgt, dass die beiden sich wieder versöhnten.

Sie sah Herrn Kaan an: »Ich weiß. Er ist unruhig«, sagte sie nachdenklich, »und ich weiß immer noch nicht, warum.«

Mika konnte ihr Gähnen nicht mehr unterdrücken.

»Vielleicht solltest du dich auch ausruhen – du kannst ihm keine Ruhe geben, wenn du selber keine hast.«

Mika nickte müde. Herr Kaan hatte recht. Vielleicht musste sie sich einfach mal so richtig ausschlafen.

Tiefe Sorgenfalten gruben sich in Marias Gesicht, als sie nachdenklich im Schatten der großen Kastanie stand und über den kopfsteingepflasterten Hof ihres Gestüts blickte.

Es war wirklich deprimierend wenig Betrieb, dachte sie, als sie die zwei vereinzelten Reiterinnen beobachtete, die sich auf dem Putzplatz gerade zum Ausritt vorbereiteten.

»Ungewohnt still«, bemerkte Herr Kaan, als er neben sie trat. »Die Hitze macht wohl allen zu schaffen.«

Maria nickte knapp. »Wenn es denn die Hitze wäre.«

Herr Kaan antwortete nicht, und sie sahen für einen Moment schweigend über den Hof, auf dem sie so viele Jahre zusammen gearbeitet hatten. Und vielleicht war es die Erinnerung an diese Zeit, in der sie alle Sorgen um den Hof mit ihm geteilt hatte, die Maria nun dazu brachte, ihm ihr Herz auszuschütten.

»Ich hätte nicht so hart zu Michelle sein sollen damals. Sie war eine wirklich erstklassige Reiterin. Ein bisschen zu ehrgeizig, gut, aber ungemein talentiert. Und sie hatte vielleicht nicht ganz unrecht damit, dass Kaltenbach kaum noch mehr ist als ein Ponyhof«, füge sie mit tiefer Bitterkeit in der Stimme hinzu, als die beiden Reiterinnen fröhlich plaudernd an ihnen vorbeiritten.

Herr Kaan schwieg, wie so oft, und Maria sinnierte weiter: »Mit Sicherheit wäre sie jetzt schon im Perspektivkader und Kaltenbach wäre wieder in aller Munde.« Sie machte eine kurze Pause. »Stattdessen geht das Gestüt zugrunde und ich setze alle Hoffnung auf ein trotziges Kind mit einem unberechenbaren Pferd.« Ihre Lippen zitterten.

Herr Kaan fasste sie sanft am Arm. »Du weißt, dass das nicht stimmt. Kaltenbach wird immer Kaltenbach sein, solange du hier bist. Hättest du Michelle hierbehalten, hättest du früher oder später den Preis für ihren ungesunden Ehrgeiz zahlen müssen. Wie bei Hanns damals.« Er schaute sie eindringlich an, doch Maria wich seinem Blick aus.

»Als du ihn soweit hattest«, fuhr Kaan leise fort, »nach all den Jahren, die wir in ihn investiert hatten, hat er dich eiskalt und ohne zu zögern sitzen lassen.«

Marias Züge verhärteten sich. »Er wollte einfach immer nur die besten Bedingungen für seinen Sport, das habe ich ihm längst verziehen. Mir genügt zu wissen, dass er durch mich eine wunderbare internationale Karriere hatte«, sagte sie, und es klang, als habe sie diese Rechtfertigung schon oft wiederholt.

Herr Kaan verstand sie nicht. Wieso wollte sie immer noch nicht wahrhaben, dass ihr bester Schüler damals einen unverzeihlichen Vertrauensbruch begangen hatte?

Er seufzte. Würde sie sich je ändern?

»Gib Mika eine Chance«, sagte er einfach statt einer Verabschiedung, dann drehte er sich um und ging ohne ein weiteres Wort davon.

Maria nickte unbestimmt, doch in ihren Gedanken war sie weit weg. Hanns de Burgh – wie lange hatte sie den Namen schon nicht mehr gehört!

Wie erschlagen lag Mika im Gras und schlief mit offenem Mund wie ein Murmeltier im Januar. Wenige Meter von ihr entfernt stand Fanny im grünen Wasser des Baggersees und kühlte ihr geschundenes Gesäß. Reiten! Auf was für absurde Ideen manche Menschen kamen!

Aber sie hatte es überlebt. Sie sah zu Mika, die, kaum waren sie am See angekommen, in einen komatösen Dornröschenschlaf gefallen war. Musste nur noch ein Prinz kommen und sie wachküssen. Oder, in Ermangelung eines Prinzen, eben eine gute Freundin und sie wach spritzen.

Mit einem hinterlistigen Grinsen tauchte Fanny beide Hände ins Wasser und rannte mit einer Baggerladung voll auf Mika zu. Das Wasser platschte auf Mikas nackten Bauch. Fanny lachte und sprang schnell zurück ins Wasser. Sie drehte sich um, bereit für die unausweichliche Rache, doch Mika hatte sich nicht einmal gerührt. Das konnte doch wohl nicht wahr sein!

Langsam kam Fanny aus dem Wasser und ploppte neben ihrer Freundin ins Gras. Atmete sie überhaupt noch?

Fanny kniete sich neben Mika und versuchte irgendwo am Ellbogen ihren Puls zu fühlen. Doch da war keiner!

»Also, 'ne gute Krankenschwester wirst du nicht«, murmelte eine schlaftrunkene Stimme. Mika hatte ein Auge geöffnet und blinzelte Fanny an.

Fanny warf sich erleichtert neben sie ins Gras. »Dafür habe ich ja wohl andere Qualitäten.«

»Die da wären?«

Fanny lächelte. »Ich bin eine Superfreundin mit viel Verständnis, flexibel und offen für fast alles. Ich habe einen robusten Magen, kann gut alleine bleiben und brauche generell nur sehr wenig Aufmerksamkeit.«

Mikas Mundwinkel schoben sich nach oben. »Klingt, als wärst du das perfekte Haustier.«

Fanny antwortete nicht.

Dass die Freundin auf einen Witz nicht reagierte, ließ Mika aufhorchen. Sie rollte sich auf die Seite und sah sie an.

Fanny lag neben ihr im Gras und blickte in den Himmel.

»Hey! Ich bin dir total dankbar, dass du hier bist. Wirklich. Ich weiß ja, dass du dir was anderes vorgestellt hast.«

Aber Fanny brummte nur. »Hm.«

»Die nächsten beiden Wochen werden echt hart, und ich habe keine Ahnung, wie ich das schaffen soll.«

Endlich drehte Fanny sich zu ihr um. »Musst du ja nicht. Also, musst du schon. Aber nicht alleine.«

Mika lächelte. »Stimmt. Ich hab ja dich. Und Herrn Kaan. Und Sam…«, fügte sie nach einer längeren Pause schläfrig hinzu. Wieder fielen ihr die Augen zu und wieder kehrten ihre Gedanken zu der letzten Nacht zurück. Zu diesem seltsamen Jungen, den sie nicht richtig einschätzen konnte. »Wir haben ein krankes Pferd«, hatte er gesagt. Milan. Ob er wirklich kommen würde?

Über diesen Gedanken nickte sie ein und hörte nicht mehr, wie Fanny neben ihr zaghaft ansetzte: »Apropos Sam. Wie… also… wie findest du denn… äh… Mika?«

Als sie sah, dass Mika wieder eingeschlafen war, gab Fanny auf. Und war darüber auch gar nicht so enttäuscht, denn das Gespräch konnte gerne noch ein bisschen warten, fand sie.

Endlich schloss auch sie die Augen, spürte die Sonne auf ihrer kühlen Haut und ließ sich von dem Wind einschläfern, der sanft durch die Blätter der großen Bäume strich.

Maria empfing Klaus im grünen Salon. Ein großzügiger Raum mit einem imposanten Kronleuchter, vollen Bücherregalen und einem offenen Kamin, der aber im Hochsommer nicht in Betrieb war. Zwei Sessel standen vor dem großen Fenster und Marianne servierte einen kühlen Eistee. Der grauhaarige Banker nippte an seinem Glas. Das Gespräch war beiden sichtlich unangenehm.

»Schön, dass du kommen konntest«, sagte Maria.

Klaus lächelte kurz und schaute demonstrativ auf seine Uhr, wie um zu zeigen, dass er nicht viel Zeit mitgebracht hatte.

Maria verstand die Geste: »Ich wollte dir auch nur kurz mitteilen, dass ich nun doch einen Weg gefunden habe... also, dass ich die Zukunftsperspektive für Kaltenbach, von der ihr gesprochen habt, gefunden habe.«

Klaus nickte wohlwollend. »Und die wäre?«

»Ich habe dir doch von meiner wirklich hochtalentierten Enkelin erzählt? Nein? Jedenfalls ist sie zurzeit zu Besuch und hat sich nun entschlossen, für Kaltenbach bei den Classics zu starten. Und zwar auf...«, sie machte eine dramatische Pause, »...Ostwind!«

Klaus sah sie an, gespannt, was noch kommen würde. »Und?«

Maria lächelte unsicher. »Und das heißt, wir haben eine realistische Chance, das Turnier zu gewinnen. Ostwind ist eine kleine Berühmtheit in der Reiterwelt, seine Urgroßmutter, Halla, ist eine wahre Legende. Sie hat 1956 ihren fast ohnmächtigen Reiter Hans Günter Winkler zum Olympiasieg getragen...«, sie stoppte, als Klaus mitleidig den Kopf schüttelte.

»Maria«, sagte er, »ich will dir nicht zu nahe treten, aber ich fürchte, das wird nicht reichen. Selbst wenn Kaltenbach wieder in aller Munde ist, selbst wenn neue Pferde und Aufträge kommen, dann...« Er schaute sie an – es war ihm offensichtlich unangenehm, zu sagen, was er jetzt sagen würde – »...ist das alles ja nicht langfristig. Du bist nicht mehr die Jüngste. Wer wird Kaltenbach führen, wenn du nicht mehr bist? Wo ist da die langfristige Perspektive für unser Geld? Und für deinen Reiterhof?«

Maria hob den Kopf und sah Klaus kühl an. »Kaltenbach ist ein Trainingszentrum, kein Reiterhof. Das ist ein Unterschied, den du offenbar nicht verstehst. Ich danke dir sehr, dass du gekommen bist, aber ich muss jetzt arbeiten.« Sie stand auf.

»Wie gesagt, Maria, ich wollte dir nicht zu nahe treten. Dass Ostwind antreten wird, ist eine gute Nachricht. Wenn er tatsächlich gewinnt, verschafft dir das sicher einen Aufschub. Ich wünsche es dir.«

»Danke. Du findest selber hinaus, nehme ich an?« Und ohne eine Antwort abzuwarten, ging sie davon.

Das Bett sah aus wie eine Mülldeponie nach einem Wirbelsturm: Apfelbutzen, Käserinde, Brötchenbrösel und Karottenenden lagen auf der Matratze verteilt, und Fanny und Mika lehnten zufrieden am Kopfende des Himmelbettes wie zwei satte Katzen auf einer sonnigen Fensterbank.

Mikas Großmutter, die heute keinen Appetit gehabt hatte, hatte Marianne freigegeben und den beiden Mädchen erlaubt, den Kühlschrank zu plündern und auf ihrem Zimmer zu picknicken.

»Bin gespannt, ob wir ihn heute Nacht erwischen«, sagte Fanny gerade und biss in eine verirrte Weintraube, die sie auf dem Kopfkissen gefunden hatte. »Sam wollte sogar ein Blasrohr organisieren, damit wir ihm einen Betäubungspfeil in den Hintern jagen können. Pffft!« Fanny demonstrierte diesen Vorgang übermütig mit ihrem Bleistift.

»Naja...«, Mika biss sich nervös auf die Lippen, dann gähnte sie demonstrativ und eine Spur zu heftig. »Uuuaaaaa. Mann, ich bin soooo müde.«

Fanny sah sie schief an. »Entschuldigung? Ey, du hast den ganzen Tag am See gepennt, du kannst jetzt nicht mehr müde sein. Und wenn doch, hast du die Schlafkrankheit und wir müssen zum Arzt mit dir.«

»Bin ich aber und hab ich nicht. Ich bin nur einfach hundeschweinemüde!« Sie taxierte Fanny verstohlen von der Seite. »Wäre es denn ein großes Problem für dich, wenn ihr heute ausnahmsweise alleine Wache halten würdet? Ich meine, ich finde es wichtig, dass ihr das macht, aber ich bin einfach zu...«

Fanny unterbrach sie. »Müde, ja, schon verstanden.«

Mika hielt gespannt den Atem an, während Fanny nachdenklich aus dem Fenster sah. »Also, wenn es dir nichts ausmacht, ich würde schon gerne. Ich meine, ich habe jetzt schon ziemlich gutes Material für meinen Artikel, da wäre so eine Verbrecherjagd mit Blasrohr quasi das Tüpfelchen auf dem i.« Sie sah Mika nun ihrerseits etwas unsicher an.

»Klar, sicher, für den Artikel«, sagte Mika und konnte sich ein kleines Grinsen nicht verkneifen. Sie hatte den leisen Verdacht, dass Fanny Sam gar nicht mehr so übel fand wie noch vor ein paar Tagen bei ihrer Ankunft.

In dem Moment unterbrach auch schon sein leiser Pfiff das Gespräch der Mädchen und Fanny sprang zum Fenster. »Hi, bin sofort da«, flüsterte sie aufgeregt, und ihre Augen leuchteten.

Unten im Hof grinste Sam zurück und hielt einen Daumen in die Luft.

Schnell packte Fanny ihr Handy und ihren Block, während Mika sich unter die Decke kuschelte und ein letztes Mal gähnte. »Viel Glück und bis morgen!«

»Und du bist sicher, dass es kein Problem ist, da runterzuklettern?«, fragte Fanny und beäugte das Vordach vor dem Fenster misstrauisch.

»Nö. Pass nur auf, das Moos ist manchmal ein bisschen rutschig«, sagte Mika, doch da hatte Fanny sich schon über das Fensterbrett geschwungen. Das Letzte, was Mika von ihr hörte, war ein Fluchen und ein dumpfer Aufprall.

Ein rötlicher Mond hing riesig über dem Gestüt, als Mika zwei Stunden später leise über den Hof schlich. Sie hatte ihre Turnschuhe an den Schnürsenkeln zusammengeknotet und trug sie über der Schulter, um ja kein Geräusch zu machen.

Fanny und Sam durften sie auf keinen Fall hören, dachte Mika – und stieß prompt im Dunkeln gegen den Fahrradständer. Die drei Räder, die darin steckten, fielen um wie Dominosteine. Mika duckte sich erschrocken und kniff die Augen zusammen. Mist!

Sie wartete auf das Poltern von Schritten auf der Leiter – oder noch schlimmer – das Surren eines Betäubungspfeils in der Luft, falls Sam wirklich einen organisiert hatte. Doch nichts geschah.

Mika öffnete die Augen – und hörte ein leises, brummendes Geräusch. Sie schüttelte mit einem ungläubigen Grinsen den Kopf. Diese beiden Helden!

Das Geräusch kam eindeutig aus dem Heuspeicher und war nichts anderes als Sams und Fannys Synchronschnarchen.

Vorsichtig hob Mika eines der Räder aus dem Fahrradständer und machte sich auf den Weg.

So schnell sie konnte, strampelte sie den holprigen Feldweg entlang. Ihr war schon etwas mulmig zumute, weil sie Sam und Fanny nicht eingeweiht hatte. Außerdem war sie seltsam aufgeregt. Würde Milan tatsächlich auftauchen, oder hatte er das nur gesagt, um unbeschadet davonzukommen?

Immerhin war er ja so was wie ein Einbrecher. Die Nacht erschien ihr plötzlich noch dunkler als die Nacht zuvor, und sie atmete erleichtert auf, als sie endlich die Weggabelung erreichte, wo sie Milan gestern eingeholt hatte. Sie lehnte ihr Fahrrad an eine Gruppe Birken und sah sich erwartungsvoll um. Von Milan weit und breit keine Spur.

Verärgert ließ Mika sich ins Gras fallen, aus dem erschrockene Grillen in alle Richtungen aufstoben. Wie blöd war sie eigentlich gewesen, einem wildfremden Jungen einfach so zu vertrauen?

Immer wieder überprüfte sie die Uhrzeit auf ihrem Handy, und mit jeder Minute, die verging, wurde ihr klarer: Milan hatte sie belogen. Und sie war ihm auf den Leim gegangen!

Zornig köpfte sie ein paar unschuldige Gänseblümchen neben sich, als plötzlich aus der Dunkelheit zuerst ein schwankender Lichtstrahl und dann ein dunkler Lockenkopf auftauchten.

Milan brachte sein klappriges Moped direkt neben ihr zum Stehen und sagte mit einem schiefem Lächeln: »Hallo! Tut mir leid wegen der Verspätung, aber ich musste warten, bis mein Stiefvater ins Bett gegangen war.«

Mika stand auf. »Kein Problem«, log sie, »bin auch gerade erst gekommen.«

Für einen Moment musterten sich beide misstrauisch und Mika spürte ein seltsames Kribbeln im Bauch.

Rasch schüttelte sie das ungewohnte Gefühl ab, und als hätte Milan etwas gemerkt, sagte er schnell: »Wir sollten los. Am besten, du setzt dich hinten drauf.« Er zeigte auf den schmalen Sitz des Mopeds. »Okay?«

Mika zögerte nur einen Moment, bis sie sie sich entschied, ihm zu vertrauen. »Okay«, nickte sie und schwang sich hinter ihn. Das Moped keuchte asthmatisch und dann knatterten sie in die Dunkelheit davon.

Jedes Schlagloch bedeutete einen blauen Fleck mehr für

Mikas Hinterteil, die sich mit zusammengebissenen Zähnen an den zerschlissenen Sattel des Mopeds krallte. Sie hätte sich viel besser an Milans Rücken festhalten können, doch das kam nicht infrage.

Sie fuhren einen schmalen Feldweg entlang, bogen in einen anderen ab, der schließlich zu einem Waldweg wurde. Fast zwanzig Minuten fuhren sie nun schon, und Mika wurde immer deutlicher bewusst, dass sie diesem fremden Jungen voll und ganz ausgeliefert war. Sie wusste weder, wo sie war noch wie sie zurückkommen würde.

Schließlich verlangsamte Milan die Fahrt, bog aus dem Waldweg ab, und plötzlich waren sie wieder unter freiem Himmel. Schemenhaft konnte Mika ein Gehöft erkennen, das vor ihnen aus der Dunkelheit auftauchte.

Es lag versteckt mitten im Wald, als wären die Bäume einfach ein Stück zurückgewichen, um ihm Platz zu machen. Sie spürte plötzlich, wie Angst ihr den Rücken hochkroch und ein Zittern durch ihren Körper ging. Irgendwie kam ihr der Ort bekannt vor, nur woher?

Milan stellte den Motor ab, als sie bei einem hohen Tor ankamen. Sie erkannte links und rechts davon einen ebenso hohen Zaun, der mit aufgerolltem Stacheldraht gesichert war.

»Wir müssen leise sein. Mein Stiefvater hat einen sehr leichten Schlaf. Er darf uns auf gar keinen Fall erwischen!«, flüsterte er eindringlich.

Mika nickte schweigend, worauf Milan das Moped hinter einen Baum vor dem Tor schob und es unter ein paar

Zweigen versteckte. Dann ging er auf das große Eisentor zu und Mika folgte ihm zögernd. Die feinen Haare auf ihren Armen richteten sich auf. Irgendwas stimmte hier ganz und gar nicht!

Milan schloss das Tor auf und beide schlüpften hinein. Neben dem verwahrlosten Wohnhaus, das gespenstisch still dalag, gab es noch eine große Scheune und eine Garage, die sich windschief ans Haus duckte. Überall bröckelte der Putz, die Scheiben waren vor Dreck ganz dunkel, und die Wiese, die den Hof umgab, war nicht gemäht, das Gras kniehoch. Nur etwas störte das Bild der trostlosen Verwahrlosung: das große, teure Auto, das vor der Garage geparkt war.

Milan ging voraus, schaute sich aber immer wieder nach Mika um, die sich beklommen umsah. Wenn sie es nicht besser gewusst hätte, dann hätte sie diesen Ort für einen Friedhof gehalten, so still war es hier.

Vor dem Tor der großen Scheune blieb Milan stehen. Unsicher sah er sie an. »Ich tue, was ich kann, okay?«, sagte er fast trotzig, und es klang wie eine Warnung.

»Okay«, sagte Mika, obwohl sie keine Ahnung hatte, was er damit meinte. Wieder konnte sie seine Verzweiflung spüren. Sie hatte kein gutes Gefühl, als sie die Scheune betrat. Aber egal was sie erwartet hatte, mit dem, was sie vorfand, hatte sie in ihren schlimmsten Albträumen nicht gerechnet.

Ein säuerlich-scharfer Geruch war das Erste, was Mika wahrnahm. Er überlagerte den warmen, erdigen Pferdegeruch, den sie so liebte. Langsam gewöhnten ihre Augen sich an die Dunkelheit, und Mika sah, dass das Innere der Scheune notdürftig zu einem Stall umgebaut worden war. Ein Mittelgang, links und rechts hastig zusammengezimmerte Verschläge aus Holz.

Sie hatte zwar in ihrem Leben noch nicht viele Pferdeställe betreten, doch das hier – da war sie sich sicher – war kein Stall. Das hatte nicht die geringste Ähnlichkeit mit dem großzügigen, luftigen Backsteingebäude in Kaltenbach.

In den engen Holzverschlägen drängten sich Pferde mit verfilzten Mähnen und blickten Mika aus trüben Augen ängstlich an. Langsam ging sie durch den schmalen Gang und hatte Mühe, ihre Tränen zu unterdrücken. Das Leid und die Angst, die sie hier spürte, waren fast übermächtig.

Milan schlich mit gesenktem Kopf vor ihr her. Er schien sich zu schämen für das, was Mika hier sah. Sie bemerkte aber auch, dass die Boxen sauber waren und Heu in jeder Futterkrippe hing.

»Was ist das hier? Wer macht so was?«, flüsterte sie endlich fassungslos.

Milan drehte sich zu ihr um. »Mein Stiefvater. Er kauft ausgemusterte Sportpferde, die mal teuer waren und deren Besitzer froh sind, wenn sie noch einen guten Preis für sie kriegen. So ein Pferd kann noch gut zehn Jahre leben, wenn es für den Sport zu alt ist. Oder länger, wenn es nur verletzt war. Keiner von denen fragt nach, was mit den Pferden passiert«, sagte er, und es klang bitter.

Mika sah sich um. »Und was macht er dann mit ihnen?«

Milan zuckte die Schultern. »Wenn sie noch einigermaßen fit sind, verkauft er sie weiter an Typen, die illegale Pferderennen veranstalten. Da werden sie dann bis zur völligen Erschöpfung geritten. Bei Stuten lässt er sie noch mal Fohlen kriegen, die er dann teuer verkaufen kann, weil sie ja einen guten Stammbaum haben. Viele sterben bei der Geburt, weil sie zu krank und zu schwach sind. Ich...«, er hielt inne, und Mika merkte, dass es ihm nicht leichtfiel, darüber zu reden.

Er gab sich einen Ruck. »Ich tue, was ich kann«, wiederholte er. »Aber meistens ist das nicht genug. Hier, wir sind da.«

Sie waren nun am Ende der schmalen Gasse angekommen. Hier war eine Box, die etwas größer war als die anderen. Die Tür bestand aus auf den Rahmen genagelten Holzbrettern, und der Gestank, der ihnen daraus entgegenschlug, war heftig. Milan trat zurück und ließ Mika vorbei. Vorsichtig beugte sie sich vor, lugte durch eine der Ritzen und sah, in die Ecke des Verschlags gedrängt, ein weißes Pferd.

Eine Stute.

Mit gesenktem Kopf und teilnahmslos hängenden Ohren stand sie reglos da. Mika spürte die absolute Hoffnungslosigkeit, die wie eine düstere Wolke über diesem Pferd hing. Ihr eigentlich weißes Fell war stumpf, schmutziggrau und durchzogen von blutigem Schorf, der sich an ihrem Bauch verdichtete.

Milan zog die Tür geräuschvoll auf, doch die Stute rührte sich kein Stück.

Langsam trat Mika näher und berührte den Schimmel vorsichtig am Hals. Dann legte sie eine Hand auf den Rücken des Pferdes, fühlte das stumpfe, verklebte Fell unter ihrer Hand und musste wieder mit den Tränen kämpfen.

Sie biss die Zähne zusammen. »Was ist dir denn passiert?«, fragte sie mit sanfter Stimme, doch die Stute zeigte keinerlei Regung.

Milan sah sie nicht an, während er sprach: »Sie ist ein Galopper. Hatte sich übel am Bein verletzt. Ich hatte sie schon voll aufgepäppelt, aber als ich sie vor zwei Wochen kurz rauslassen wollte zum Grasen, da ist sie mir abgehauen. Sie war eine ganze Nacht lang weg, und als mein Stiefvater sie endlich wieder eingefangen hatte...« Er schluckte, »...siehst du ja selber. Er hat 33 windelweich geprügelt.«

»33?«, fragte Mika verständnislos.

»Die Pferde bekommen nur Nummern«, erklärte Milan leise. »Sie sind eh nie lange hier ... und da macht es keinen Sinn, ihre Namen zu kennen. Sagt er.«

Ein kalter Schauer lief Mika über den Rücken. So stellte sie sich die Hölle vor. Sie beugte sich zu der Stute, um ihre Verletzungen näher zu untersuchen. Unbewegt stand sie da, Fliegen schwirrten um ihre Augen.

Mika kramte ein Stück Karotte aus ihrer Tasche und hielt es ihr hin, aber keine Reaktion. Kein Schnauben. Kein Blick. Nichts. Aber das hatte Mika auch nicht erwartet. Sie verstand. Das Pferd hatte sich komplett aufgegeben.

»Und die Medikamente hast du für sie geklaut?«, fragte sie behutsam.

Milan nickte beschämt. »Ja. Aber ich habe keine Ahnung, welche ich brauche. Bis jetzt scheint nichts zu helfen.«

»Was hat sie... Huaaa!« Mika, die das Pferd vorsichtig abgetastet hatte, stieß einen erschrockenen Laut aus und zog ihre Hand zurück.

Milan sah sie alarmiert an. »*Leise*, bitte, sonst wird er noch wach.«

Mikas Finger hatten etwas Feuchtes, Klebriges berührt. Sie bückte sich und fand etwas Erschreckendes: eine tellergroße, entzündete Wunde, die am unteren Bauch der Stute klaffte. Weiße Larven wanden sich durch das eiternde Fleisch.

Mika hatte Mühe, sich nicht zu übergeben. Sie fuhr zu Milan herum. »Sie braucht sofort einen Tierarzt!«

Mit versteinerter Miene schüttelte er den Kopf: »Vergiss es. Vorher erschießt er sie.«

Mika strich der teilnahmslosen Stute liebevoll über die Stirn. Sie beugte sich ganz nah zu ihr: »Ich besorge was, das dir helfen wird, okay? Okay?«

Die Stute bewegte sich nicht, doch Mika spürte, dass sie Kontakt bekam. Sie hielt ihr eine Hand unter die Nüstern und spürte, wie das Pferd ihren Geruch einsog, sah ein Ohr zucken.

Doch plötzlich erhellte ein Lichtstrahl das Scheunenfenster und eine raue Stimme brüllte über den Hof: »Milan!«

Angst flackerte über Milans schmales Gesicht. »Du musst verschwinden, schnell! Und du darfst niemandem sagen, dass du hier warst, okay? Niemandem. Schwöre!«

»Okay, ich schwöre, aber…« Noch bevor Mika verstand, was geschah, schubste Milan sie aus der Box. Unsanft zerrte er sie am Arm zu einer Tür im hinteren Teil der Scheune.

»Hey, warte mal!«, sagte Mika überrumpelt, als er sie ins Freie schubste. »Lauf am Zaun entlang, bis zum Tor. Ich hab es offen gelassen!«, war alles, was er ihr noch zuflüstern konnte, dann flog die Tür auch schon ins Schloss und Mika war plötzlich allein. Mitten in der Nacht, und nur der Himmel wusste, wo.

Wie ein Hase rannte Mika geduckt an dem hohen Maschendrahtzaun entlang, bis sie das Tor fand und hinausschlüpfen konnte. Unschlüssig blieb sie stehen und sah sich um. Der Mond war verschwunden und Wind war aufgekommen. Aus der Ferne hörte sie leises Donnergrollen. Für einen Moment erleuchtete ein noch weit entfernter Blitz die Dunkelheit.

Mika erkannte in seinem Licht den alten, rostigen Briefkasten, der direkt neben ihr auf einem Holzpfahl befestigt war. Er war mit verwitterten Buchstaben aus Metall schlampig beschriftet, und im nächsten Wetterleuchten konnte sie auch den Namen lesen, der darauf stand: KARL J. UNGAR – SPORTPFERDEZUCHT.

Mika hielt sich die Hand vor den Mund, um nicht laut aufzuschreien. Kopflos stürzte sie los, so schnell sie konnte, bloß weg von hier. Sie wurde erst langsamer, als sie im Schutz des Waldes angekommen war und sich keuchend an einem Baumstamm festhalten musste, um nicht hinzufallen.

Sie versuchte, zu Atem zu kommen und presste eine

Hand in die Seite, wo sie ein brennendes Stechen spürte. Ungar! Hier war sie also. Hier wohnte der Mann, den alle nur beim Nachnamen nannten. Vor dem sich jeder, der mit Pferden zu tun hatte, zu fürchten schien. Nicht ohne Grund, wie Mika jetzt wusste.

Ihr wurde fast schwindelig bei dem Gedanken, dass Ostwind um ein Haar hier gelandet wäre und dass er jetzt eines dieser hoffnungslosen Pferde in seinem schrecklichen Stall sein könnte. Schließlich hatte Mikas Großmutter ihn im letzten Sommer schon an den Ungarn verkauft gehabt, doch Ostwind war aus dem Hänger ausgebrochen und zu Mika zurückgekommen.

Mika hatte immer angenommen, der Ungar sei einfach ein Pferdemetzger – doch nun wusste sie, dass es noch viel schlimmer war. Und schon schoss ihr ein weiterer Gedanke wie ein Blitz durch den Kopf: Karl Ungar war außerdem Milans Stiefvater.

Mika sank auf einen Baustumpf und versuchte, ihr wild klopfendes Herz zu beruhigen. Der nächtliche Wald war ihr plötzlich viel unheimlicher als noch vor einer halben Stunde. Unbekannte Geräusche drangen aus den Bäumen und die Feuchtigkeit des Grases kroch unter die Beine ihrer Jeans. Aber das Schlimmste war: Sie hatte keine Ahnung, wie sie von hier aus jemals wieder nach Kaltenbach finden sollte.

Verzweifelt sah Mika sich um. Wie konnte sie nur so blöd sein? Und warum hatte sie nicht wenigstens ihr Handy mitgenommen?

Panik griff ihr mit eisiger Hand in den Nacken, ihre Gedanken vernebelten sich ... *Sie würde nie wieder nach Hause finden! Sie würde ihre Familie, Fanny und Sam nie wiedersehen. Und Ostwind ...*

Mika vergrub den Kopf in ihren Händen und schluchzte verzweifelt. Der Wald warf ihr Schluchzen als seltsames Echo zurück. Oder was war das für ein Geräusch?

Zuerst spürte sie nur ein leises Vibrieren des Waldbodens. Ungläubig hob sie den Kopf, doch nun war es deutlich zu hören, ein rhythmisches Trommeln, knackende Zweige, und dann ertönte ein vertrautes, rufendes Wiehern.

Mika sprang auf, und jetzt sah sie ihn: ein dunkler Schatten, der durch die Bäume auf sie zu jagte. Ostwind!

Erleichtert lief Mika dem Hengst entgegen, der sie freudig empfing. Er musste über das Gatter gesprungen sein und sie gesucht haben. Und gefunden!

Überglücklich schmiegte Mika ihr nasses Gesicht an sein warmes Fell und fühlte sich sofort getröstet. »Woher wusstest du das? Wie kommst du hierher?«, murmelte sie immer wieder.

Ostwind schnaubte leise und wartete geduldig, bis Mika sich beruhigt hatte. Dann kletterte sie auf den Baumstumpf, auf dem sie eben noch gesessen hatte, und von dort auf Ostwinds Rücken. »Bring uns heim, okay?«, flüsterte sie erschöpft.

Ostwind zögerte nur einen Moment lang, dann drehte er sich um und trug Mika behutsam durch den dunklen Wald zurück nach Kaltenbach.

8. Kapitel

Am nächsten Morgen war der Himmel grau und Regen trommelte gegen die großen Fensterscheiben im Salon des Gutshauses. Maria Kaltenbach saß, verborgen hinter der Tageszeitung, an dem langen Esstisch.

Am anderen Ende war Mika gerade damit beschäftigt, ein steinhartes Hörnchen in Milch einzuweichen, während sie gedankenverloren das trübe Wetter beobachtete. Die letzte Nacht steckte ihr noch in den Knochen. Sie hatte kaum geschlafen, denn jedes Mal, wenn sie die Augen zumachen wollte, sah sie wieder die trostlosen Bilder aus dem Stall des Ungarn. Sie hatte an Milan gedacht und seinen verzweifelten Kampf um 33 und…

»Guten Morgen«, ertönte es in dem Moment, und Fanny ließ sich neben Mika auf den Stuhl fallen.

»Guten Morgen«, murmelte es hinter der Zeitung, und Mika sah ihre Freundin fragend an.

»Und?«, formte sie tonlos mit den Lippen, und Fanny flüsterte zurück: »Ist nicht aufgetaucht, denke ich. Könnte auch sein, dass wir ganz kurz mal eingenickt sind.«

Mika grinste in sich hinein, als Fanny herzhaft gähnte und dann misstrauisch den Brotkorb beäugte. »Sieht ja eigentlich alles ganz harmlos aus, bis man es zwischen den Zähnen hat«, flüsterte sie und nahm etwas, das mit viel Fantasie aussah wie eine Brezel. »Und du? Albträume?«

Mika schüttelte schnell den Kopf. »Nö.«

Es fühlte sich komisch an, Fanny nichts von letzter Nacht zu erzählen, aber sie hatte es Milan versprochen und Mika hielt ihre Versprechen, auch wenn es schwerfiel.

Fanny biss munter in ihre Brezel, die so laut knackte, dass die beiden Mädchen kichern mussten. »Au-a!«

Fanny hielt sich die Wange. »Zum Glück hab ich keine Milchzähne mehr«, kicherte sie, als sich plötzlich die Zeitung am Kopfende senkte und sie verstummen ließ.

»Kinder«, sagte Maria Kaltenbach und faltete ihre Zeitung entschieden zusammen. »Angesichts des etwas ungünstigen Wetters schlage ich vor, dass wir heute eine Trainingspause einlegen und stattdessen einen Ausflug machen. Eine Exkursion sozusagen.« Sie sah die Mädchen erwartungsvoll an.

Die Mädchen blickten erwartungsvoll zurück.

Nach einiger Zeit wagte Fanny zu fragen: »Äh, wohin denn?«

Maria blinzelte irritiert. »Ach so. Natürlich. Zum CHIO.«

Fanny und Mika tauschen einen verwirrten Blick. »Wer ist denn dieser Chio?«

»Das steht für ›Concours Hippique International Officiel‹«, erklärte Maria Kaltenbach und lächelte wohlwollend. »Und? Was sagt ihr?«

Wirklich schlauer waren die Mädchen jetzt auch nicht.

»Also, das klingt wirklich irre verlockend, aber ich wollte...«, stammelte Fanny, »...ich meine, ich muss *dringend* mit der Recherche für meinen Wettbewerbsartikel anfangen. Ich muss ihn nächste Woche abgeben und habe noch keine wirklichen... AUA! HEY!«

Mika hatte sie unter dem Tisch kräftig in die Wade getreten, doch es war zu spät.

»Bedauerlich, aber verständlich«, entschied Maria und wandte sich hocherfreut zu Mika. »Dann fahren wir also nur zu zweit! Und du bekommst Gelegenheit, die Crème de la Crème des Springsports persönlich kennenzulernen.«

»Also, eigentlich...«, druckste Mika herum und suchte hektisch nach einer Ausrede – doch ihre Großmutter war im Geiste schon aufgebrochen.

»Wunderbar, dann frühstückst du jetzt in aller Ruhe zu Ende und wir treffen uns in fünf Minuten am Auto.« Damit erhob sie sich, legte die Zeitung neben ihren Teller und verließ den Salon.

Fanny sah Mika entschuldigend an. »Tut mir leid. Bei aller Liebe... und das mit dem Artikel stimmt ja auch wirklich«, sagte sie kleinlaut.

»Jaja, schon gut. Ich war einfach nicht schnell genug«, seufzte Mika und wollte gerade aufstehen, als ihr Blick auf einen Bericht in der Zeitung fiel, den ihre Großmutter so interessiert gelesen hatte. »*Großmeister des Springreitens gibt Abschiedsvorstellung – Hanns de Burgh letztmalig beim CHIO Aachen.*«

Wenig später saß Fanny in Mikas Zimmer vor einem leeren Bildschirm und schaute mit schriftstellerischer Miene aus dem Fenster. Wie sollte sie ihren Artikel nur beginnen? Und um was sollte es überhaupt gehen?

Sie tippte probeweise: »Zwei Wochen Mist.« Hm, nee, das klang nicht besonders ansprechend. Seufzend löschte sie die Überschrift wieder. Dann eben doch weiter nachdenklich aus dem Fenster starren. Irgendwas würde schon passieren. Doch sie sah nur Mika, die aus dem Haus trat, sich umblickte und dann zielstrebig auf Tinka zueilte, die gerade aus der Sattelkammer kam.

Mika beeilte sich, Tinka einzuholen, die ihren Putzkoffer auf ihr Fahrrad hievte und gerade aufsteigen wollte.

»Tinka! Warte mal!«

Tinka blieb stehen. »Ja?«

Mika zögerte. Plötzlich wusste sie nicht recht, wie sie anfangen sollte. »Also... dein Vater ist doch Tierarzt und du hast ja auch schon jede Menge Ahnung von Pferden. Und ich, also, ich bräuchte einen Rat, also nur theoretisch. Ich habe nämlich einen... Cousin und der wiederum hat eine Freundin, deren Tante ein krankes Pferd hat.«

»Was hat es denn?« Tinkas Augen blitzten interessiert. Sie hatte offenbar keinerlei Mühe, diesen komplizierten Beziehungsverhältnissen zu folgen.

»Es hat eine große offene Wunde am unteren Bauch.«

»Wie groß ist die Wunde? Theoretisch?«, fragte Tinka. Mika zeigte mit ihren Händen eine etwa fußballgroße Fläche. »Theoretisch etwa so.«

Tinka nickte nachdenklich: »Ist sie infiziert? Also, eitert sie oder sind – theoretisch – schon Fliegeneier drin? Oder sogar kleine Larven?«

Mika nickte beklommen. »Also, was kann mein Cousin jetzt machen?«

Tinkas Gesicht verdüsterte sich. »Er kann seiner Freundin sagen, dass sie ihrer Tante sagen soll, dass das Pferd ganz schnell einen Tierarzt braucht.«

»Und wenn das theoretisch nicht ginge – was bräuchte er … äh … die Tante dann so an Medizin?«

Tinka sah Mika einen Moment lang forschend an. Dann drehte sie sich auf dem Absatz um. »Schwierig zu erklären. Komm mit, ich zeig's dir.«

In der Futterkammer ging sie zielstrebig zu dem großen Metallspind. Sam hatte ein neues, größeres Schloss daran befestigt, das Tinka nun öffnete. »2-6-0-4«, murmelte sie betont laut die Zahlenkombination mit.

Sie wollte die Tür gerade öffnen, als Mika Tinkas Hand zurückhielt. »Äh, Moment –«, sagte sie und rüttelte vorsichtig an der Schranktür. Im Inneren hörte man ein böses Schnalzen, als zwei Mausefallen gleichzeitig zuschnappten.

Tinka sah Mika verdattert an. »Mäuse im Medikamentenschrank?«

Mika nickte ernst. »Ratten. Wahrscheinlich drogensüchtig.«

Tinka zuckte die Schultern, öffnete den Schrank und zog dann mit geübtem Griff eine Schachtel nach der anderen heraus.

»Zuerst Ivermectin, gegen den Larvenbefall.« Sie feuerte die weiteren Instruktionen hinterher wie ein Maschinengewehr: »Damit die Wunde spülen, und zwar gründlich und stündlich! Dann muss es auf jeden Fall eine Wurmkur bekommen. Dafür braucht man diese Paste. Und Vitamine! Das hier ist eine Aufbaukur für das Immunsystem, die man eine Woche lang einmal täglich spritzen muss. Antibiotika bräuchte es natürlich auch, aber die kann ihm nur ein Tierarzt geben.«

Tinka holte kurz Luft, und Mika wurde fast schwindelig, als sie versuchte, sich die Packungen und Dosierungen einzuprägen.

»Alles natürlich rein theoretisch – weil das Pferd wirklich zum Tierarzt muss!«, fügte Tinka nachdrücklich hinzu.

In dem Moment fuhr der Geländewagen des Gestüts vor dem Stall vor und hupte ungeduldig. Mika warf einen letzten Blick auf die Medikamente in Tinkas Hand. »Natürlich. Danke! Ich sage es meiner Cousine!«, sagte sie eilig und lief davon.

Tinka sah ihr nach. »War zwar ein Cousin, aber ist ja auch nur theoretisch.«

Beethovens neunte Sinfonie dröhnte so laut aus dem Autoradio, dass Mika kaum ihre eigenen Gedanken hören konnte. Ihre Großmutter neben ihr wippte im Takt mit, voll Vorfreude auf das große Turnier, das sie erwartete. Mika blickte frustriert aus dem Fenster in den Regen, der immer noch aus tiefen grauen Wolken auf die grünen Koppeln fiel.

Ausgerechnet heute musste sie zu diesem langweiligen Turnier! Warum wollte ihre Großmutter nur nicht verstehen, dass Mika sich nicht für diese Art des Reitens interessierte?

Aber es gehörte wirklich nicht zu den primären Eigenschaften ihrer Großmutter, Menschen zu verstehen, die nicht genauso waren wie sie selbst.

Mika seufzte. Was Milan wohl gerade machte? Hatte er Ärger bekommen gestern? Würde sie alleine wieder zum Hof des Ungarn finden?

Denn auch wenn das der letzte Ort war, zu dem es Mika jetzt hinzog, sie hatte es 33 versprochen und sie würde wiederkommen.

»Das wird ein einmaliges Erlebnis werden!«, bemerkte Maria, als Beethoven eine kurze Verschnaufpause einlegte.

»Hmmm«, nickte Mika unbestimmt, und dann fiel ihr etwas ein. »Oma? Wer ist eigentlich dieser Ungar? Also, wer genau?«

Maria sah Mika überrascht an. Hinter ihnen hupte es laut, denn sie war bei der Erwähnung dieses Namens unwillkürlich langsamer geworden.

Schnell trat sie wieder aufs Gaspedal, während sich ihre Züge verhärteten. »Der Ungar ist ein trauriges Kapitel im Pferdesport, das sich leider nicht immer vermeiden lässt«, sagte sie ernst – und wollte damit das Thema offensichtlich beilegen.

Mika fragte dennoch weiter: »Er ist gar kein Ungar, oder?«

Maria schüttelte unwirsch den Kopf. »Nein. Das ist sein

Nachname und ein sehr unglücklicher dazu. Die Ungarn lieben Pferde«, sagte sie unwirsch, »Herr Ungar dagegen...«

Das Ende des Satzes blieb unausgesprochen, doch Mika ließ nicht locker: »Was macht er denn mit den Pferden, die man ihm verkauft? Was wäre mit Ostwind passiert?«

Mikas Stimme klang scharf. Die Vorstellung von Ostwind im Stall des Ungarn war unerträglich.

Für Maria schien das Thema jedoch erledigt zu sein. »Je weniger man darüber weiß, umso besser«, sagte sie bestimmt. Und damit drehte sie am Regler des Radios, bis »Freude schöner Götterfunken« jede weitere Frage unmöglich machte.

Das »Weltfest des Pferdesports«, wie das haushohe Transparent über dem Eingang verkündete, war bereits in vollem Gange, als Maria Kaltenbach das Auto auf den riesigen Parkplatz des Turniergeländes steuerte.

Mika stöhnte innerlich, als sie die Menschenmasse sah, die sich dort tummelte. »*Wir begrüßen Sie herzlich zum Großen Preis von Aachen, liebe Pferdefreunde, und bitten Sie, Ihre Plätze einzunehmen. Bitte verzichten Sie auf Blitzlicht beim Fotografieren!*«, dröhnte der Lautsprecher zu ihnen herüber.

Mika hatte fast Mühe, mit ihrer Großmutter Schritt zu halten, die sich trotz ihrer kaputten Hüfte erstaunlich schnell durch die Menge schlängelte.

Glücklicherweise reihte sie sich nicht in die endlos lange Schlange vor dem Haupteingang ein, sondern führte sie zielstrebig zu einem Seiteneingang, über dem diskret »Gästeeingang« stand und der von einer uniformierten Frau bewacht wurde.

Offenbar war ihre Großmutter nicht zum ersten Mal hier, dachte Mika, als diese ein paar Worte mit der Sicherheitsbeamtin wechselte, die daraufhin lächelnd beiseitetrat.

Und dann befanden sie sich auch schon mitten auf dem Turniergelände. Nach einer endlosen Wanderung an einer Vielzahl von nummerierten Treppenaufgängen vorbei kamen sie endlich an ihrem Tribünenblock an.

Mika atmete erleichtert auf, als sie die letzten Stufen hochkletterte. Sie senkte den Blick, und was sie dann sah, verschlug ihr doch den Atem: Das riesige Stadion war bis auf den letzten Platz besetzt. Alle Augen waren auf die Mitte gerichtet, wo ein Springparcours aufgebaut war, wie Mika ihn noch nie vorher gesehen hatte.

Jede Hürde war ein eigenes kleines Kunstwerk. Ein glänzender Apfelschimmel verließ gerade den Platz und seine Reiterin klopfte ihm unter dem Applaus des Publikums stolz auf den Hals.

Eine elektrisierende Spannung lag in der Luft. Maria strahlte glücklich, als sie Mikas verblüfftes Gesicht sah. Souverän bewegte sie sich durch die vollbesetzten Reihen der Ehrentribüne, von der aus man den besten, freiesten Blick in die Arena hatte. Hier und da begrüßte sie jemanden und mindestens ebenso viele Menschen kannten hier offenbar auch ihren Namen.

»Maria Kaltenbach!«, rief ein eleganter älterer Herr, als

sie an ihm vorbeikamen. »Welch edler Glanz in meiner armseligen Hütte!«

Maria lächelte bescheiden und schüttelte herzlich seine Hand. Er reichte ihr ungefähr bis zur Schulter. »Danke, Joseph. Ich freue mich auch. Das ist übrigens...«, doch weiter kam sie nicht, denn in dem Moment kündigte der Stadionsprecher den nächsten Reiter an.

Maria nickte Joseph wohlwollend zu und schob Mika zu ihren Plätzen, von wo aus sie den weiteren Verlauf der Prüfung verfolgten. Schließlich stand der Parcours für das Stechen in der Bahn, das den Sieger ermitteln würde. In der Luft lag eine Mischung aus Vorfreude und Anspannung, als der Stadionsprecher die einzelnen Starter ankündigte. »*Und jetzt, meine Damen und Herren, kommt der Reiter, auf den wir heute alle warten. Fünfmal hat er dieses Turnier gewonnen. Heute feiert er hier seinen Abschied vom aktiven Sport. Bisher fehlerfrei an allen Prüfungstagen, begrüßen Sie mit mir Hanns de Burgh auf Rock 'n' Roll.*«

Frenetischer Applaus setzte ein, als sich die Menschenmenge auf der Tribüne geschlossen erhob. Mika sah einen hochgewachsenen Reiter auf einem glänzenden Fuchswallach in die Arena traben. Sie hielt unbewusst die Luft an, so eindrucksvoll war das Bild.

Hanns de Burgh zog seine Kappe vor der Menge, die ihn immer noch lautstark beklatschte. Auf einer großen Leinwand konnte man sein Gesicht in Nahaufnahme sehen, doch er lächelte nicht, sondern schien völlig fokussiert auf sein Pferd und die Aufgabe, die nun vor ihm lag.

Aus den Augenwinkeln sah Mika ihre Großmutter, die so tat, als habe sie etwas im Auge, das sie energisch fortwischen musste. Doch Mika hatte die Träne trotzdem gesehen.

Das Startläuten ertönte und Hanns de Burgh galoppierte geschmeidig an. Mika musste sich immer wieder daran erinnern zu atmen, so fasziniert war sie von dem Anblick des majestätischen Pferdes, das scheinbar mühelos über die Hindernisse flog, in perfekter Harmonie mit seinem Reiter.

Es war, als würden sich beide zu einem Rhythmus bewegen, den nur sie spüren konnten. Bei diesem Gedanken musste Mika unwillkürlich lächeln: Das Gefühl kannte sie nur zu gut.

Hanns de Burghs Ritt wirkte völlig kontrolliert und gleichzeitig völlig natürlich. Kaum hatten die beiden das letzte Hindernis genommen, setzte tosender Beifall ein. Es schien, als wären sich die Zuschauer einig, soeben Zeugen eines einmaligen Erlebnisses geworden zu sein.

Nur Mika war so versunken in seinen Anblick, dass sie gar nicht bemerkt hatte, dass er schon am Ziel angekommen war. Der Fuchs galoppierte eine Ehrenrunde und nun endlich – so sah man es auf der großen Leinwand – lächelte auch Hanns de Burgh.

»*Was für eine Vorstellung!*«, dröhnte der Lautsprecher über den tosenden Applaus. »*55,61 Sekunden, fehlerfrei, bisherige Bestzeit in diesem Stechen und damit ein mehr als ehrenvoller Abschied für unseren Fliegenden Holländer – wenn er es sich nach dieser atemberaubenden Leistung nicht doch noch einmal überlegt*«, schwadronierte der Stadionsprecher über ihren Köpfen.

Hanns de Burgh winkte ein letztes Mal ins Publikum, und für eine Sekunde dachte Mika, er hätte ihr direkt in die Augen geschaut. Ihrer Großmutter ging es offenbar ebenso, denn sie hatte die Hand gehoben.

»Hast du das gesehen?«, fragte Mika verwirrt. »Ich könnte schwören, der hat uns zugewinkt.«

Maria drehte sich lächelnd zu ihr. »Das hat er auch.«

Mika sah sie ungläubig an. »Du... kennst den?«

Maria nickte ernst. »Allerdings. Und jetzt, liebe Enkeltochter, werde ich ihn dir vorstellen.«

Auf dem Weg zum Abreiteplatz erzählte Maria Mika die Geschichte ihres berühmtesten Schülers. Wie er vor 35 Jahren plötzlich auf Kaltenbach aufgetaucht war. Er war damals erst 13 Jahre alt, seine Eltern waren gerade aus den Niederlanden nach Deutschland gezogen. Sie wohnten ganz in der Nähe des Gestüts, und da sie nicht viel Zeit für ihren Sohn hatten, stromerte Hanns oft tagelang durch die Gegend.

Maria tat er leid, also nahm sie sich des stillen Jungen an. Wann immer sie eine Stunde übrig hatte, gab sie ihm Reitunterricht – erst nur zum Spaß, doch schon bald entdeckte sie, dass er ein außergewöhnliches Talent besaß. Er war außerdem ungewöhnlich ehrgeizig, und so ritt er schon vier Jahre später für Kaltenbach Turniere und gewann alles, was es zu gewinnen gab.

»Hanns hatte ein Talent für Pferde – und besonders fürs Springen«, sagte Maria bewegt. »Reiten ist ein Talent, das man hat oder nicht, weißt du. Bis zu einem gewissen Punkt kann man es lernen, wie Singen oder Malen auch, aber was nach diesem Punkt kommt, ist die Kategorie *außergewöhnlich*. Das ist mir in meinem Leben bisher nur zweimal begegnet.«

Mika biss sich schuldbewusst auf die Lippe. »Das mit Michelle tut mir leid. Das wäre nie passiert, wenn ich nicht…«

Maria blieb stehen und legte ihrer Enkelin die Hand auf die Schulter. Sie sah sie ernst an. »Ich rede nicht von Michelle. Ich spreche von dir.«

Mika schluckte. Die ersten 13 Jahre ihres Lebens war es ihr einziges Talent gewesen, keines zu haben. Ihre Mutter und ihr Vater waren erfolgreiche Physiker, doch Mika hatte schon Schwierigkeiten mit dem kleinen Einmaleins gehabt. In der Schule hielt sie sich nur mit Mühe und Not über Wasser und hatte sich immer sehnsüchtig gefragt, wie es sich wohl anfühlte, irgendetwas richtig gut zu können. Ein Talent zu haben. Doch jetzt, als sie den erwartungsvollen Ausdruck auf dem Gesicht ihrer Großmutter sah, erschien es ihr gar nicht mehr so wunderbar. Es fühlte sich schwer an, drückend, wie eine Last.

Sie wusste nicht, was sie erwidern sollte – aber glücklicherweise musste sie das auch gar nicht, denn in diesem Augenblick kamen die beiden Security-Männer, die den Zugang zum Abreiteplatz bewachten, auf sie zu geschossen wie zwei kläffende Wachhunde an zu kurzen Ketten und sahen nicht so aus, als wenn sie Maria und Mika einfach vorbeilassen würden.

»Immer schön langsam, Oma! Für Bodenpersonal ist hier kein Zutritt. Nur mit Sonderausweis«, fügte der Sicherheitsmann hinzu und lächelte spöttisch auf Maria herab.

»Was erlauben Sie sich!« Mika wollte ihre Großmutter gerade weiterziehen, als plötzlich der Herr von der Tribüne hinter der Absperrung auftauchte. »Maria? Was ist hier los?«

Er wandte sich an die beiden Gorillas, denen er ungefähr bis zum Bauchnabel ging: »Wissen Sie nicht, wer das ist?«, wies er sie zurecht. »Das ist Maria Kaltenbach, eine der begnadetsten Springreiterinnen, die dieses Land je gesehen hat. Die nicht nur dieses Turnier hier schon zweimal gewonnen hat, und zwar...«, er stockte.

»1968 und 1970«, half Maria flüsternd aus.

»Genau, 1968 und 1970, sondern die auch 1972 bei den Olympischen Spielen Einzel- und Mannschaftsgold errungen hat! Also, lassen Sie sie, in Gottes Namen, sofort durch.«

Nach dieser Nachhilfestunde des Turnierleiters wichen die beiden Männer ehrfürchtig zur Seite und ließen Mika und ihre Großmutter passieren.

»Danke, Joseph!«, sagte Maria liebenswürdig, woraufhin Joseph sie anstrahlte wie ein verliebter Teenager und ihr einen unterwürfigen und viel zu langen Handkuss gab.

Mika musste sich ein Kichern verkneifen.

»Das ist übrigens meine Enkelin«, sagte Maria schnell und schob Mika schützend vor sich.

Mika machte einen Hofknicks und grinste den Mann an. »Hocherfreut.«

Josephs rote Backen glänzten. »Ganz meinerseits, ganz meinerseits. Deine Großmutter ist immer noch genauso schön wie vor vierzig Jahren! Sie ist wirklich keinen Tag älter geworden«, fügte er hinzu und sah Maria schmachtend an, die unsicher lächelte und tatsächlich leicht errötete.

»Oma, kommst du jetzt *endlich*?«, quengelte Mika in ihrer besten Nölstimme, denn sie hatte das sichere Gefühl, dass ihre sonst so taffe Großmutter sich gerade nicht zu helfen wusste.

Und tatsächlich atmete Maria erleichtert auf. »Ich komme ja schon. Bis später, Joseph. Du weißt ja, wie Kinder sind...« Hastig ergriff sie Mikas Arm und zog sie schnell davon.

Joseph sah ihnen mit verliebtem Blick hinterher. »Bis später?«, säuselte er hoffnungsvoll – doch da waren Maria und Mika schon im Gedränge untergetaucht.

»Danke«, sagte Maria, als sie in sicherer Entfernung waren, und lächelte Mika an. »Er ist nett, aber eben leider auch...«

»Sehr, sehr *klein*?«, vollendete Mika ihren Satz mit einem Augenzwinkern, und dann mussten sie beide lachen. Zum ersten Mal fühlte es sich richtig gut an, mit ihrer Großmutter unterwegs zu sein. Sie waren ein gutes Team.

Staunend folgte Mika Maria weiter durch das Gedränge. Überall standen Reiter, die von hier aus in die Arena starteten oder gerade von dort zurückkamen. Alle sahen perfekt aus in ihren weißen Reithosen, den edlen Jacketts und glänzenden Lederstiefeln.

Die Pferde waren ebenfalls auf Hochglanz gestriegelt, das Sattelzeug aufs Äußerste poliert, die Mähnen zu festen Knoten geflochten, und die Ohren steckten in farblich passenden Ohrnetzen.

Außerdem wimmelte es nur so von Reportern, Trainern, Pferdepflegern und einigen Fans, die die Springreiter umringten. Die dickste Traube hatte sich um Hanns de Burgh und seinen Fuchs geschart, und Maria steuerte zielstrebig auf sie zu.

Aus der Nähe sah der Holländer noch eindrucksvoller aus. Etwas Unnahbares ging von ihm aus, wie er da auf dem großen Pferd saß und auf die Leute herabblickte. Seine Haare waren fast komplett silbergrau und fielen ihm bis auf die Schultern, doch sein Gesicht wirkte jugendlich und darin funkelten eisblaue Augen wie Kiesel in einem Gebirgsbach.

Maria war noch einige Meter entfernt, als Hanns den Kopf drehte und sie ansah.

»Was für eine Freude«, sagte er mit überraschend weicher Stimme. Seine Bewunderer drehten sich zu Maria und Mika um und mussten prompt zurückweichen, als Hanns ein paar Schritte auf sie zu ritt.

Mika war plötzlich merkwürdig aufgeregt.

Maria schenkte ihrem ehemaligen Schüler ein strahlendes Lächeln. »Hanns«, sagte sie mit ehrlicher Freude. »Ein schöner Ritt. Nur beim Wassergraben hattest du wie immer Probleme mit dem Innenzügel.«

Hanns lächelte ebenfalls, doch eine Spur weniger als zuvor. Er schwang sich aus dem Sattel, reichte die Zügel einem herbeigeeilten Helfer und umarmte seine alte Lehrerin.

»Mag sein«, sagte er schließlich, »aber trotzdem werde ich gewinnen, und darum geht es doch, oder?«

»Natürlich.« Maria nickte wohlwollend, dann legte sie eine Hand auf Mikas Schulter. »Darf ich dir Mika vorstellen? Meine Enkelin«, sagte sie stolz. »Sie kommt nach mir.«

Hanns' ungewöhnliche Augen richteten sich nun auf Mika, die seinen Blick auf sich spürte, als wären es Röntgenstrahlen.

»Elisabeths Tochter? Was für eine unerwartete Überraschung«, sagte er und gab ihr mit festem Druck die Hand.

»Überraschungen sind immer unerwartet. Sonst wären sie ja nicht... äh... überraschend...?«, stammelte Mika und hätte sich im selben Moment am liebsten in Luft aufgelöst. Der musste sie ja für völlig bescheuert halten!

Hanns de Burgh musterte sie amüsiert. »Wenn du nur halb so viel Talent hast wie deine Großmutter, dann muss ich mich wohl warm anziehen«, sagte er.

»Ich dachte, Sie hören auf?«, platzte Mika heraus, ohne seinem Blick auszuweichen.

Hanns seufzte. »Ja, das stimmt. Ich will, wie sagt man: aufhören, wenn es am schönsten ist.« Er wandte sich wieder an Maria. »Ich werde mich aber nicht zur Ruhe setzen, keine Sorge. Ich werde trainieren.«

Verstohlen sah Mika den großen, schlanken Springreiter an. Irgendwie imponierte er ihr, obwohl er doch alles verkörperte, was sie nicht leiden konnte.

Maria antwortete betont beiläufig: »Wo wir gerade vom Trainieren sprechen: Mika wird auf den Kaltenbach Classics nächste Woche antreten. Also falls du noch in der Gegend bist und dir im Ruhestand langweilig sein sollte...? Sie ist wirklich ein Ausnahmetalent.«

Maria lächelte Hanns abwartend an, der höflich nickte. »Hat sie denn auch ein Ausnahmepferd?«

Marias Lächeln erstarb für einen kurzen Moment.

»Ja«, sagte Mika mit fester Stimme, bevor ihre Großmutter antworten konnte. »Ostwind. Und *er* ist das Ausnahmetalent, wenn es unbedingt eines geben muss. Wir sind ein Team.«

»Ostwind?« Hanns de Burghs Blick erfasste Mika wieder wie ein 1000-Watt-Suchscheinwerfer. »Ist das nicht der Hengst, den Friedrich vor einiger Zeit verkauft hat? Aus Hallas Nachzucht?«

Diesmal war ihre Großmutter schneller: »Das ist er«, antwortete sie rasch. »Und wir würden uns sehr freuen, wenn du kämst.«

Als Hanns nun lächelte, lag ein seltsamer Ausdruck in seinen Augen. »Ostwind. Ein interessanter Name. Ich werde sehen, ob es sich einrichten lässt.«

Weiter kam er nicht mehr, denn einer der Reporter drängte sich penetrant zwischen sie. »Herr de Burgh, die Leser von ›Pferd und Hund‹ hätten ein paar wichtige Fragen an Sie!«

Hanns ignorierte ihn, reichte erst Maria die Hand, dann Mika. »Ihr entschuldigt mich? Es war wirklich schön, euch zu sehen.« Und damit drehte er sich um und widmete sich dem aufdringlichen Reporter mit derselben vollkommenen Aufmerksamkeit, mit der er auch Maria und Mika begegnet war.

»So, das wäre geschafft«, sagte Maria zufrieden, als er gegangen war. Sie schien plötzlich bester Laune zu sein. »Hast du Hunger?«

Mika nickte, noch sprachlos von der Begegnung. Sie wusste nicht, ob sie Hanns de Burgh bewunderte oder sich ein bisschen vor ihm fürchtete. Auf jeden Fall hatte sie so einen Menschen noch nie kennengelernt.

»Glaubst du wirklich, er kommt zu den Classics?«, fragte sie.

»Ich hoffe es«, seufzte Maria. »Denn Hanns als Trainer nach Kaltenbach zu holen, wäre unsere endgültige Rettung.«

Mika blieb stehen und sah ihre Großmutter an, die sich energisch den Weg durch die Menschenmenge bahnte. Das war also die ganze Zeit ihr Plan gewesen!

In diesem Moment war aus dem Stadion aufbrandender Jubel zu hören und der Stadionsprecher verkündete: »*Das war der letzte Starter in diesem Stechen, meine Damen und Herren. Damit steht der Sieger fest: Hanns de Burgh gewinnt den Großen Preis von Aachen. Wir kommen sogleich zur Siegerehrung...*«

Mika grinste, voller Respekt für die alte Dame. Und musste sich beeilen, ihr zu folgen.

Als der grüne Geländewagen durch das Tor auf den Hof des Gestüts Kaltenbach fuhr, dämmerte es bereits. Ihre Großmutter war ungewöhnlich gesprächig gewesen und hatte die ganze lange Autofahrt damit verbracht, Mika einen ausführlichen Vortrag über *Die Geschichte der Reiterei von der Antike bis zur Gegenwart* zu halten.

Mika hatte es plötzlich sehr eilig, ins Bett zu kommen.

Maria lächelte milde. »Geh nur. Es war ein langer Tag. Und außerdem musst du morgen früh fit sein. Wir haben viel vor – und du hast ja heute gesehen, wie weit du es bringen kannst!«, schloss sie, und ihre Augen leuchteten begeistert.

»Hm-hm«, antwortete Mika unbestimmt. »Schlaf gut, Oma.«

»Du auch, Mika, du auch.«

Als Mika auf ihr Zimmer kam, sprang Fanny von ihrem Stuhl auf wie ein grimmiger Schachtelteufel. »Na, hattest wenigstens *du* Spaß heute?«, fragte sie übellaunig. »Ich selbst habe nämlich den ganzen Tag vergeblich versucht, irgendetwas Berichtenswertes zu Papier zu bringen.«

»Naja«, sagte Mika müde. »Wir haben tolle Pferde gesehen, und tolle Menschen auf tollen Pferden, und dann haben wir einen alten Schüler meiner Großmutter getroffen. Es war toll und… irgendwie auch wieder nicht.«

Mika merkte immer wieder, wie schwer es ihr fiel, ihre gemischten Gefühle dem ganzen Springsport-Zirkus gegenüber in Worte zu fassen. Und Fanny machte auch nicht den Eindruck, als hätte sie gerade ein offenes Ohr dafür. Sie umkreiste das Bett wie ein ausgehungerter Löwe, als

Mika unter die Bettdecke kroch und sich dort verstohlen den Wecker ihres Handys stellte. Auf halb zwölf. Puh – das hieß nur etwas mehr als zwei Stunden Schlaf.

»Und du? Ist der Artikel im Kasten?«, fiel ihr gerade noch rechtzeitig ein zu fragen, bevor Fanny, die offenbar auf diese – irgendeine! – Frage wartete, explodierte wie ein Knallfrosch.

Sie stemmte die Hände in die Hüften. »Ist er nicht! Ich war den ganzen Tag hier und habe genau drei Worte aufs Papier gebracht. Die Überschrift nämlich, und die lautet: *Ein Haufen Mist*!« Sie fuhr zu Mika herum, deren Augenlider bereits bleischwer zuckten.

»Klingt doch schon gut. Erzähl weiter…«, murmelte Mika und kuschelte sich tiefer in ihr Kopfkissen.

Fanny legte den Kopf schief. »Ach ja? Außerdem ist heute der Stall abgebrannt, Sam wurde von Aliens gekidnappt und ich hab mir beim Däumchendrehen den Finger abgerissen.«

»Hmmm. Muss ich mir morgen unbedingt anschauen«, brummelte Mika, und dann war sie – mal wieder! – eingeschlafen.

Offenbar interessierte sie sich nicht für Fannys Probleme – und das war etwas, das es früher nicht gegeben hatte. Vor Kaltenbach und Ostwind und… dem ganzen Mist!, dachte Fanny enttäuscht.

Seufzend sank sie auf den Schreibtischstuhl vor dem Fenster und begann, sich im Kreis zu drehen. Erst langsam und nachdenklich, dann schneller und schneller, wie ein einsamer Hamster in seinem Rad.

Zweieinhalb Stunden später klingelte Mikas Wecker und sie war sofort hellwach. Schnell brachte sie das surrende Handy zum Schweigen und blickte zu Fanny hinüber, die zusammengerollt wie ein Labradorwelpe neben ihr lag und im Traum leise fiepte. Sie hatte ihre Decke weggestrampelt und schlief tief und fest.

Behutsam deckte Mika sie wieder zu und schlich auf Zehenspitzen zum Fenster. Lautlos kletterte sie auf das Vordach und hangelte sich an dem dichten Efeu hinunter. Mittlerweile war diese Art, in den Hof zu gelangen, fast schneller, als den normalen Weg durchs Haus zu nehmen.

Sie huschte über den dunklen Hof zur Futterkammer, um die Medikamente einzusammeln, die Tinka ihr gezeigt hatte, und lauschte dabei aufmerksam in die Dunkelheit. Fanny hatte nichts von einer weiteren Nachtwache gesagt – offenbar hatten Sam und sie die Verbrecherjagd aufgegeben.

Mika fühlte wieder dieses kleine nagende Schuldgefühl. Sie hätte den beiden von Milan und 33 erzählen sollen. Und von ihrer Großmutter Medikamente zu stehlen, war auch kein tolles Gefühl. Noch vor ein paar Tagen war sie bereit gewesen, dem gemeinen Dieb eine Mistgabel überzubraten, und jetzt stand sie selbst hier. Als Diebin.

Unschlüssig blieb sie stehen. Aber hatte sie eine Wahl? Sie musste dem kranken Pferd helfen!

Und sie hatte Milan versprochen, niemandem etwas zu sagen. Sie gab sich einen Ruck und öffnete das schwere Vorhängeschloss mit der Kombination, die Tinka mit Absicht so laut und langsam gesagt hatte, dass Mika sie sich leicht hatte merken können. Tiefe Dankbarkeit durchströmte sie bei dem Gedanken an ihre kleine Freundin, die keine Frage zu viel stellte und immer zur Stelle war, wenn Mika Hilfe brauchte. Und die sie heute früh auch angelogen hatte.

Schnell suchte Mika die Medikamente zusammen und stopfte sie in ihren Rucksack. Dann nahm sie noch ein paar von den teuren Energieriegeln aus der Futtertonne und wandte sich zur Tür, als sich plötzlich kaltes Metall unsanft in ihren Rücken bohrte. »Keine. Einzige. Bewegung!«, knurrte es hinter ihr, und Mika erstarrte erschrocken.

Das Neonlicht an der Decke flackerte an – und im selben Moment verschwand das Ding aus ihrem Rücken und eine vertraute Stimme maulte genervt: »Mann, Mika! Ich weiß ja, dass du gerne nachts hier rumschleichst, aber kannst du nicht mal tagsüber dein Pferd versorgen wie normale Leute auch?« Sam stand hinter ihr und ließ das Blasrohr sinken.

»Sa…am«, stotterte sie und versuchte, ihren rasenden Puls zu beruhigen.

»Ja, sorry. Ich dachte echt, jetzt hab ich ihn!« Sam sah richtig geknickt aus, und fast tat es Mika leid, dass sie nicht der Dieb war. Zumindest nicht der richtige. »Tut mir auch leid. Ich… ich muss zu Ostwind. Ich kann nicht schlafen – und wollte auch nachsehen, ob er wieder neue Wunden hat.«

Sam nickte müde und reichte Mika einen Apfel aus seiner Tasche. »Weißt du mittlerweile, wo seine Verletzungen her sind?«

Mika schüttelte den Kopf. »Ich hab mir schon überlegt... ob er vielleicht manchmal abhaut?«

Sam zuckte die Schultern. »Kann ich mir nicht vorstellen. Wo sollte er hin? Andererseits wissen wir beide, dass er diese Kratzer nicht von Rangkämpfen mit Archibald hat. Da wäre die Kuh ja noch verdächtiger.«

Mika grinste. »Stimmt. Also dann...«

»Also dann. Ich werde weiter hier aufpassen. Irgendwann erwisch ich ihn schon noch. Und wenn es das Letzte ist, was ich für Kaltenbach tue.«

In dem fahlen Licht sah Sam richtig grimmig aus und Mika floh schnell in die Nacht hinaus. Ihr schlechtes Gewissen hatte diese Begegnung nicht verbessert.

Auf der nächtlichen Koppel wurde sie bereits erwartet. Ostwind stand mit gespitzten Ohren und zitternden Nüstern am Gatter und wieherte, noch ehe sie ihn in der blauschwarzen Dunkelheit richtig erkennen konnte. Sie kletterte auf den Zaun und von dort aus auf seinen Rücken. Der Hengst tänzelte unruhig hin und her, als könne er es gar nicht abwarten, loszukommen.

»Was sagst du, machen wir einen kleinen Ausflug?«, fragte Mika leise, während sie mit einem Fuß das Gatter aufstieß. »Ich hoffe, ich finde den Weg wieder, aber zusammen wird's schon...«

Aber noch bevor sie den Satz vollenden konnte, galoppierte Ostwind los. Überrascht krallte sich Mika in seine Mähne. Mondlose Dunkelheit umfing sie, doch Ostwind schien genau zu wissen, wohin sie wollte.

Ostwinds Hufe sanken tief in den schlammigen Boden, als Mika aus dem Schutz des Waldrands auf den Hof des Ungarn zu ritt. Sie spürte, dass der Pferdekörper unter ihr gespannt war wie eine Bogensehne. Oder war das nur ihre eigene Anspannung?

Sie strich Ostwind über den schweißnassen Hals, versuchte ihn und sich gleichermaßen zu beruhigen. »Ich weiß, das ist ein schrecklicher Ort. Du spürst das auch, oder?«

Es kam ihr vor, als sei ihr Herzklopfen so laut, dass man es bis Papua Neuguinea hören konnte. Neben einem halbhohen Gebüsch glitt sie von Ostwinds Rücken und sah sich um. Das Gehöft des Ungarn lag direkt vor ihnen, das Eisentor war nur wenige Meter entfernt. Sie rüttelte sachte daran, aber es war verschlossen.

»Milan?«, rief Mika leise, aber nur der Ruf eines heiseren Käuzchens kam zurück. Die Scheune und der Hof lagen still im Dunkeln vor ihr, unerreichbar hinter dem mit Stacheldraht bewehrten Zaun.

Sie drehte sich zu Ostwind um, der dicht hinter ihr stand. »Du bleibst hier. Ich komme zurück, okay? Bleib einfach hier.«

Ostwind schnaubte, und Mika nahm das als Zeichen, dass er sie verstanden hatte. Sie schlich zum Zaun und begann, sich daran entlangzutasten. Es war ein rostiger Maschendrahtzaun, der etwas höher war als Mikas Kopf. Ohne den scharfkantigen Stacheldraht wäre es kein Problem gewesen, darüberzuklettern – so war er jedoch unüberwindbar.

Plötzlich knackte das Unterholz hinter ihr wie ein bedrohlich malmender Kiefer. Mika fuhr herum und stand Auge in Auge mit Ostwind.

»Pferd!«, sagte Mika und spürte, dass ihre Knie butterweich waren.

Der Hengst sah sie aus dunklen Augen trotzig an.

»Okay«, sagte sie mit zittriger Stimme, »dann komm halt mit.« Doch Ostwind trottete an ihr vorbei, weiter den Zaun entlang.

Mika sah ihm verblüfft nach. »Oder geh eben vor.«

Sie folgte ihm, bis er ein paar Meter weiter stehen blieb. Mika entdeckte, dass der Zaun an dieser Stelle eingedrückt war, fast so, als wäre ein Auto hineingefahren. Man konnte immer noch nicht hinüberklettern, aber zwischen Boden und Zaun war eine Lücke entstanden, durch die man kriechen konnte, wenn man sich flach auf den Bauch legte.

Beeindruckt grinste Mika ihr Pferd an. »Okay, du bist schlauer als ich. Aber jetzt bleibst du trotzdem hier, ja?«

Sie warf ihren Rucksack über den Zaun und zwängte sich durch die schmale Öffnung. »Ich bin gleich wieder da«, flüsterte sie Ostwind zu, als sie auf der anderen Seite war.

Lautlos schob sie die schwere Stalltür auf und schlüpfte schnell hindurch. Wieder brauchte es all ihre Kraft, um sich nicht von der lähmenden Verzweiflung, die diesen Ort umfing, anstecken zu lassen.

Sie hastete vorbei an den Verschlägen, aus denen sie Pferdeaugen ängstlich ansahen. Endlich war sie am Ziel und zog vorsichtig die Box auf. »33« stand auf einer kleinen Kreidetafel, die an die Tür genagelt war. Die weiße Stute stand unverändert am selben Fleck wie zuvor. Mika hätte schwören können, dass sie sich nicht einen Zentimeter bewegt hatte.

»Hey, 33«, sagte Mika leise und näherte sich ihr vorsichtig von der Seite, »ich hab dir was mitgebracht.«

Die Stute rührte sich nicht. Mika ertastete ihr mattes, verklebtes Fell und streichelte sie behutsam.

Mika machte einen weiteren Schritt und ihr Fuß stieß gegen etwas Weiches… etwas Lebendiges!

Sie unterdrückte einen Schreckensschrei und wich mit einem Keuchen zurück. Ihr Herz hämmerte wie verrückt. Dann erkannte sie, was oder besser wer da im Stroh neben der Stute lag: Milan.

Er hatte sich auf einer alten Bundeswehr-Wolldecke zusammengerollt und schlief tief und fest. Ein Schauder lief Mika über den Rücken, eine Mischung aus Freude und einem Gefühl, das sie nicht richtig deuten konnte. Jedenfalls kribbelte es bis in ihre Zehenspitzen, mit denen sie Milan nun vorsichtig anstieß. Blitzschnell fuhr er hoch und hielt sich die Hände schützend vors Gesicht.

Mika starrte ihn erschrocken an. »Sorry, ich… ich bin's nur«, stammelte sie.

Milan blinzelte, für einen Moment verwirrt, dann ließ er die Arme sinken. »Du bist's«, wiederholte er, doch es klang nicht unfreundlich.

Mika lächelte vorsichtig, als er sich ein paar Strohhalme aus seinen dunklen Locken fischte.

Einen kurzen Moment wusste keiner von beiden, was er sagen sollte. Dann redeten beide gleichzeitig. »Ich hab Medikamente besorgt.«

»Ich bin eingeschlafen.«

Darüber musste Mika grinsen. »Das kenn ich. Wie geht's ihr denn?«, fügte sie ernster hinzu.

Milan strich der Stute sanft über die Stirn. »Nicht schlechter, nicht besser. Und fressen will sie immer noch nichts«, sagte er und sah Mika an.

Der traurige Ausdruck in seinen dunklen Augen tat Mika fast körperlich weh, so gut konnte sie ihn verstehen.

Sie gab sich einen Ruck. »Hier!«, sagte sie schnell und schüttete den Inhalt ihres Rucksacks ins Stroh. Sie griff eine Packung nach der anderen, während sie für Milan wiederholte, was Tinka ihr erklärt hatte.

Als sie fertig war, sah er sie mit großen Augen an. Darin war Dankbarkeit, aber noch etwas anderes. »Spritzen? Ich ... ich weiß gar nicht, wie das geht.«

Nun nickte Mika mit einer Entschlossenheit, die sie nicht im Geringsten verspürte. »Ich mach das, easy. Du wäschst die Wunde aus, okay?«

Milan sah sie beeindruckt an. »Okay«, sagte er mit rauer Stimme.

Die nächste halbe Stunde arbeiteten sie konzentriert Seite an Seite und ohne ein weiteres Wort. Nur das leise Flüstern war zu hören, mit dem Milan die Stute beruhigte, während er sorgfältig die Wunde mit der giftgelben Tinktur abwusch.

Und auch Mika gelang es nach einigen unbeholfenen Anläufen, die Spritze mit der Vitaminkur aufzuziehen. Sie versuchte, sich Dr. Anders in Erinnerung zu rufen, der Ostwind eine rettende Injektion gegeben hatte, als der eine schwere Kolik hatte. Er hatte einfach die Haut ein bisschen zusammengedrückt und – zack! Was war schon groß dabei?

Mika schluckte. Sie trat neben das Pferd, tastete nach einer Stelle an seinem Hals, schloss die Augen und stach beherzt zu.

Als sie die Augen öffnete, sah Milan sie mit schiefem Grinsen an. »Easy, hm?«

Er war aufgestanden und stand jetzt dicht neben ihr, eine Hand auf dem Pferderücken.

»Meinst du, sie schafft es?«, fragte er leise.

Mika blickte auf 33, die mit gesenktem Kopf dastand und alles teilnahmslos über sich ergehen ließ. Was sie fühlte, war nicht leicht in Worte zu fassen – vor allem, weil sie es lieber nicht gefühlt hätte.

»Ich glaube«, begann sie behutsam, »dass die Wunden gar nicht das Schlimmste sind. Viel schlimmer ist...«, sie suchte nach Worten, »...dass es ihr egal ist, ob sie wieder gesund wird. Sie hat sich einfach aufgegeben.«

Mika hatte erwartet, dass Milan aufbegehren würde, doch er nickte einfach. »Ich weiß. Ich fühl es auch.«

Eine warme Welle aus Mitleid flutete Mikas Herz. Sie legte ihre Hand dicht neben seine auf den Rücken der Stute. Sie berührten sich nicht, trotzdem spürte sie die Wärme von Milans Hand, als wäre sie ein Stück glühende Kohle.

Eine Weile standen sie so da, als Mika fühlte, wie sich die Muskeln des Pferderückens unter ihren Fingern spannten. Milan sah sie überrascht an. Doch es war keine Täuschung: 33 hatte den Kopf gedreht und schnupperte behutsam an Mikas Arm.

Ungläubig streckte sie den Arm aus und die Nüstern der Stute strichen suchend darüber hinweg. Ihre Ohren zuckten aufmerksam.

Milan konnte es nicht fassen: »Was... Wie hast du das gemacht?«

Glücklich strahlte er sie an. »Das ist das erste Mal seit drei Wochen, dass sie reagiert!«

Als hätte sie ihn verstanden, drehte die Stute nun den Kopf und stupste Milan an, der ihr immer wieder über den Hals strich. »Da bist du ja wieder. Da bist du ja wieder!«, flüsterte er.

Mika hätte am liebsten einen Freudentanz aufgeführt, stattdessen fischte sie einen Apfel aus ihrem Rucksack und gab ihn Milan. Er hielt ihn 33 hin, die ihn erst beschnupperte und dann zaghaft annahm.

Mikas Herz machte einen riesigen Sprung: ein Jahr zurück, als ein anderes Pferd in einem anderen Stall einen Apfel von ihr genommen und ihr Leben für immer verändert hatte.

Die Nacht war immer noch stockfinster, als Milan Mika zu dem Loch im Zaun begleitete. »Siehst du, hier«, flüsterte Mika und zeigte auf die Delle im Zaun und das Loch darunter.

»Und das hast du gefunden?«, fragte Milan und sah sie staunend an.

»Na ja, nicht ich allein. Ostwind hat es gefunden«, gab Mika zu.

»Ost–wer?«

»Mein Pferd. Da.«

Milans fragender Blick folgte Mikas ausgestreckter Hand. Erst jetzt sah er das schwarze Pferd auf der anderen Seite des Zauns. Es war in der Dunkelheit fast unsichtbar.

Fassungslos starrte er Ostwind an, der ein drohendes Wiehern ausstieß und den Kopf hin und her warf.

»*Das* ist *dein* Pferd?«

»Ja, Ostwind.«

Milan sah aus, als habe er ein Gespenst gesehen. »Aber… das war doch er!«

Mika verstand nicht. »Was war er?«

»Na, *das*!« Milan rüttelte an dem mitgenommenen Zaun. »Er ist eines Nachts hier aufgetaucht und hat versucht, da rüberzuspringen. Ich meine, der Zaun ist fast zwei Meter hoch, das war Wahnsinn. Er hat sich so schlimm verheddert, dass ich ihn befreien musste. Ich hab ihn dann weggejagt und gedacht, das war es jetzt. Aber er ist immer wieder gekommen! Das Pferd ist total übergeschnappt.«

Die Sonne war zwar noch nicht aufgegangen, aber am Himmel kündigten rosa Schäfchenwolken schon den Tag an, als Mika Ostwind auf die Koppel zurückbrachte. Seit sie Milan am Zaun verlassen hatte, fuhren die Gedanken in ihrem Kopf Karussell, doch sie war zu erschöpft, um es anhalten zu können.

Morgen würde sie verstehen, wie alles zusammenhing: Ostwind, 33, Milan, der Ungar. Nur dass morgen schon heute war. Todmüde kroch Mika zu Fanny ins Bett, die nun quer über der Matratze lag, sodass Mika nur ein schmaler Streifen blieb.

Sie quetschte sich neben ihre schlafende Freundin, und ihr letzter Gedanke war, dass sie in dieser Position unmöglich einschlafen konnte. Im nächsten Moment war sie auch schon ins Reich der Träume gesunken.

9. Kapitel

Warmer Wind streichelte das Gras der weiten Wiese. Die Luft schwirrte und sie musste die Augen gegen die Helligkeit zusammenkneifen.

Ostwind war bei ihr. Er schnaubte, warf den Kopf in die Luft und trabte eine enge Runde, den Schweif erhoben. Es sah aus, als würde er tanzen. Sie lächelte.

Plötzlich schien sich das helle Licht auf sie zu zu bewegen, es war ein anderes Pferd! Es flog über die Wiese heran, schneller als sie je ein Pferd hatte laufen sehen.

Auch Milan war da, neben ihr. »Sie ist abgehauen. War eine ganze Nacht lang weg«, sagte er.

Sie sah ihn an, doch auf einmal wurde aus Milan Sam, der sie grimmig anfuhr. »Er springt über den Zaun. Er haut ab!«

In dem Moment ritt Tinka auf Frau Holle vorbei und lachte fröhlich: »Er ist verliebt! Verliebt, verlobt, verheiratet!«

Staunend sah sie zu, wie Ostwind und 33 in der Mitte der leuchtenden Wiese aufeinandertrafen. Die beiden Pferde hatten die Köpfe gebeugt, die Körper einander zugedreht. Sie sahen aus wie ein zweifarbiges Fabelwesen. Wie Yin und Yang.

Sie spürte die Ruhe, die von den beiden ausging, wie einen wohligen Luftzug auf der Haut. Ostwinds Ruhe.

Mika schlug die Augen auf und war mit einem Schlag hellwach. Endlich fielen alle Puzzlestücke in ihrem Kopf an ihren Platz: die Albträume, der Stacheldraht, Ostwinds Wunden, seine Unruhe und die Stute 33, die vom Hof des Ungarn geflohen und einen ganzen Tag und eine Nacht lang weg gewesen war.

Wieso war sie nicht schon früher daraufgekommen: Ostwind musste 33 getroffen haben! Dann hatte der Ungar die Stute eingefangen, sie wurden getrennt und er hatte versucht, zu ihr zu gelangen und über den Stacheldraht zu springen. Ein eiskalter Schauer lief über Mikas Rücken bei der Vorstellung. Daher kannte er den Weg zu dem Ungarn. Und deshalb war er auch in der Nacht da gewesen, um Mika zu retten. Und 33 – natürlich! – hatte auf Ostwinds Geruch reagiert! Das war kein Zufall. Das war... Liebe.

Mika schoss aus dem Bett. Sie musste sofort zu Milan! Es ihm erzählen. Aber was dann?

Mika zögerte. Tagsüber konnte sie wohl kaum dort auftauchen. Nur – irgendwem musste sie es jetzt erzählen. Sofort.

»Fanny?«, rief sie und schaute sich um. Doch ihre Freundin war nicht da.

Fanny saß auf den Treppenstufen des Gutshauses, Block auf den Knien, Bleistift hinter dem Ohr und beobachtete aufmerksam die Ameisenstraße zu ihren Füßen.

Mika plumpste neben ihr auf die Stufen. »Na, alte Rinde, was macht die Journalistenkarriere?«, fragte sie mit tiefer Stimme und legte einen Arm um ihre Freundin.

Fanny zeigte keine Regung. »Danke der Nachfrage, aber du störst mich gerade bei der Arbeit.«

Mika schaute sie verwundert an und folgte dann ihrem Blick. »Ah, verstehe. *Die wunderbare Welt der Feldameise*. Das ist natürlich ein echter Knaller!«

Fanny reagierte nicht, sondern starrte einfach weiter die Ameisen an.

Mika versuchte es erneut. »Ich muss dir so viel erzählen, ich platze gleich! Von Aachen und von Ostwind... und...«

»Mika! Ich erwarte dich in fünfzehn Minuten fertig gesattelt im Parcours!«, tönte die klare Stimme ihrer Großmutter vom Reitplatz herüber.

»Jawohl!«, rief Mika zurück. Sie sprang auf. »Mist, ich muss los... aber nachher erzähl ich dir alles und...«

Fanny hob die Hand und Mika verstummte. Sie sah enttäuscht zu Mika hoch. »Machen wir einen Deal, okay?«

»Und der wäre?«

»Ich beschäftige mich die nächsten Tage mit mir selber, versuche diesen elenden Artikel – warum nicht über die Feldameise – zu schreiben, denn der Abgabeschluss ist in sechs Tagen. Und du«, fuhr sie fort, »kümmerst dich um dein Turnier, dein Pferd, deine Großmutter, die Rettung des Gestüts und bla-bla-bla. Danach kannst du mir gerne alles erzählen, vielleicht sogar, ohne dabei einzuschlafen.«

Mika klappte der Mund auf. Das klang gar nicht gut. »Aber...«

Fanny legte den Kopf schief und seufzte. »Glaub mir, das ist das Beste. Ich mach meinen Kram, du machst deinen.«

Widerstrebend stand Mika auf. »Wenn du meinst...«, sagte sie unsicher.

»Ja, genau das meine ich.«

»Zehn Minuten!«, tönte es vom anderen Ende des Hofes.

Fanny zog die Augenbrauen hoch, und ihr Blick sagte: Siehst du?

Diesmal war es Mika, die seufzte. »Na gut.«

Ihr war zwar nicht wohl dabei, aber Fanny hatte recht: Die nächsten Tage würden ihr alles abverlangen, da war einfach kein Platz für Ferienspaß mit Fanny. Und wenn sie es selber schon anbot...

»Hey«, sagte Mika schuldbewusst, »in Paris machen wir den ganzen Tag nur, was du willst, versprochen.«

»Schon gut«, sagte Fanny und lächelte nun sogar ein bisschen, »ich hab ja noch den süßen Stallburschen zu meiner Zerstreuung.«

»MIKA!«, schrie Maria Kaltenbach jetzt so laut, dass die Tauben auf dem Hof erschrocken aufflogen, und Mika rannte los.

Fanny sah ihr nach und wollte sich gerade wieder ihren Freunden, den Ameisen, zuwenden, als sich wieder jemand neben sie auf die Stufen fallen ließ.

»Dann erzähl mir doch mal alles über den süßen Stallburschen«, sagte Sam, und Fannys Ohren begannen zu glühen.

Die folgenden Tage und Nächte vergingen wie im Flug. Zumindest kam es Mika so vor: sie trainierte tagsüber fast in jeder freien Minute mit ihrer Großmutter für die Classics.

Maria war eine strenge Lehrerin, und obwohl Mika sich wirklich Mühe gab, beschlich sie das altbekannte Gefühl, den Ansprüchen ihrer Großmutter nicht gerecht zu werden.

Manchmal kam Herr Kaan nach Kaltenbach, saß im Schatten der Kastanie neben dem Reitplatz und sah ihnen zu. Das waren die besseren Tage, denn wo ihre Großmutter dreiundzwanzig Sätze brauchte, um etwas zu erklären, genügte Herrn Kaan ein einziges Wort.

Vielleicht verstand Mika ihn auch einfach besser. Sie hätte ihn gerne jeden Tag dabeigehabt, aber sie wusste auch, dass er mit seiner Zeit als Trainer abgeschlossen hatte und nur ihr zuliebe kam.

Doch so sehr Mika auch versuchte, das Talent unter Beweis zu stellen, das ihre Großmutter in ihr sah – bisher war es ihr noch nicht einmal im Ansatz gelungen, den Parcours fehlerfrei zu springen.

Immer hatte Maria etwas auszusetzen. Entweder war Mikas Haltung verkehrt oder die Zügel nicht da, wo sie sein sollten, und meistens verstand Mika sowieso nicht, was ihre Großmutter redete.

Vielleicht lag es aber auch an Ostwind. Er war fahrig und abwesend, und auch wenn Mika nun wusste, woher seine Unruhe kam, konnte sie ja nichts dagegen tun.

Dazu kam ihre dauernde Müdigkeit, denn sie verbrachte fast jede Nacht bei 33. Sie versorgte die Stute mit Medikamenten und Aufbaufutter und redete nächtelang mit Milan. Sie hatten sich so viel zu sagen.

Mika erzählte von ihren Eltern, der Schule und ihrem großen Traum, irgendwann auf Kaltenbach bleiben zu können.

Milan erzählte von seiner Mutter, die vor vier Jahren gestorben war. Seitdem lebte er bei seinem Stiefvater und zählte die Tage bis zu seinem 16. Geburtstag. Dann wollte er abhauen, 33 mitnehmen und irgendwo arbeiten, wo Menschen waren, die Pferde liebten, nicht benutzten.

Mika verstand ihn nur zu gut. Doch das Allerbeste war: 33 erholte sich langsam. Die Medikamente hatten angeschlagen, die Wunde am Bauch war fast verheilt und sie hatte wieder zu fressen begonnen.

Jedes Mal, wenn Mika sie besuchte, schnupperte die Stute sie ab, als könne sie es kaum erwarten, Ostwind wiederzusehen.

Andersherum war es genauso. Ostwind, der jede Nacht auf Mika wartete, hätte am liebsten ihr T-Shirt aufgefressen, wenn sie in den frühen Morgenstunden durch das Loch im Zaun krabbelte.

Milan und Mika hatten einen vagen Plan gefasst, die beiden Pferde nach dem Turnier zusammenzubringen, wenn es 33 wieder besser ging.

Doch je näher dieser Tag rückte, desto mehr geriet Mika unter Druck. Ihre Großmutter war über die anhaltende Müdigkeit ihrer Enkelin und ihre schwache Leistung zunehmend besorgt. Und Mika fiel es immer schwerer, ihr Geheimnis vor Sam und Fanny zu verbergen.

Sam war fuchsteufelswild, denn trotz all seiner Anstrengungen, den Dieb zu fassen, verschwanden weiter fast täglich Medikamente und Futter.

Und Fanny saß ihre Zeit auf Kaltenbach ab wie ein Häftling seine Strafe und redete mit Mika nur noch das Nötigste. Zwar verbrachte sie ihre Zeit unheimlich gerne mit Sam, nur hatte er wegen der näher rückenden Classics auch immer weniger Zeit für sie. Zudem hatte ihre Schreibblockade ihren Höhepunkt erreicht, was bedeutete, dass sie den Artikel wohl niemals schreiben würde und den Wettbewerb vergessen konnte.

Das Schlimmste aber war: Fanny vermisste ihre Freundin. Sie spürte, dass Mika ein Geheimnis hatte, dabei hatte es zwischen ihnen noch nie Geheimnisse gegeben.

Zwei Tage waren es noch bis zu den Classics, als Mika auf Ostwind nachts zum Hof des Ungarn ritt und das Loch im Zaun verschlossen fand. Sie umrundete das ganze Grundstück, rief immer wieder leise nach Milan – doch es rührte sich nichts. Das Tor war verschlossen, das düstere Gehöft lag hinter dem unüberwindbaren Zaun wie eine schweigende Festung.

Nach einer weiteren Stunde des Wartens gab Mika auf und wollte umkehren, aber Ostwind stemmte seine Hufe trotzig in den Waldboden. Sie spürte, dass er Angst hatte. Und obwohl sie sich einredete, dass alles in Ordnung sei, fühlte sie es auch. Sie legte ihre Stirn an seine, um ihn zu beruhigen. »Komm. Es wird alles okay sein. Milan ist sicher nur eingeschlafen und hat uns vergessen.«

Mika merkte selbst, wie wenig sie daran glaubte, und Ostwind konnte sie damit erst recht nicht überzeugen. Er fühlte, was sie fühlte – und in diesem Augenblick wurde ihre Verbindung zum ersten Mal zu einem Problem.

Ungeduldig lief der Hengst am Zaun auf und ab.

»Komm!«, versuchte Mika ihn zu locken, doch er hörte nicht. Er bäumte sich mit einem verzweifelten Wiehern auf und trat mit den Vorderhufen gegen den Zaun. Einmal, zweimal.

»Ostwind!«, schrie Mika erschrocken, als im selben Moment hinter dem Zaun ein greller Scheinwerfer aufflammte.

Mika war noch immer außer Atem, als sie durchs Fenster in ihr Zimmer kletterte und sich auf den Boden plumpsen ließ, wo sie ausgestreckt liegen blieb. In letzter Sekunde hatten sie und Ostwind vor dem Mann fliehen können, der, kurz nachdem das Licht angegangen war, mit einem Gewehr aus dem Haus gestürzt kam. Das war der Ungar gewesen, kein Zweifel.

Mika zog sich leise ihre Chucks von den Füßen, um Fanny nicht zu wecken. Die Turnschuhe waren voller Matsch und auch ihr T-Shirt hatte über und über Dreckspritzer von ihrer überstürzten Flucht durch den Wald. Mika schlich leise zum Bett, hob die Decke und kroch hinein. Sie drehte sich um – und blickte direkt in Fannys hellwache Augen.

»Ähhhh«, nuschelte Mika erschrocken. »Hab ich dich geweckt? Ich war nur kurz… auf'm Klo«.

Fanny setzte sich auf, zog die Decke über ihre Knie und funkelte Mika zornig an: »Ach ja? Und welches Klo war das? Das Plumpsklo von deinem Freund, dem Waldschrat?«

Mika warf ihr einen verwirrten Blick zu und Fanny nickte in Richtung ihrer matschverkrusteten Turnschuhe.

Mika ließ schuldbewusst den Kopf hängen. Sie musste ihre Freundin endlich einweihen.

Fanny war da offensichtlich ganz ihrer Meinung, denn sie verschränkte die Arme vor der Brust und fragte: »Hast du mir irgendwas zu sagen?«

Mika presste die Lippen aufeinander. »Ja. Aber es ist eine längere ...«, fing sie an, als es an der Tür klopfte und ihre Großmutter ins Zimmer platzte.

»Wie gut, dass du schon wach bist! Ich habe von draußen Stimmen gehört«, fügte sie erklärend hinzu.

Die beiden Mädchen starrten Maria Kaltenbach an, die in ihrem weißen Nachthemd aussah wie ein waschechtes Schlossgespenst. »Ich habe großartige Nachrichten! Ich wollte es gestern schon erzählen, aber du warst so früh im Bett ... Hanns hat angerufen. Er kommt! Weißt du, was das heißt?«

Mika vergaß für einen Moment Fanny und ihre Wut.

»Wirklich?«, fragte sie entgeistert. »Er kommt? Hierher?«

Maria nickte glücklich. »Er kommt. Und Hanns de Burgh tut nichts einfach nur aus Spaß an der Freude. Ich denke, es hat funktioniert!«

Sie machte tatsächlich ein paar ausgelassene Tanzschritte,

fing sich jedoch gleich wieder und sagte betont nüchtern: »Umso härter müssen wir heute trainieren. Es ist unser letztes Training, denn vor dem Turnier brauchen wir alle einen Ruhetag. Also, husch husch!« Sie schloss die Tür hinter sich.

Fanny verstand die Welt nicht mehr. »Was?«

Aber Mika war schon wieder meilenweit weg. »Krass. Hanns de Burgh kommt.« Sie schwang sich aus dem Bett. »Wir reden später, ja?«

Plötzlich sprang Fanny hoch. Bebend vor Zorn stand sie auf der wabbeligen Matratze und schrie zu Mika herab: »Weißt du was, jetzt reicht's. Ich weiß, wir haben einen Deal, aber das...«, sie brach ab und schluckte. »Glaubst du echt, ich checke nicht, dass du die Nächte über weg warst? Ich hab jeden Tag gewartet, dass du mir erzählst, was los ist, stattdessen heißt es bloß immer: Oma hier, Ostwind da, Kaltenbach dort! Aber zumindest heute, dachte ich, würdest du... wenigstens heute... Ach, verdammt!«

Fanny begann zu schluchzen. Sie konnte nicht mehr weitersprechen, denn die Tränen liefen ihr übers Gesicht. Und noch bevor Mika, die wie vom Donner gerührt dastand, etwas erwidern konnte, war sie auch schon aus dem Zimmer gestürmt und hatte die Tür hinter sich zugeknallt. Im Schlafanzug.

»Fanny, warte mal«, rief Mika ihr nach. Sie fühlte sich hilflos, denn Fanny weinte sonst nie.

Tatsächlich öffnete sich die Tür im nächsten Moment wieder und ihre Freundin kam zurück ins Zimmer.

Mika lächelte erleichtert – doch Fanny schnappte sich nur ihren Kleiderhaufen vom Stuhl und knallte die Tür erneut zu.

Unten vom Hof hörte sie ihre Großmutter »Mika! Beeil dich!« rufen. Wütend boxte Mika in ihr unschuldiges Kopfkissen. Warum war das Leben manchmal so verdammt schwer?

Knallrot leuchtete Fannys Gesicht in dem grünen Gras, als sie querfeldein durch die Wiese stapfte und ihre sofortige Abreise plante. Noch heute würde sie ihre Sachen packen und sich in den Zug setzen. Sie hatte die Schnauze voll!

Und jetzt konnte sie nicht einmal mehr in Ruhe geradeaus gehen, weil dieser unverschämte alte Holzzaun es wagte, ihr den Weg zu versperren!

Sie sprang ihn an wie ein Löwe eine Gazelle, wollte mit dem Schwung ihres Zorns darüberklettern – und rutschte kläglich ab. Ihre nackten Beine scheuerten über das verwitterte Holz, und Fanny jaulte laut auf, als sich unzählige kleine Splitter in ihre Haut bohrten.

»Scheißescheißescheiße«, fluchte sie und spürte zum zweiten Mal an diesem Tag, wie ihr Tränen in die Augen schossen. Voller Selbstmitleid saß sie im Gras und untersuchte ihren blutigen Unterschenkel. Sie fühlte sich wie ein Häufchen Elend.

»Das sah nicht gut aus«, stellte eine ruhige Stimme hinter ihr fest.

Fanny drehte sich um und blinzelte ins Sonnenlicht. Vor

ihr stand Herr Kaan und sah mit einer Mischung aus Interesse und Mitgefühl auf sie herab. »Nicht?«, versetzte sie mürrisch. »Dann sollten Sie mich erst mal turmspringen sehen. Da bleibt kein Auge trocken.«

Der alte Mann ging neben ihr in die Hocke und besah sich ihr aufgeschürftes Bein. »Wir müssen gleich die Splitter rausziehen, sonst entzündet sich das. Komm.«

Herr Kaan stand auf und bot ihr seine Hand. Die ruhige Bestimmtheit in seiner Stimme duldete keine Widerrede, also ließ sie sich von ihm hochziehen.

»Ich wollte gerade ins Gestüt, aber das kann warten«, sagte er und führte Fanny zurück zu seinem Wohnwagen. Dort half er ihr auf eine Bank und ging in den Wohnwagen, um eine Pinzette und Wundalkohol zu holen.

Fanny war schon einmal kurz hier gewesen, doch nun sah sie das ganze »Anwesen« zum ersten Mal richtig: den Bauwagen mit der gemütlichen, von Efeu überwucherten Holzveranda, die Feuerstelle, eine große Hobelbank und das überdachte Regal, in dem viele verschiedene Schnitzfiguren aufgereiht waren.

Herr Kaan kam zurück, kniete sich vor sie und begann vorsichtig, die Holzsplitter aus ihrem Bein zu ziehen. Autsch, das tat weh!

»Mist, verdammter!«, fluchte Fanny laut.

Herr Kaan hielt inne und warf ihr einen forschenden Blick zu.

Fanny seufzte. Der alte Mann war nett und außerdem half er ihr gerade. »Ich meine nicht Sie. Ich habe mir insgesamt alles anders vorgestellt«, sagte sie immer noch missmutig.

Und ehe sie wusste, warum, sprudelte alles aus ihr heraus: »Meine Freundin – meine allerbeste Freundin, die ich kenne, seit wir beide fünf waren – hat sich total verändert, seit sie diesen Gaul... also, dieses *Pferd* hat. Es gibt einfach nichts anderes mehr. Pferd, Pferd, Pferd! Entweder geht es darum oder sie ist müde. Ich müsste eigentlich diesen Artikel schreiben, für einen Wettbewerb, aber hier gibt es absolut nichts, was interessant genug wäre – und dann bin ich auch noch andauernd... alleine.«

Herr Kaan hatte aufmerksam zugehört. Mit ruhigen Bewegungen versorgte er weiterhin ihr Bein. Er sah Fanny nicht an, als er antwortete: »Das muss schwer für dich sein. Aber Mika hat lange warten müssen, bis sie ihre Gabe entdecken konnte.«

»Sie meinen die Reiterei?«

Herr Kaan hielt einen Moment inne und sah Fanny ernst an. »Nein. Es ist mehr als das. Viel mehr.« Er beugte sich wieder über Fannys Bein und begann, es mit Alkohol abzutupfen.

»Also«, begann Fanny schließlich, »was genau ist denn diese ›Gabe‹? Ich meine, ich hab Mika gefragt, aber sie tut immer so, als wär es nichts Besonderes... Ahhhh! Das brennt, wollen Sie mich umbringen?!«

Herr Kaan schraubte sorgsam den Deckel auf das braune Fläschchen und stand auf.

»Ich zeig es dir«, sagte er und verschwand im Wohnwagen. Nach wenigen Augenblicken kam er mit einem dicken Buch wieder heraus. Fanny las den Titel: *Traditionelle Mongolische Malerei des 3. Jahrhunderts*. Sofort bereute sie, die Frage gestellt zu haben. Doch Herr Kaan setzte sich neben sie, schlug eine Seite auf und tippte mit einem sonnengegerbten Finger auf eine verblichene Abbildung. Fanny beugte sich pflichtschuldig über das Buch.

Es war ein sehr altes Bild. Eine Zeichnung an einer Felswand wahrscheinlich und sie zeigte mit wenigen schwarzen Strichen einen schlafenden Menschen neben einem schlafenden Pferd.

»Dieses Bild ist über 2000 Jahre alt. Die Mongolen waren Nomaden, und ein Pferd war für sie das Wertvollste, was man besitzen konnte. Und es gab einige unter ihnen, einige wenige, die auserwählt waren, die Pferde zu verstehen. Die ihre Sprache sprachen. Die alten Mongolen glaubten, dass es Pferde in Menschengestalt waren, und sie wurden ›Schläfer‹ genannt, weil sie bei den Pferden schliefen.«

Fanny sah ihn etwas ratlos an. »Aha?«

Herr Kaan lächelte. »Ein Pferd, musst du wissen, ist ein Fluchttier. Immer wachsam. Es schläft nur unter seinesgleichen.«

Fanny war nun ziemlich verwirrt. »Also wollen Sie mir sagen, dass meine Freundin Mika in Wirklichkeit ein wiedergeborenes mongolisches Pferd ist?«

Herr Kaan lachte auf. »Nein, das will ich damit nicht sagen. Das ist ein Mythos. Aber in jedem Märchen steckt auch ein bisschen Wahrheit. Und Mikas Gabe ist genau das: Sie kann ein Pferd verstehen, nicht wie ein Mensch – sondern wie ein anderes Pferd. Und das wiederum ist für die meisten Menschen nicht leicht zu verstehen.«

Fanny nickte. Sie verstand, was er ihr sagen wollte. »Ich weiß ja. Und ich freue mich auch für sie, wirklich. Es war immer schwer für sie, mit ihren Eltern, der Schule und so. Und ich wusste auch immer, dass sie was Besonderes ist.«

Fanny sah zu Boden. »Aber ich hab einfach Angst, sie zu verlieren«, schloss sie leise.

Herr Kaan nickte und in seinen Augen lag Verständnis. »Das verstehe ich. Aber das, was Mika vor sich hat, ist eine sehr schwere Aufgabe. Eine Prüfung. Maria ... Mikas Großmutter hat noch nicht verstanden, was Mikas Talent bedeutet. Und was Mika jetzt tut, tut sie nicht für sich, und es ist schwer für sie. Sie braucht all ihre Kraft – und die Hilfe ihrer Freundin.«

Fanny sah ihn an. »Die kriegt sie ja auch! An jedem anderen Tag, gerne.«

Zum ersten Mal sah Herr Kaan verwirrt aus. »Und wieso nicht heute?«

Fanny malte mit den Zehen in den Staub. »Weil heute mein Geburtstag ist«, sagte sie leise.

Ein warmes Lächeln breitete sich auf Herrn Kaans Gesicht aus. »Das ist etwas anderes! So blind und so müde darf nicht mal ein Schläfer sein.«

Er stand auf, holte etwas aus seinem Regal, und als er zurückkam, reichte er Fanny eine kleine Holzfigur.

»Wow«, sagte Fanny und drehte die filigrane Schnitzerei in den Händen. Es war eine Art Pferdemensch, ein Fabelwesen.

»Die ist echt schön«, sagte sie mit ehrlicher Bewunderung. »Sie sollten sie auf dem Frankfurter Weihnachtsmarkt verkaufen, die Leute würden Ihnen die Bude einrennen.«

»Danke. Das ist das beste Kompliment seit Langem«, sagte Herr Kaan amüsiert, doch als Fanny ihm die Figur zurückgeben wollte, hob er abwehrend die Hände.

»Die ist für dich«, sagte er und stand auf. »Es ist eine Kentaurin: halb Mensch, halb Pferd. Sie bringt Glück und Harmonie. Alles Gute zum Geburtstag.«

»Wirklich? Danke!«, strahlte Fanny ihn an und fühlte sich schon viel besser. Langsam verstand sie, was Mika so toll an diesem alten Kauz fand. Und nicht zuletzt war er ja auch Sams Großvater.

Herr Kaan reichte ihr auffordernd die Hand. »Meinst du, es geht schon wieder? Wollen wir aufbrechen?«

Fanny ließ sich aufhelfen, testete ihr Bein, und der Schmerz war fast verflogen. »Von mir aus«, sagte sie und marschierte an Herrn Kaans Seite los.

»Mika wird sich freuen, Sie zu sehen. Sie war heute Morgen schon total aus dem Häuschen, weil Chris de Burgh zu diesem Turnier kommt.«

Herr Kaan blieb wie angewurzelt stehen. »Wie bitte?«, fragte er scharf.

»Das ist dieses schwedische Reitgenie, das extra wegen Mika und Ostwind zu den Classics kommt.«

Herrn Kaans freundliches Gesicht gefror zu Eis. »Hanns de Burgh?«, fragte er.

Fanny nickte. »Genau. So hieß der. Oma Kaltenbach und Mika haben ihn in Aachen getroffen und...«, sie brach ab, denn Herr Kaan hatte sich einfach wortlos umgedreht. Er ging zurück, kletterte in seinen Wohnwagen und schlug die Tür zu. Rumms!

Fanny sah ihm erstaunt nach und verstand überhaupt nichts mehr. Heute war wirklich ein komischer Tag – nicht nur weil sie Geburtstag hatte.

Als Fanny wenig später durch die Einfahrt des Gestüts gehumpelt kam, drang vom Reitplatz schon Frau Kaltenbachs unwirsche Stimme. »Innenzügel! Schwerpunkt! Wie oft denn noch!«

Auf einmal hatte Fanny richtig Mitleid mit Mika. Sie ging zum Reitplatz und setzte sich auf die Bank unter der Kastanie neben ein paar Kinder, die dem Training ebenfalls zusahen. Auch auf ihren Gesichtern sah man, dass die Vorstellung, die Mika da auf dem Platz bot, nicht die beste war.

Ostwind galoppierte gerade schnaubend auf ein Hindernis zu. Mika beugte sich tief über seinen Rücken, ihr Blick war konzentriert, als er zum Absprung ansetzte und über die Mauer hinwegsprang.

»Toll!«, rief Fanny unwillkürlich und ballte die Faust zusammen. Die drei Kinder drehten gleichzeitig die Köpfe und sahen sie strafend an. Fanny ließ die Hand sinken. »Nicht toll?« Die drei schüttelten ernst den Kopf.

Auch Mikas Großmutter, die den Sprung mit zusammengekniffenen Augen verfolgt hatte, machte ein unzufriedenes Gesicht. »Das war mittelmäßig. Mittelmäßig und unsauber«, ließ sie Mika enttäuscht wissen.

Mika parierte durch, klopfte Ostwind lobend auf den Hals und brachte den Hengst schließlich neben ihrer Großmutter zum Stehen, die ernst zu ihr emporsah. »Ich sehe ja, dass er das Potenzial hat – jede Menge davon –, aber ihr ruft es einfach nicht ab. Und ich frage mich, warum nicht?!«

Mika wusste nur zu gut, warum: Ostwind war nervös und fahrig und noch weniger bei der Sache als sonst. Er machte sich Sorgen. Und sie konnte ihn gut verstehen, ihr ging es nicht viel besser. So sehr sie sich auch um Konzentration bemühte – auch sie war in Gedanken nicht hier. Immer wieder dachte sie an 33, Milan und an das Loch im Zaun, das irgendwer gefunden und verschlossen hatte.

Aber das alles konnte sie ihrer Großmutter ja schlecht erzählen. Also zwang sie sich zu einem sorglosen Lächeln. »Je schlechter die Generalprobe, desto besser die Premiere«, sagte sie und versuchte, dabei zuversichtlich auszusehen.

Maria machte jedoch alles andere als einen entspannten Eindruck. »Das hoffe ich. Ich will mich übermorgen nicht blamieren. Nicht vor Hanns.«

Mika schluckte. Das wollte sie auch nicht. Sie sah sich um. Wo war eigentlich Herr Kaan? Er hatte doch versprochen zu kommen!

Wenn er da war, fühlte sie sich nicht ganz so verloren auf dem Springplatz mit all den strengen Regeln und Kommandos. »Ich muss noch ein paar Telefonate führen. In einer Stunde machen wir weiter«, sagte Maria knapp und ging in Richtung Gutshaus davon.

Mika rutschte von Ostwinds Rücken und beeilte sich, ihm den Sattel abzunehmen. Sie kraulte seine zuckenden Ohren. »Ich weiß. Ich mach mir ja auch Sorgen. Aber es wird alles gut. Ich versprech's dir. Wenn du mir versprichst, dass wir das durchziehen. Zusammen«, flüsterte sie ihm sanft ins Ohr.

»Aha, Pferdeflüstern. Genauso hab ich mir das immer vorgestellt.« Als Mika sich umdrehte, stand Fanny auf der anderen Seite des Gatters. Ihr Streit hing noch zwischen ihnen wie dunkle Gewitterwolken.

»Du hier? Hast du den Zug verpasst?«, sagte Mika, und es klang eine Spur beleidigter, als sie gewollt hatte. Erst jetzt bemerkte sie das Holzpferd, das Fanny unterm Arm hatte.

»Wo hast du denn das her?«, fragte sie misstrauisch, doch Fanny hob nur die Schultern. »Geschenkt bekommen.«

Mika sah ihre Freundin forschend an und spürte, wie ein kleiner Teufel sich auf ihrer Schulter niederließ. *Erst Sam und jetzt auch noch Herr Kaan?*, flüsterte er in ihr Ohr.

»Na, siehst du. Wozu brauchst du mich, du findest ja schnell andere Freunde hier«, sagte Mika in einem so schneidenden Ton, dass Fanny überrascht aufsah.

In diesem Moment kam Sam über den Hof gestürmt,

direkt auf sie zu. *»Happy Birthday to you! Happy Birthday, liebe Fannyyyyyyy, happy Birthday tooo youuhuu«*, sang er in schiefster Tonlage und umarmte Fanny ungelenk.

Mika starrte die beiden entgeistert an. Vor Scham und Schreck wurde ihr abwechselnd heiß und kalt, als sie endlich verstand, was los war: Heute war Fannys Geburtstag. Und sie hatte ihn vergessen!

Sam entließ eine zartrosa Fanny gerade aus seiner Bärenumarmung, als Mika ihn schon beiseitedrängelte. »O Mann, Fanny«, stammelte sie, »ich hab's echt vergessen! Unverzeihlich und das Allerallerletzte.«

Fanny sah Mika streng an. »Und?«

»Und... und... es tut mir leid! Ich hab einfach an alles andere gedacht, ich...«

Fanny schüttelte unzufrieden den Kopf. »Uuuund?«, fragte sie noch einmal, und nun entdeckte Mika das vertraute Glitzern in ihren Augen.

Sie grinste, breiter als jedes Honigkuchenpferd. »Und alles, alles Gute zum Geburtstag, alte Tennissocke!«, rief sie laut, schwang sich über das Gatter und schloss ihre Freundin in die Arme. Beide hatten Tränen in den Augen.

Als sie sich wieder losgelassen hatten, verkündete Mika laut: »Ich mach das wieder gut! Heute Abend gibt es die fetzigste Geburtstagsparty, die Kaltenbach zu bieten hat! Und alle sind eingeladen!«, rief sie überschwänglich.

»Toll, was gibt's zu trinken?«, piepste eine Kinderstimme neben ihr, und verdutzt sah Mika auf die drei kleinen Reiterlein hinunter, die sie hoffnungsvoll ansahen.

10. Kapitel

Bunte Lampions schaukelten sanft in den Kiefern und in dem dunkelblauen Baggersee spiegelte sich der sternenklare Nachthimmel. Auf dem kleinen Grasstück am Ufer waren Wolldecken ausgebreitet, ein Lagerfeuer prasselte in einem Steinkreis. Fannys Geburtstagsparty war in vollem Gange – zwar waren es am Ende nur drei Gäste geworden, aber das tat der guten Laune keinen Abbruch.

Fanny, Sam und Mika brieten Würstchen an Stöcken über der Glut, und Tinka versuchte sich an den Marshmallows, die nur leider immer wieder Feuer fingen und sich in schwarze Klumpen verwandelten, ehe sie sie aus dem Feuer ziehen konnte.

Marianne hatte ihnen zur Feier des Tages sogar ihren Spezial-Kartoffelsalat eingepackt, den sich allerdings bisher niemand zu probieren getraut hatte.

»Sollte Kartoffelsalat nicht eigentlich eher... gelb sein?«, fragte Fanny und beäugte die braune Pampe argwöhnisch.

Sam beugte sich zu ihr. »Oder zumindest Kartoffeln enthalten?«

Sie lachten beide, und Mika entging nicht, dass Sams

Hand dabei Fannys berührte. Sie freute sich, ihre Freundin so glücklich zu sehen, auch wenn ihr das schlechte Gewissen immer noch in den Knochen saß.

»Also, ich finde, jetzt ist der perfekte Zeitpunkt für Mikas großes Geheimnis«, sagte Fanny, als hätte sie erraten, was in Mika vorging. Sie sah Mika gespannt an, die ihrem Blick schnell auswich. »Hey! Du hast es versprochen! Und ich habe wirklich lange genug stillgehalten!«

Der warme Schein des Feuers flackerte auf Mikas Gesicht. Sie schluckte, als sie die erwartungsvollen Gesichter der anderen sah. Jetzt gab es kein Zurück mehr. Sam würde wahrscheinlich erst einmal wütend werden und auch Tinka hatte sie angelogen. Ihre Kehle fühlte sich auf einmal ganz trocken an. Sie setzte sich auf und räusperte sich: »Also. Da war doch diese Nacht, in der wir ...«

»ARRGH!« Alle fuhren erschrocken zusammen – dabei war es nur Tinka, deren Marshmallow schon wieder Feuer gefangen hatte. »'tschuldigung«, murmelte sie kleinlaut und löschte den brennenden Spieß mit ihrer Limo.

Mika setzte wieder an. »Also. Die erste Nacht, in der wir den Dieb fangen wollten ...«

»Wenn ich das Schwein erst erwische!«, knurrte Sam böse. Dieses Thema war immer noch sein wunder Punkt.

Mika versuchte es zum dritten Mal. »Also, in dieser Nacht bin ich ihm ja nachgelaufen, und ...«

Sam hob die Hand. »Stopp. Wenn die Geschichte länger ist, geh ich lieber vorher noch mal, ihr wisst schon«, sagte er und sprang auf. »Aber wartet auf mich!«

Fanny verdrehte die Augen: »Sam! Antiklimax!«

»Nee, Pieseln«, gab er zurück, denn er hatte keinen Schimmer, was Fanny gemeint hatte. Er stapfte davon und die drei Mädchen blieben alleine am Feuer zurück.

Tinka war wieder vertieft in ihr Marshmallow-Projekt und Fanny streckte sich zufrieden neben dem Feuer aus. »Das ist der beste Tag seit Langem«, sagte sie. »Ich bin fünfzehn, es ist Sommer, wir sind hier – und ich weiß endlich, worüber ich meinen Artikel schreibe.«

»Ameisen?«, tippte Mika.

Fanny schüttelte den Kopf. »Wird nicht verraten.« Und nach einer kurzen Pause fügte sie hinzu: »Weißt du, es ist ziemlich cool, eine Freundin wie dich zu haben. Die so was Besonderes ist.«

Mika war gerührt. Irgendetwas war mit Fanny passiert. Irgendetwas Gutes. »Ich kenne auch niemanden, der so besonders ist wie du.«

Fanny verzog ihr Gesicht. »So besonders unbesonders?«

Mika schüttelte den Kopf: »So besonders besonders.«

»Und ich bin auch besonders«, meldete sich nun auch Tinka zu Wort, »denn ich habe soeben den perfektesten, knusprigsten Marshmallow gegrillt, den ihr je gesehen –«

In dem Moment ließ ein gellender Schrei aus der Dunkelheit alle zusammenfahren – und Tinkas Meisterwerk fiel ins Feuer.

»Sam?«, riefen erst Mika, dann Fanny und schließlich Tinka ängstlich, doch aus der Richtung, in die er verschwunden war, drang nur lautes Keuchen. Blätter raschelten und Äste knackten, als würde sich ein großes Tier im Unterholz umherwälzen.

Dann, endlich, Sams gepresste, atemlose Stimme. »Hab ich dich endlich, du miese, diebische Ratte!« Er trat aus dem Schutz der Bäume und zerrte jemanden hinter sich her.

Ängstlich blickten ihm die drei Mädchen entgegen. Als er den Lichtkreis des Feuers erreichte, entfuhr Mika ein erschrockener Laut. Es war Milan. Er blutete aus einer Wunde an der Stirn und war leichenblass. Sam dagegen strotzte immer noch vor Kampfeslust.

»Darf ich vorstellen: der gemeine Dieb. Wollte sich gerade anschleichen. Hab ihn an seinem Moped erkannt«, krächzte er grimmig.

Er ließ Milan unsanft los und Mika fiel neben ihm auf die Knie und tastete nach seiner Schulter. »Milan! Bist du okay? Ich hab mir schon Sorgen gemacht! Bist du …«

Milan schlug zornig ihre Hand weg. »Nein, ich bin nicht okay«, zischte er, »dein Freund da hat mir von hinten mit einem Ast eins übergezogen! Sehr mutig!«, knurrte er in Richtung Sam, der sich sofort wieder auf ihn stürzen wollte.

Fanny hielt ihn geistesgegenwärtig fest. »Moment mal. Mika kennt den Typ offenbar. Mika?«, sagte sie und sah Mika auffordernd an.

Auch Sam schien diese Tatsache jetzt bewusst zu werden und seine Augenbrauen zogen sich finster zusammen.

Tinka tauchte hinter dem Baumstumpf auf, hinter dem sie in Deckung gegangen war. Alle warteten.

Mika schluckte. Dann nickte sie. »Wir waren doch gerade bei ›Mikas großes Geheimnis‹. Wo war ich stehen geblieben?«

Als sie geendet hatte, spiegelten sich die unterschiedlichsten Gefühle auf den Gesichtern ihrer Zuhörer: Fassungslosigkeit bei Sam, Mitgefühl bei Tinka, Erstaunen bei Fanny.

Sie saßen ums Feuer, Milan lehnte etwas abseits an dem Baumstumpf und presste sich eine Serviette gegen seine Platzwunde.

Gespannt wartete Mika auf die erste Reaktion. Erst einmal sagte niemand etwas. Bis Tinka den Anfang machte: »Also ist er die Tante der Freundin deines Cousins?«

Mika nickte schuldbewusst. Tinka verdaute diese Information einen Moment, dann wandte sie sich an Milan. »Und hat die Behandlung angeschlagen?«

Milan sah auf und lächelte vorsichtig. »Ja, danke. Die Wunde ist schon ziemlich gut verheilt.«

Tinka nickte zufrieden.

Jetzt kam auch Sam zu sich. »Also... nur noch mal, damit ich das wirklich richtig verstehe: Du hast mich Nacht für Nacht auf einen Dieb lauern lassen, der du selber warst?«

Mika wich seinem Blick aus. »Ja. Ich hatte einfach Angst. Und Milan hat mich gebeten, es niemandem zu sagen«, fügte sie lahm hinzu. Mit einem Mal kam sie sich einfach nur schäbig vor.

Sam schüttelte ungläubig den Kopf. »Ich hab dichtgehalten, als du Ostwind letztes Jahr heimlich trainiert hast. Ich lag drei Tage im Koma deswegen. Ich dachte, wir sind Freunde.«

Darauf wusste Mika nichts zu erwidern.

Milan mischte sich ein. »Sie musste mir versprechen, nichts zu verraten. Es ist meine Schuld!«

Sam fuhr wütend zu ihm herum. »Allerdings! Das ist ALLES deine Schuld! Es tut mir leid, dass dein Stiefvater so ein Monster ist, und es tut mir auch leid, dass es dieser Stute so schlecht ging. Ich hätte euch auch sicher geholfen, WENN MICH EINFACH JEMAND GEFRAGT HÄTTE!«

Und damit sprang er auf und ging, ohne sich umzudrehen, in die Dunkelheit davon.

Mika sah Fanny unsicher an. »Mist. Ich hab Mist gebaut.«

Fanny nickte. »Ja. Aber ich schau mal, was ich tun kann«, sagte sie und stand ebenfalls auf.

»Und du bist nicht sauer?«, fragte Mika vorsichtig.

Fanny überlegte einen Moment. »Doch. Aber ich glaube, das wäre jetzt ein bisschen viel für dich. Deshalb verschieben wir das Donnerwetter einfach auf einen passenderen Zeitpunkt«, entschied sie und stand auf.

»Sam? Warte mal!«, rief sie und lief hinter ihm her in die Nacht.

Mika saß am Feuer und fühlte sich elend, als Milan vorsichtig neben sie rutschte. Ihre Schultern berührten sich, und sie merkte, wie sie das komischerweise ein bisschen tröstete.

»Was ist eigentlich passiert?«, fragte sie und starrte ins Feuer. »Das Loch war zu.«

Milan nickte grimmig. »Er hat es gefunden. Ich musste es zumachen, und er hat fünfmal kontrolliert, ob es auch wirklich sicher zu ist. Seitdem ist er total auf der Hut und... ich konnte einfach nicht mehr weg.«

»Und 33?« Milans Gesicht wurde hart. »Er hat sie verkauft. Weil sie fast wieder gesund ist. Übermorgen kommen sie sie holen«, murmelte er hilflos.

Alarmiert sah Mika auf. »Was? Wer?«

»Ich weiß nicht genau, was er mit ihr vorhat. Aber das ist ihr Todesurteil.« Tränen stiegen in seine schwarzen Augen, obwohl Milan alles versuchte, sie zu unterdrücken. »Deshalb bin ich gekommen«, beendete er den Satz, plötzlich trotzig. »Ich wollte nach Kaltenbach, aber dann hab ich das Feuer hier gesehen und...« Weiter kam er nicht, er hatte den Kampf gegen die Tränen verloren.

Mika legte unbeholfen ihren Arm um seine Schulter. Sie spürte seinen Schmerz. Und sie verstand ihn besser als irgendjemand auf der Welt. »Dann müssen wir sie vorher befreien«, sagte sie, sanft aber entschlossen.

Milan schüttelte den Kopf. »Das geht nicht«, sagte er tonlos.

Mika sah ihn an. »Natürlich geht das! Wir stellen sie zu Ostwind auf die Koppel! Er sehnt sich schrecklich nach ihr, und ich dachte, das wäre eh immer der Plan gewesen!«

Milan zuckte mit den Schultern. »Ich hab schon alles versucht. Das Problem ist, dass sie sich nicht vom Fleck bewegt.« Er hob den Kopf und sah Mika an. »Sie kommt nicht mit, verstehst du? Sie... kommt einfach nicht mit!«

Mika verstand die Stute nur zu gut, fühlte ihre Angst förmlich. Und plötzlich wusste sie, was helfen würde. »Wenn sie nicht rauskommt, müssen wir eben reingehen«, sagte sie entschieden. »Wir bringen Ostwind in den Stall. Ihm wird sie folgen.«

Milan sah Mika überrascht an. »Das ist Wahnsinn. Was, wenn er uns erwischt?«

»Darf er nicht. Wird er nicht.«

Mika sah die Hoffnung, die Milans Gesicht plötzlich erhellte. »Du musst nur dafür sorgen, dass das Tor offen ist.«

Milan wirkte fest entschlossen. »Das schaffe ich. Irgendwie. Ich hole euch ab. An der Weggabelung. Um halb zwei morgen Nacht.« Er stand auf. »Und jetzt geh ich besser. Bevor er merkt, dass ich weg war.«

Mika stand ebenfalls auf. »Okay. Morgen Nacht. Halb zwei.« Sie nickten beide. Standen einen Moment unschlüssig voreinander. Mika spürte, wie ihr heiß wurde. Plötzlich umarmte Milan sie schnell und heftig. Sie spürte sein Herz schlagen – dann drehte er sich um und war verschwunden.

Mika sank zurück in den Schneidersitz. Nach einer Weile kam Tinka mit einem Arm voller Feuerholz aus der Dunkelheit getapt und setzte sich ihr gegenüber. Keiner sagte etwas. Wortlos griff Tinka neben sich, eine Tüte raschelte und ein weiteres Marshmallow wurde aufgespießt. Mika lächelte. Schweigend saßen sie am Feuer wie zwei Cowboys nach einem langen Ritt.

11. Kapitel

Am nächsten Morgen herrschte auf Kaltenbach schon vor Sonnenaufgang lebhafter Betrieb. Eine Vielzahl Helfer war gekommen, um den Gutshof auf das große Turnier vorzubereiten, das am folgenden Tag zum 25. Mal stattfinden würde.

Mikas Großmutter dirigierte die Arbeiten wie ein Maestro ein Symphonieorchester. Sie überwachte den Aufbau des Parcours, das Aufstellen der Zusatztribünen, ging mit Marianne die Getränkelieferung durch, scheuchte Sam vor sich her in den Stall, wo sie ihn genauestens instruierte, wie er welche Boxen für die Turnierpferde vorzubereiten hatte – und das alles, während ihr Telefon ohne Pause klingelte. Gott und die Welt rief an, um zu erfahren, ob das Gerücht stimmte: Würde Hanns de Burgh tatsächlich nach Kaltenbach kommen?

Während Maria in ihrem Element war und Sam so beschäftigt, dass man ihn nur zwischen den einzelnen Gebäuden hin und her laufen sah, hing Mika inmitten all dieser Betriebsamkeit wie ein Schluck Wasser in der Kurve.

Egal wohin sie sich wandte, immer war sie jemandem

im Weg. Fanny hatte etwas von »kreativem Schub« gefaselt und Mika in aller Frühe aus dem Zimmer geworfen. Seitdem hörte man sie in Hochgeschwindigkeit in die Tasten hauen und hätte wahrscheinlich eine Bombe unter dem Fenster zünden können, ohne dass sie es bemerkt hätte.

Mika lungerte auf den Treppenstufen herum, dachte an das, was sie vor sich hatte, und merkte, wie Angst sich leise anschlich wie eisiger Nebel. Zum ersten Mal fühlte sie sich seltsam alleine.

Nervös trommelte sie auf die steinernen Stufen, zupfte abwesend ein paar Blütenblätter aus einem Rosenbusch, als eine verständnisvolle Stimme ertönte: »Keine Sorge, das ist ganz normal.«

Mika sah auf und blickte in das Gesicht ihrer Großmutter, die am Fenster des Salons stand und zu ihr herablächelte. »Die Nervosität am Tag davor. Ging mir früher auch immer so vor einem großen Turnier.«

»Hmmm. Sicher«, gab Mika schwach zurück.

»Und, Mika?«

»Ja?« Mika sah hoffnungsvoll auf. Vielleicht hatte ihre Großmutter ja doch noch verstanden, dass...

»Würdest du deine Anspannung bitte trotzdem nicht an meinen Teerosen auslassen?« Maria deutete auf den kahl gerupften Strauch neben der Treppe.

Mika zog schnell ihre Hand zurück. »Huch. Tut mir leid.« Da klingelte erneut das Telefon, und Marias Kopf verschwand wieder.

Mika stand seufzend auf. Ihre Großmutter hatte ja keine Ahnung. Das Turnier war gerade das Geringste ihrer Probleme: Was, wenn Sam ihr nicht verzeihen konnte und nie wieder mit ihr sprach? Was, wenn der Ungar sie und Ostwind erwischen würde? Was, wenn sie überhaupt zu spät kamen und 33 nicht mehr retten konnten?

Sie setzte sich wieder hin. Sprang wieder auf. Sie musste hier weg, musste sich beruhigen, und sie wusste nur einen Ort, wo sie immer fand, was sie suchte: bei Ostwind.

Es funktionierte. Die Gedanken, die ununterbrochen in ihrem Kopf Achterbahn fuhren, kamen langsam zum Stehen, als sie wenig später neben Ostwind auf der Wiese lag. Der friedlich grasende Hengst hatte wie immer eine beruhigende Wirkung auf Mika.

»Baldrian wäre auch ein schöner Name für dich«, murmelte sie und grinste in den wolkenlosen Himmel zu ihm auf. Ostwind schnaubte und stupste sie sanft an. Mika rollte sich auf den Bauch und hielt ihm ein besonders saftiges Grasbüschel hin. »Heute Abend holen wir sie da raus, weißt du. Und morgen…«

Ostwind zog an den Grashalmen, als wolle er Tauziehen spielen.

»Morgen ist morgen!«, rief Mika, sprang auf, und im nächsten Moment tollten die beiden ausgelassen über die Wiese. Die nächsten Tage würden echte Herausforderungen bringen, aber jetzt waren sie hier und zusammen und die Sonne schien.

Dieselbe Sonne stand schon tief über den goldgelben Weizenfeldern, als Maria Kaltenbach langsam den Feldweg entlangging. Längere Strecken machten ihr seit dem Unfall Mühe und ihr Stock fand nur schlecht Halt auf dem unebenen Untergrund. Das Handy in ihrer Jackentasche klingelte schon wieder, doch Maria blieb stehen und schaltete es aus.

Sie war auf dem Weg zu Herrn Kaan und die Welt konnte wohl für diese zehn Minuten warten. Sie wunderte sich, dass er schon seit zwei Tagen nicht mehr aufgetaucht war. Und außerdem musste sie ihm wohl oder übel von dem Besucher erzählen, den Kaltenbach morgen begrüßen würde. Immer wieder hatte sie sich das vorgenommen und dann immer wieder verschoben, jetzt musste es sein.

Sie wollte ihren Weg gerade fortsetzen, als sie das Lachen hörte. Sie drehte sich um, und ihre Augen wurden groß, als sie erkannte, zu wem es gehörte: Mika. Sie rannte über die weitläufige Koppel neben Herrn Kaans Wohnwagenplatz und der schwarze Hengst folgte ihr mit wehender Mähne. Ihre Bewegungen wirkten dabei wie selbstverständlich aufeinander abgestimmt. Ein Ballett ohne Choreographie.

Maria bekam unwillkürlich eine Gänsehaut. So glücklich hatte sie ihre Enkelin noch nie gesehen. Und auch das Pferd nicht. Ostwind. Den Namen auch nur zu denken, fiel ihr immer noch schwer. Unwillkürlich tastete sie nach ihrer steifen Hüfte. An den Knochen, den der Hengst ihr bei seiner panischen Flucht zertrümmert hatte. Wenn sie ihn so sah... Maria gab sich einen Ruck, sie hatte jetzt keine Zeit für sentimentales Zeug. Sie hatte etwas zu erledigen. Energisch setzte sie ihren mühsamen Marsch fort.

»Kaan?«, rief Maria noch einmal und klopfte zum dritten Mal gegen die Tür des Wohnwagens. Sie trat zurück und ließ ihren Blick über den Lagerplatz schweifen: Kaans improvisiertes Reich, in dem er schon seit 20 Jahren lebte.

Sie hob die Hand, um ein viertes und letztes Mal zu klopfen, als sich die Tür knarzend öffnete. Der alte Mann war noch unrasierter als sonst. Seine grauen Haare standen in alle Richtungen und er sah Maria gleichmütig an: »Ja?«

Maria stieß einen Seufzer der Erleichterung aus. »Kaan! Na, Gott sei Dank, du bist...«, setzte sie an, sein Gesichtsausdruck ließ sie den Satz jedoch nicht zu Ende sprechen. Stattdessen sagte sie nur knapp: »Wir haben dich beim Abschlusstraining vermisst.«

Herr Kaan erwiderte nichts.

Sein Schweigen bewirkte bei Maria das Gegenteil. Sie plapperte los: »Du kannst dir ja vorstellen, drüben herrscht das absolute Chaos. Erst haben sie den Oxer falsch herum aufgebaut, dann haben sie ihn viel zu nah an das Doppelrick gestellt und zu allem Übel...«,

»...hast du Hanns de Burgh eingeladen und kommst nun, um es mir in letzter Minute mitzuteilen«, vollendete Kaan ihren Satz. In seiner Stimme lag kalter Zorn.

Maria sah ihn überrascht an. »Das habe ich allerdings«, entgegnete sie fast trotzig. »Ich dachte, selbst du würdest einsehen, dass Kaltenbach eine Zukunft braucht. Sonst sind wir am Ende. Und deshalb werde ich versuchen, Hanns morgen als Springtrainer zu gewinnen.«

Kaan sah sie entgeistert an. »Kaltenbach hat eine Zukunft, aber sicher keine mit Hanns. Hast du wirklich gar nichts aus deinen Fehlern gelernt?« Er klang ehrlich bestürzt.

Marias Züge wurden hart. »Ich weiß, es mag für jemanden, der lebt wie du, unverständlich sein, aber wir anderen müssen mit der Zeit gehen. Nur Pensionspferde reicht heutzutage nicht mehr. Kaltenbach braucht ein Markenzeichen, etwas Besonderes – wie diese Faceburg, wo alle hinwollen! Hanns *ist* etwas Besonders. Das weißt du so gut wie ich!« Sie sah ihn herausfordernd an.

Herrn Kaans Blick schweifte ab. »Ja, er ist besonders. Besonders gefährlich.«

»Kaltenbach wird untergehen, wenn er nicht kommt!«, presste Maria hervor und erschrak selbst über ihre zitternde Stimme.

Kaan schüttelte traurig den Kopf. »Kaltenbach wird untergehen, wenn er kommt. Aber ich werde nicht hier sein, um zuzusehen.« Und damit schloss er die Tür vor Marias Nase.

Maria hätte am liebsten dagegengeschlagen, das Holz zertrümmert – stattdessen straffte sie ihre Schultern. »Weltfremder alter Starrkopf!«, murmelte sie und wandte sich zum Gehen. Er würde schon sehen, dass sie recht hatte. Ob er wollte oder nicht.

In der Ferne schlug eine Kirchturmglocke: einmal tief, zweimal hoch. Halb zwei. Mika stand mit Ostwind an der Weggabelung, an der sie Milan das erste Mal getroffen hatte. Die Nacht war besonders dunkel, denn der Mond hatte sich hinter einer dichten, düsteren Wolkendecke versteckt.

Mika zitterte, obwohl die Luft noch warm war. Sie war aufgeregt. Ostwind stand ruhig neben ihr, nur seine Ohren zuckten erwartungsvoll. Mika wartete auf das sich langsam nähernde Knattern eines alten Mopeds, während sie nervös auf ihrer Unterlippe kaute. Was hatte sie sich nur gedacht, als sie Milan letzte Nacht versprochen hatte, 33 zu befreien?

Gestern hatte sie sich stark gefühlt, jetzt war ihr mehr als mulmig. Welche Chance hatten sie schon, zu zweit gegen Milans Stiefvater?

Sie fröstelte bei dem Gedanken. Der Ungar. Und sie war im Begriff, Ostwind zu ihm zu bringen. Direkt in die Höhle des Löwen.

Die Turmuhr schlug jetzt zweimal und Milan war immer noch nicht da. Mikas Ruhelosigkeit hatte nun auch Ostwind erfasst, der unruhig schnaubte und mit den Hufen scharrte. Dann blähten sich seine Nüstern, als würde er etwas wittern. Ein Ohr klappte zur Seite. Und nun spürte sie es auch. Die Anwesenheit eines anderen Menschen, ganz in der Nähe.

»Milan?«, rief Mika ins Dunkel – viel mutiger, als sie sich fühlte.

»Da muss ich dich jetzt leider enttäuschen!«, knurrte eine Stimme zurück.

Mika blieb fast das Herz stehen. Das war doch ... »Sam!?«

Zwei große Silhouetten trennten sich von den nächtlichen Schatten und kamen langsam auf sie zu. Und nun erkannte Mika, dass es zwei Pferde waren: Hugo, der riesenhafte Rappe, der Sam und Fanny auf seinem breiten Rücken trug, und Archibald mit Tinka, der neben dem Kaltblut aussah, als hätte man ihn zu heiß gewaschen.

»Wir dachten, du könntest vielleicht Verstärkung gebrauchen?«, sagte Fanny und grinste Mika abenteuerlustig an.

»Und wir sind auf alles vorbereitet!«, sprang Tinka ihr bei. Sie drehte sich und präsentierte einen prall gefüllten Wanderrucksack auf ihrem Rücken, der aussah, als würde sie auf Weltreise gehen.

Als sie Mikas etwas skeptischen Blick bemerkte, fügte sie noch schnell hinzu: »Nur das Nötigste.«

Sam sagte nichts, er schmollte immer noch. Aber er war gekommen.

»Ich fass es nicht, ihr seid echt hier«, stotterte Mika gerührt. Man hörte den schweren Stein förmlich von ihrem Herzen fallen. »Aber woher…?«

»Na ja, als Tinka uns erzählt hatte, was dieser Milan gesagt hat, dachten *wir*«, bei diesen Worten knuffte Fanny Sam in die Seite, »dass du da nicht alleine hingehen solltest. Ins *Herz der Finsternis*.«

Sam schwieg und bemühte sich, so auszusehen, als sei er absolut gegen seinen Willen mitgekommen.

»Apropos: Wo steckt denn Milan?«, fragte Fanny.

Mika hob die Schultern. »Ich weiß es nicht«, erwiderte sie besorgt.

Die Freunde sahen sich an. Das konnte nichts Gutes bedeuten, aber keiner wollte es aussprechen. »Findest du den Weg auch ohne ihn?«, fragte Sam schließlich barsch.

Mika sah Ostwind an, der ihren Blick ruhig erwiderte. Sie nickte. »Er findet ihn.«

»Na, dann. Jetzt, wo wir schon alle hier sind, mitten in der Nacht, können wir das genauso gut durchziehen.«

Mika hielt Sams Blick stand und sie trafen eine stille Übereinkunft: Es gab jetzt kein Zurück mehr.

Dann kletterte Mika auf Ostwinds Rücken, Fanny klammerte sich an Sam, Tinka schob ihren Rucksack zurecht, und gemeinsam ritten die vier Freunde durch die Nacht dem Abenteuer entgegen.

Es war immer noch stockdunkel, als sie ankamen, und Mika war sogar ein bisschen erleichtert, dass ihre Freunde nicht sehen konnten, wie unheimlich der Hof des Ungarn aussah. Auf dem Weg hierher hatten sie, dank Fannys und Tinkas Bemühungen, ein Gespräch in Gang gehalten, aber jetzt sprach niemand mehr ein Wort. Obwohl man nichts sehen konnte, schienen alle die Trostlosigkeit dieses Ortes zu fühlen.

Fanny schlang ihre Arme fester um Sam, und Tinka krallte ihre Finger in Archibalds Mähne.

Mika ritt mit Ostwind voraus. »Wir sind da«, flüsterte sie schließlich, als sie nur noch wenige Meter von dem großen Tor entfernt waren. Sie glitt von Ostwinds Rücken und gab Sam mit einem Zeichen zu verstehen, dass sie stehen bleiben sollten. Leise schlich sie zum Tor und spähte durch die Gitterstäbe. Wie immer lag das Gehöft da wie ein schlafendes Ungeheuer in der Dunkelheit.

Vorsichtig drückte Mika gegen das Tor, doch es bewegte sich nicht. Es war, wie sie jetzt sah, nicht nur abgesperrt wie sonst, sondern jemand hatte die Torflügel zusätzlich mit einem schweren Kettenschloss gesichert. Ungläubig tasteten Mikas Hände über die rostige Eisenkette. Mist! Mist! Mist! Das konnte doch nicht wahr sein!

Plötzlich hörte sie ein Rascheln und dann tauchte Milan aus dem Schatten auf. Offenbar hatte er hinter dem Tor im Gras gesessen und auf sie gewartet.

»Mika! Du musst wieder verschwinden«, hörte sie sein eindringliches Flüstern aus der Dunkelheit, und sein besorgtes Gesicht tauchte nun dicht vor ihrem auf. »Er hat von der Sache Wind bekommen. Es hat keinen Sinn.«

Mika spürte, wie Wut in ihr aufflammte. »Aber das geht nicht!«, sagte sie trotzig – und zu laut.

»Bitte! Es ist zu gefährlich. Und außerdem... komm ich nicht raus und du kommst nicht rein.«

»*Wir* kommen schon rein«, ertönte es grimmig hinter Mika, als Sam, Fanny und Tinka sie umringten wie Bodyguards.

Milan wich erschrocken zurück und sah Mika fragend an. »Alles okay. Sie wollen helfen.«

»Tinka? Maschendrahtzaun«, sagte Sam – und auf dieses Stichwort hin zog Tinka eine große Zange mit langen Griffen aus ihrem Rucksack. »Bolzenschneider«, erläuterte sie eifrig und reichte ihn an Sam weiter.

»Haben wir gleich«, sagte er und begann, mit geübten Handgriffen ein Loch in den Maschendraht zu knipsen.

Mika grinste. Sie war plötzlich sehr stolz auf ihre Freunde.

Es dauerte ein bisschen, bis das Loch groß genug war, aber nach einer halben Stunde waren sie alle vier auf der anderen Seite.

Nur Milan war noch nicht überzeugt. »Und was ist mit ihm?« Er zeigte auf Ostwind, der neben Archibald und Hugo auf der anderen Seite stand.

Während die beiden anderen Pferde bereits ruhig grasten, sah er aufmerksam zu ihnen hinüber. »Das war doch der Plan, oder? Ohne ihn bewegt sich 33 keinen Meter.«

Tinka sah Fanny an, Fanny sah Mika und Mika sah Sam an. »Er hat recht. Bis wir das Loch so groß haben, dass Ostwind durchpasst, das dauert ... zu lang«, gab er zerknirscht zu.

Mika dachte angestrengt nach. Es musste eine Lösung geben. Sie musste nur draufkommen. Sie sah sich den hohen Zaun an, den Ostwind bislang immer wieder vergeblich versucht hatte zu überspringen. Den Stacheldraht, der sich dort ringelte.

Sie griff in die rostigen Maschen des Zaunes und pfiff leise durch die Zähne. Auf der anderen Seite setzte sich Ostwind in Bewegung und kam zu ihr, bis sie sich am Zaun gegenüberstanden. Mika berührte seine Stirn und flüsterte ihm etwas ins Ohr. Die anderen standen nur da und sahen ihr zu.

»Was wird das?«, flüsterte Fanny Sam zu, doch der hob nur ratlos die Schultern.

Am Zaun machte Ostwind kehrt und trabte in den Wald zurück.

»Wo geht er jetzt hin?«, fragte Fanny erneut, die es nur schwer ertragen konnte, wenn sie etwas nicht verstand.

Mika wandte sich an Tinka. »Hast du eine Wolldecke oder so was?«

Tinka nickte. »Am Sattel!« Sie flitzte wie ein Wiesel durch das enge Loch im Zaun und war fast im selben Augenblick mit einer grauen Wolldecke zurück.

Mika faltete sie einmal, warf sie über den Stacheldraht. Nicht perfekt, aber besser als nichts. Sie stieß erneut einen leisen Pfiff aus.

Sams Augen wurden groß, als er verstand, was sie vorhatte. »Das kann jetzt nicht dein Ernst ...«, begann er, doch dann hörten sie es. Spürten es vielmehr: kleine Vibrationen im Boden, die immer stärker wurden. Instinktiv wichen alle zurück, um Platz zu machen, für etwas, das keiner von ihnen für möglich hielt.

Keiner außer Mika. Die wusste, dass es Momente gab, in denen man über sich selbst hinauswachsen musste. Und das hier war so ein Moment.

Mika drückte Sams Arm. »Du hast selber gesagt, er ist nicht umsonst ein Springpferd«, flüsterte sie.

Und dann brach der schwarze Hengst aus dem Wald, flog durch die Dunkelheit auf sie zu. Fannys Kinnlade klappte nach unten, Tinka hielt sich die Augen zu. Er war fast am Zaun angekommen und wurde immer noch schneller.

»Spring!«, entfuhr es Sam unwillkürlich. Ostwind war nur noch wenige Meter entfernt, und für einen Moment sah es aus, als wollte er einfach durch den Zaun hindurch. Dann sprang er ab – und flog über den hohen Zaun hinweg, auf die andere Seite.

Entgeisterte Gesichter und offen stehende Münder empfingen ihn. »Ich glaube, das war jetzt Weltrekord«, flüsterte Tinka.

»Wird wohl nur nie jemand erfahren«, flüsterte Fanny zurück.

»Wahnsinnssprung«, sagte Sam und klang zum ersten Mal wieder wie er selbst.

Mika klopfte ihrem Pferd stolz auf den Hals. Das hier war besser, als jeder Turniersieg je sein könnte!

Doch jetzt war keine Zeit für große Emotionen. Milan erinnerte sie daran, warum sie hier waren. »Wir müssen uns beeilen. Der Stall ist da hinten. Und seid bloß leise.«

Im Gänsemarsch liefen die fünf Befreier über den dunklen Hof, und Ostwind folgte ihnen lautlos, als hätte er Samt unter den Hufen. Plötzlich blieb Fanny so abrupt stehen, dass Sam ihr in den Rücken lief und die ganze Kette schwankte wie Dominosteine. Sie hob die Hand, als meldete sie sich in der Schule.

»Was ist denn jetzt schon wieder?«, flüsterte Mika leicht genervt.

Fanny zischte zurück: »Ich weiß ja nicht, wie perfekt euer Plan ist, aber wie genau kommen wir mit *zwei* Pferden zurück über diesen Zaun?«

Niemand antwortete.

Fanny schlug sich gegen die Stirn. »Brillant! Ihr seid ja mal wirklich Profis!«

»Was heißt da ihr!«, zischte Sam empört zurück.

»Ruhe!« Das war Tinka, die für ihre zehn Jahre erstaunlich bestimmt klingen konnte. Sie wandte sich an Milan. »Wo hat der Ung... also, dein Stiefvater denn die Schlüssel für das Tor?«

»Wahrscheinlich in seiner Jackentasche. Oder nein, auf dem Nachttisch.«

»Hmm...« Tinka dachte angestrengt nach. Dann nahm sie ihren Rucksack ab, wühlte darin herum »Welches Fenster ist sein Schlafzimmer?«

»Das mittlere im Erdgeschoss«, antwortete Milan. »Warum?«

Tinka nickte nur entschlossen. »Wir holen die Schlüssel, ihr holt das Pferd.«

Sie zeigte auf Fanny. »Und du kommst mit mir.«

Fanny wurde kreidebleich. »Ich?« Sie hob die Hände. »Also, ich weiß nicht. Wenn in Filmen so was passiert, mach ich immer die Augen zu oder geh aufs Klo, und ich glaube nicht...«

»Wir treffen uns am Tor«, sagte Tinka unbeeindruckt von Fannys Einwänden. »Los!« Und damit marschierte sie furchtlos in Richtung des düsteren Wohnhauses, in dem der Ungar den Schlaf des Ungerechten schlief. Fanny blieb nichts anderes übrig, als ihr zu folgen.

Nachdem sie gegangen waren, schlichen die anderen weiter, bis sie vor dem Tor der heruntergekommenen Scheune ankamen.

»Ich dachte, wir gehen zum Stall?«, fragte Sam.

»Das ist der Stall«, antwortete Mika traurig.

Milans Miene verdüsterte sich. »Wir müssen vorsichtig sein«, sagte er, die Hand schon am Griff des Scheunentors. »Die anderen Pferde dürfen nicht unruhig werden. Das hört mein Stiefvater sofort.«

Sam sah ihn entgeistert an. »Und dann wollt ihr mit Ostwind da rein? Wie habt ihr euch das vorgestellt? Das ist ein Hengst, kein Zirkuspony.«

Mika nickte zögernd. »Er hat recht. Die anderen Pferde würden wahrscheinlich ausflippen.«

Milan schüttelte enttäuscht den Kopf. Je weiter sie kamen, desto absurder wurde das ganze Unterfangen.

Bevor er etwas erwidern konnte, zog Mika die Tür auf. »Wir lassen ihn hier, gehen rein und schauen. Vielleicht lässt sie sich ja überreden«, fügte sie hinzu.

Milan seufzte. »Wohl kaum. Ich hab wirklich schon alles versucht.« Trotzdem folgte er Mika, die zielstrebig vorausgegangen war.

Sam folgte ihm ebenfalls und zog leise das Tor hinter sich zu. Ostwind blieb alleine zurück. Seine Nüstern zitterten, aber er gab keinen Laut von sich. Fast so, als wüsste er, wo er hier war – und was auf dem Spiel stand.

Drinnen hielt Sam sich die Nase zu. Es roch schrecklich. Nach saurer Milch und Verzweiflung. Mika und Milan gingen zielstrebig voran, doch Sam sah den Stall des Ungarn zum ersten Mal. Die ausgemergelten Pferde in viel zu engen Boxen, verwahrlost, hoffnungslos. Genau wie Mika bemerkte auch er die hilflosen Versuche, den Pferden ihre traurige Existenz hier erträglicher zu machen. Und mit einem Schaudern wurde ihm klar, dass Milan dasselbe tat wie er auf Kaltenbach. Nur dass er es hier tun musste – ohne Hilfe und ohne Mittel.

In dem Moment drehte Milan sich um und sah Sam an. Ihre Augen trafen sich und Sam nickte ihm zu. Die stumme Anerkennung war genug. Er war jetzt kein Dieb mehr, sondern einer von ihnen.

Zusammen bogen sie nun um die Ecke, hinter der Mika schon die Box aufgeschoben hatte. Die weiße Stute stand noch immer mit gesenktem Kopf da, doch ihre Augen waren wach und ihre Ohren registrierten Mika, als sie zu ihr trat.

»Hey, 33. Wir holen dich jetzt hier raus«, flüsterte Mika und strich ihr sanft über den Kopf. Die Schimmelstute sah viel besser aus als noch vor einer Woche. Die große Wunde am Bauch hatte gut begonnen zu verheilen, ihre Augen waren klarer und Milan hatte sich offensichtlich beim Striegeln besonders viel Mühe gegeben, denn das ehemals graue, stumpfe Fell leuchtete strahlend weiß.

Mika hielt ihren Arm unter die Nase des Pferds. »Ostwind ist hier, weißt du? Da draußen. Du musst nur mitkommen«, murmelte sie sanft.

33 schnupperte nur einmal fahrig über Mikas Arm und zeigte sonst keine Regung.

Mika fasste ihren Hals, als sie jedoch den Widerstand bemerkte, ließ sie wieder los. »Komm mit, ja?«, sagte sie und spürte gleichzeitig, wie aussichtslos diese Bitte war. 33 bewegte sich einfach nicht.

Mika drehte sich zu den beiden Jungs um. Sam und Milan, die brüderlich nebeneinanderstanden und sie erwartungsvoll ansahen.

Sie schüttelte den Kopf. »Sie will nicht. Je mehr man sie drängt, umso weniger will sie mitkommen.«

Mika sah, wie die letzte Hoffnung aus Milans Augen verschwand. »Okay. Dann wollen wir euch wenigstens hier heil rausbringen. Wir haben es immerhin versucht«, sagte er tapfer.

Widerstrebend trat Mika aus der Box. Milan war gerade dabei, die Tür wieder zuzuschieben, als sie eine Idee hatte.

Sie hielt seinen Arm fest. »Lass die Box offen. Vielleicht will sie alleine entscheiden, wann und ob sie gehen will.«

Die beiden anderen sahen nicht überzeugt aus, doch sie folgten Mika durch die lange Gasse zurück zum Scheunentor. Sie öffnete es und Sam fühlte erleichtert die kühle, saubere Nachtluft in seinen Lungen. Ostwind hatte still vor dem Tor gewartet, das Mika nun ganz aufzog. Ein paar Pferde scharrten unruhig mit den Hufen, als der Wind den Geruch des fremden Hengstes in den Stall trug, doch sonst geschah nichts.

Ostwind wieherte leise und wartete. Nur ein sachtes Zittern lief über sein schwarzes Fell. Milan, Mika und Sam warteten schweigend. Sam wollte gerade den Mund aufmachen, als sie es hörten. Klock-Klock-Klock-Klock.

Unverkennbar: Das war das Geräusch von Pferdehufen auf einem Steinboden. Ostwind rief noch einmal und diesmal hielten alle den Atem an. Ein weißer Kopf war am Ende des langen Ganges aufgetaucht. Dann ein Hals, ein Pferdebein. Langsam und noch etwas unsicher stakste 33 um die Ecke.

Milan grinste glücklich und Sam drückte Mikas Arm. Und dann sahen die drei zu, wie das weiße Pferd den dunklen Gang entlangkam, langsam, aber sicher auf sie zu.

Ungefähr zur selben Zeit steckten Tinka und Fanny bereits mitten in ihrer »Mission Schlüsseldienst«. Tinka hing vor dem Fenster, hinter dem Karl Ungar schnarchte, und schwankte dabei wie eine Boje bei Sturmflut. Was daran lag, dass sie auf Fannys Schultern stand.

»Geht's noch?«, flüsterte sie nach unten zu Fanny, deren Gesichtsfarbe schon ins Dunkelrote ging.

»Krch-krch«, keuchte Fanny zurück, was so viel wie »Keine Sekunde länger!« bedeuten sollte.

Doch Tinka ließ sich nicht beirren. Sie schob leise den Fensterladen auf und spähte ins schummrige Zimmer. Ein laufender Fernseher ohne Ton flackerte und beleuchtete das Bett, auf dem eine unförmige Gestalt unter einer Decke lag und röchelnd grunzte.

»Da ist tatsächlich ein Schlüsselbund. Auf dem Nachttisch, wie er gesagt hat!«, vermeldete sie leise, während Fanny schon Schnappatmung hatte.

Tinka schwankte bedrohlich, als sie einen kleinen Stabmagneten aus ihrer Hosentasche fischte, an dem ein längeres Stück Wäscheleine befestigt war.

Fanny stemmte sich gegen die Hauswand und sah nach oben. »Das ist dein Plan? Ernsthaft?«, knirschte sie zwischen zusammengebissenen Zähnen.

»Keine Sorge«, flüsterte Tinka zuversichtlich. »Das ist ein extrastarker Neodym-Magnet und ich war beim Angelspiel immer die Beste.«

»Orr!«, gab Fanny zurück und verdrehte die Augen, während Tinka auf ihren Schultern tief Luft holte. Sie holte aus und warf den Magneten in Richtung Nachttisch. Mit einem satten Plopp landete er – mitten auf dem Bauch der schlafenden Gestalt, der sich unter der Decke hob und senkte. O nein! Tinka erstarrte, doch nichts geschah. Vorsichtig manövrierte sie den Magneten mit der Schnur nach rechts. Er fiel auf die Matratze und wanderte von dort weiter, bis er endlich auf den Nachttisch plumpste.

»Uff!«, entfuhr es Tinka.

»Grrrrumpf«, raunte der Ungar laut und wälzte sich auf die andere Seite.

Tinka zuckte zusammen und schwankte bedrohlich. Unter ihr keuchte Fanny: »Argh!«

»Pscht!«

Fanny zischte zurück: »Mach schnell, meine Beine sind nur noch Wackelpudding!«

Hochkonzentriert zog Tinka den Magneten ein Stück weiter, und endlich ertönte das Klacken, mit dem der Magnet sich an etwas Metallischem festsaugte.

»Hab ihn«, jubelte Tinka lautlos.

Vorsichtig holte sie die Schnur wieder ein, bis sie einen Widerstand spürte. Sie zog fester, aber irgendwas hatte sich offenbar verhakt. Sie beugte sich vor, um zu sehen, was es war, als sie plötzlich einen halben Meter tiefer sank. Fanny war eingeknickt.

»Ich... kann... nicht... mehr«, schnaufte sie entschuldigend. Mit dem Mut der Verzweiflung riss Tinka ein letztes Mal an der Schnur. KLIRR!

Tinka purzelte überrascht ins Gras, als ein fußballgroßes Bündel durch das offen stehende Fenster geschossen kam und dabei eine der Scheiben durchschlug, während Fanny unter ihr zusammensackte wie eine leere Luftmatratze. Beide starrten entgeistert auf den riesigen Metallklumpen, der neben ihnen auf dem Boden lag. Der Magnet hatte auf seinem Weg zum Fernster offenbar noch andere Metallgegenstände aufgesammelt: eine Taschenlampe, Kleingeld, ein Taschenmesser, einen Schraubenzieher... aber auch einen Schlüsselbund!

»Ja!«, jubelte Tinka, und beide vergaßen für einen Moment, wie laut das alles gewesen sein musste.

Unglaublich laut nämlich. Im nächsten Moment ging auch schon das Licht über ihnen an. Tinka schnappte sich den Schlüsselbund, als Fanny schon losrannte. Eins war klar: Jetzt zählte jede Sekunde!

Sie rannten, was das Zeug hielt, und stießen fast mit den anderen zusammen, die vor dem offenen Scheunentor herumstanden und aussahen, als wäre gerade Weihnachten.

»Wir...«, begann Tinka und vergaß prompt, was sie sagen wollte, als sie die schneeweiße Stute entdeckte, die neben Ostwind stand. Ihre Augen weiteten sich.

»Ihr...«, stammelte sie und vergaß erneut, wie es weiterging.

Mika grinste. »Jawohl. Wir haben's geschafft. Das ist 33.«

Endlich kam auch Fanny angehechelt.

»Und ihr?«, fragte Sam gespannt.

»Schlüssel... Magnet... dann... Fensterscheibe... und... Boom!«, brachte Fanny unzusammenhängend hervor.

Mika half mit Fragen nach. »Heißt das, ihr habt die Schlüssel?«

Fanny nickte schnaufend.

»Und was war mit Magnet und Fensterscheibe?«, hakte Milan nach, doch statt einer Antwort zerriss ein Knall die Luft. Die Pferde tänzelten erschrocken zur Seite, die Freunde sahen sich entgeistert an. War das etwa...

»Er schießt! Aus dem Fenster! Wir müssen hier weg«, rief Sam, als gleichzeitig Außenscheinwerfer ansprangen und alles um sie herum in grelles Flutlicht tauchten.

»Ihr habt ihn geweckt!«, schrie Milan, und dann rannten sie los. Tinka war als Erste am Tor und fummelte den Schlüssel ins Schloss. Es sprang auf. Jetzt noch die Kette und endlich konnten sie das Tor aufstemmen.

Sam und Fanny schossen hindurch, dann liefen alle drei zu ihren Pferden. Sie hörten eine Männerstimme fluchen, dann einen weiteren Schuss.

»Schneller!«, brüllte Sam, als sich die Tür des Wohnhauses öffnete und eine dunkle Gestalt auf der Schwelle erschien. Der Ungar.

Mika war schon fast beim Tor, als Ostwind plötzlich stoppte. Er bäumte sich auf und wieherte.

Mika drehte sich um und sah 33, die in dem gleißenden Scheinwerferlicht stand wie festgefroren. Panik flackerte in ihren Augen.

Milan war an ihrer Seite und auch sein Gesicht war angsterfüllt.

»Du musst reiten«, rief Mika ihm zu.

»Aber... ich bin sie noch nie geritten!«, gab er ängstlich zurück.

»Sie kommt aber nicht mit ohne dich!«

Milan starrte sie unentschlossen an.

»LOS!«, brüllte Sam von draußen.

Als der nächste Schuss fiel, zögerte Milan nicht mehr. Er sprang auf den Rücken der Stute und griff in ihre Mähne.

»Lauf!«, flüsterte er ihr zu, und es schien, als habe 33 nur auf dieses Wort gewartet, um endgültig aufzuwachen. Ostwind wieherte laut und sie flog auf ihn zu. Ihre Hufe berührten kaum den Boden, als sie hinter ihm durch das Tor in die Freiheit galoppierte.

Das Eichhörnchen ließ die Nuss, an der es gerade knabberte, erschrocken fallen und flüchtete in ein Astloch, als das Donnern der Hufe den Waldboden erzittern ließ. Die Bewohner des Waldes würden sich noch lange an diese Nacht erinnern, in der vier Pferde und ihre Reiter zwischen den Bäumen hindurchpreschten, als würden sie vom Teufel gejagt: Ostwind und 33 an der Spitze, dahinter Hugo, auf dessen Rücken Fanny ihre Arme so fest sie konnte um Sam geschlungen hatte. Das gewaltige Shire Horse war erstaunlich schnell, und Archibald hatte Mühe, nicht zurückzufallen.

So jagten sie durch den nächtlichen Wald und ließen mit jedem Meter die Düsternis des Ungar-Hofes weiter hinter sich zurück.

Im Osten wurde es bereits heller, als die Befreiungstruppe Herrn Kaans Koppel erreichte. Müde, aber glücklich rutschten sie von den Pferden. Jetzt, wo Aufregung und Anstrengung von ihnen abfielen, merkten alle plötzlich, wie erschöpft sie waren.

Tinka sank schlaftrunken ins weiche Gras, ohne Archibald von seiner Trense zu befreien, und auch Sam verabschiedete sich schnell. Er musste nach Kaltenbach, Hugo zurück in seine Box bringen und Fanny in ihr Bett.

Zum Abschied gab er Milan förmlich die Hand. »Das war ziemlich mutig.«

Milan lächelte schüchtern, dann schlug er ein. »Von euch erst.«

Sam nickte ernst. »Und es ist auch noch nicht zu Ende.«

»Ich weiß«, erwiderte Milan, »aber es ist ein Anfang.«

Einen Moment standen die vier noch da und sahen Ostwind und 33 zu, die dicht beieinander unter der alten Eiche standen wie zwei Puzzleteile, die endlich wieder zusammengefunden hatten.

Schließlich lehnte sich Fanny müde an Sams Schulter und gähnte. »So langweilig ist das Landleben gar nicht.«

Sam sah liebevoll auf sie hinab. »Sag ich doch.« Und zu Mika: »Wir sehen uns morgen. Die Classics...«

Mika nickte nur. »Gute Nacht.«

»Gute Nacht!«

Mika und Milan saßen an den mächtigen Stamm der großen Eiche gelehnt. Die Pferde standen in einiger Entfernung, die Köpfe gesenkt. Mika sah sie an und spürte zum ersten Mal seit sie wieder in Kaltenbach war, dass Ostwind ganz bei sich war. Seine Unruhe war verflogen. Er war hier.

Als hätte er ihre Gedanken gelesen, sagte Milan: »Sie ist richtig glücklich.«

»Er auch«, antwortete Mika. Dann schwiegen sie.

Irgendwann drehte Mika den Kopf ein bisschen und blickte zu Milan, der immer noch 33 beobachtete. Seine dunklen Locken hingen ihm wirr ins Gesicht. Er hatte eine blutige Schramme auf der Wange, aber seine Augen leuchteten. Glühten richtig. Mika fühlte sich leicht. Und dieses komische Kribbeln war wieder da, wie ein Schmetterling, den sie verschluckt hatte und der nun verzweifelt einen Weg nach draußen suchte.

Milan drehte sich zu ihr und stützte dabei seinen Arm

auf Mikas Knie, was sich anfühlte, als wäre sie vom Blitz getroffen. »Mika?«, fragte er.

»Äh... ja.?« Plötzlich war Milans Gesicht ganz nah. Der Schmetterling flog eine Attacke in ihrem Bauch. »Danke«, sagte er leise.

Und dann küssten sie sich, als sei es das Normalste auf der Welt und der Schmetterling kam frei und flatterte überglücklich in den Himmel, an dem sowieso gerade die Sonne aufging.

12. Kapitel

»Entschuldigt die Störung«, sagte eine höfliche Stimme, »ich wollte mich nur vergewissern, dass du daran denkst, dass heute das Turnier ist. Die Kaltenbach Classics!«

Mika öffnete verschlafen ein Auge und blinzelte Tinka an. »Also genauer gesagt: *in zwei Stunden*«, fügte sie hinzu.

»Was? Wie? Schon?« Mika fuhr erschrocken hoch und weckte damit Milan, der neben ihr eingerollt im Gras lag. Sie sprang auf und blickte suchend über die Wiese. Fand Ostwind, der bereits auf den Beinen war und 33 zu bewachen schien, die neben ihm im Gras lag. Als er sah, dass Mika wach war, kam er auf sie zu.

»Wir müssen los!«

Milan stand auf, rieb sich die Augen und lächelte Mika an. »Hey, das wird schon«, sagte er beruhigend und nahm ihre Hand. Mikas Herz klopfte wie ein Specht gegen einen Baum. Zu gerne wäre sie hiergeblieben, bei Milan und 33, aber Ostwind und sie mussten nach Kaltenbach. Sie hatte es versprochen. Alles brach nun wieder über sie herein: die Classics, Hanns de Burgh, ihre Großmutter.

»Kommst du mit?«, fragte Mika, als sie von dem alten Baumstumpf aus auf Ostwinds Rücken kletterte. »Bitte.«

Doch Milan schüttelte den Kopf. Er sah ernst aus. »Ich geh zurück«, sagte er leise. »WAS?«

Ostwind legte erschrocken die Ohren an, so laut hatte Mika das gesagt.

»Bist du verrückt? Der hat auf uns geschossen! Was willst du ihm denn erzählen? Dass du nur mit ein paar Freunden Räuber und Gendarm gespielt hast?« Mika zitterte. Ihre Gefühle waren ein einziges Durcheinander!

Milan versuchte, sie zu beruhigen. »Keine Sorge, mir fällt schon was ein. Kümmere du dich um deine Probleme, ich kümmere mich um meine«, fügte er hinzu, und es klang ziemlich endgültig.

»Kommst du dann wenigstens zu dem Turnier?«, fragte sie trotzig.

»Na klar«, antwortete er, aber es klang nicht sehr überzeugend. »Viel Glück!«

»Dir auch«, antwortete Mika und wendete Ostwind, bevor Milan sehen konnte, wie schwer ihr der Abschied fiel.

Sie ritten langsam zum Ende der Koppel, vorbei an Archibald und Frau Holle, die schon wieder verliebt nebeneinander grasten. Ostwind wieherte 33 zu, die sich erhob, als sie sich näherten.

Mika klopfte dem Hengst auf den Hals. »Keine Sorge. 33 ist hier sicher. Und wir müssen jetzt dieses Ding gewinnen, damit ihr hierbleiben könnt.«

Ostwind schnaubte und knuffte 33 in die Seite, bevor sie aufbrachen. Am Gatter drehte Mika sich noch einmal um, aber unter der alten Eiche war niemand mehr.

Erst als sie lostrabten, merkte Mika, dass sie alles andere als ausgeschlafen und gut vorbereitet waren. Hatten sie so überhaupt eine Chance auf einen Sieg bei den Classics – verpennt, verliebt und völlig durch den Wind? Egal!

Im Moment fühlte sie sich jedenfalls noch, als könnte sie Bäume ausreißen.

Ostwind verlangsamte sein Tempo automatisch, als sie an Herrn Kaans Wohnwagen vorbeiritten. Vielleicht würde sie ihren Meister ja noch erwischen und sie könnten gemeinsam nach Kaltenbach gehen?

Und tatsächlich, sie hatte Glück: Herr Kaan war noch da. Er fegte gerade die sauber abgeräumte Hobelbank vor seinem Wohnwagen und bemerkte Mika und Ostwind nicht, bis sie direkt hinter ihm standen.

»Wirklich ein wunderschöner Morgen für einen Frühputz«, rief Mika strahlend, »aber sollten wir nicht langsam aufbrechen?«

Herr Kaan drehte sich zu ihr um und Mika war überrascht über den ernsten Ausdruck in seinen Augen.

»Ich werde nicht kommen«, entgegnete er ruhig.

»Aber... Sie haben es doch versprochen. Und außerdem kommt Hanns de Burgh!«, sagte Mika verständnislos. »Den müssen Sie unbedingt kennenlernen! Er ist wie... ich meine, ich hab ja nicht viel übrig für so was, aber der ist wie der Gott der Springreiter.«

Herr Kaan drehte sich um und begann, weiterzufegen. »Ich *kenne* Hanns de Burgh. Es scheint, als habe nur deine Großmutter vergessen, wer er ist.«

Mika verstand nur Bahnhof. »Aber ich habe ihn kennengelernt«, sagte sie, »und er ist nett. Er ist besonders.«

So heftig fuhr Herr Kaan zu ihr herum, dass Ostwind einen Schritt rückwärts machte. Wut blitzte in seinen Augen.

»Hanns de Burgh ist ein Wolf. Mag sein, dass er jetzt einen Schafspelz trägt, aber darunter ist ein Raubtier. Ich habe ihn trainiert. Und ich habe gesehen, was er mit den Pferden gemacht hat, um zu gewinnen. Deine Großmutter hat schon damals weggeschaut! ›Training‹ hat er das genannt – aber es war Folter!« Herr Kaan hielt atemlos inne. Er schien selbst erschrocken über seinen Ausbruch und auch Mika sah ihn mit großen Augen an. Herr Kaan wurde nie laut. Niemals.

»Sie hat sich damals gegen mich und für ihn entschieden. Und jetzt macht sie denselben Fehler wieder. Ich werde das nicht noch einmal mit ansehen«, schloss er mit ruhigerer Stimme.

Mika verstand das alles nicht. Das war zu viel Information, zu schnell. Und sie hatte auch keine Zeit, es zu verstehen, denn die Classics begannen in einer halben Stunde. »Und was ist mit mir?«, fragte sie unsicher.

»Du musst tun, was du tun musst.«

»Ich muss ihr doch helfen«, sagte Mika hilflos.

Herr Kaan nickte nur, ohne Mika anzusehen, und fegte weiter. Mika wartete noch einen Moment, ob er noch etwas sagen würde, aber das Gespräch war für ihn beendet. Was sollte sie jetzt machen?

Die Vorstellung, das Turnier nun ohne ihn durchstehen zu müssen, war schrecklich.

Mika lenkte Ostwind auf den Feldweg und galoppierte los, doch ihre Gedanken blieben zurück bei Herrn Kaan. Alles, was Mika über Pferde wusste, hatte er ihr beigebracht. Er war ihr Meister. Und jetzt fiel es ihr auf. Es war alles so ordentlich gewesen. So leer, als würde er ... als wollte er ... »*Ich werde das nicht noch einmal mit ansehen!*«, hatte er gesagt.

Unwillkürlich drehte Mika sich noch einmal um – und sah den dicken Ast nicht, der tief über dem Weg hing. Zu tief. Sie fühlte einen harten Schlag, der sie so mühelos von Ostwinds Rücken fegte, als wäre sie eine Stoffpuppe. Ein dumpfer Aufprall. Dann wurde es schwarz.

Auf Kaltenbach war schon seit dem Morgengrauen die Hölle los. Pferdeanhänger standen dicht an dicht auf dem großen Hof, Pferde wurden entladen, herumgeführt, gestriegelt und gesattelt, wohin man auch blickte, und über allem flatterten Dutzende grüner Fahnen mit dem Logo des Gestüts im Wind.

Auch der Springparcours war feierlich geschmückt mit bunten Girlanden und einem großen Transparent, auf dem stand: *HERZLICH WILLKOMEN – 25 JAHRE KALTENBACH CLASSICS!*

Offenbar hatte sich zudem herumgesprochen, dass das Turnier hohen Besuch erwartete, denn es waren mehr als dreimal so viele Reporter und Fotografen gekommen wie sonst. Sogar ein Übertragungswagen mit einer großen Satellitenschüssel auf dem Dach hatte unter der alten Kastanie geparkt.

Im ersten Stock des Gutshauses eilte Maria so schnell es mit Stock nur ging den Gang entlang. Sie trug ihr bestes Tweed-Jackett und hatte zur Feier des Tages sogar Make-up aufgelegt – das erste Mal seit zehn Jahren. Alle waren gekommen, alles war bereit, Hanns würde jeden Moment eintreffen – nur wo war ihre Enkelin?

Ohne zu klopfen, riss sie Mikas Zimmertür auf. Aber da war nur Fanny, die selbstvergessen vor ihrem Laptop kauerte.

»Wo ist Mika?«, fragte Maria streng.

Doch Fanny nahm den Blick nicht einmal vom Monitor, so gefesselt war sie. »Wissen Sie, ob es ›Kentaurin‹ oder ›Zentaurin‹ heißt? Sie wissen schon, dieses Fabeltier, halb Pferd, halb…«

Maria unterbrach sie unwirsch: »Wo ist meine Enkelin?«

Fanny zuckte nur mit den Schultern und reagierte nicht weiter. Maria wiederholte ihre Frage noch einmal, bis es ihr zu bunt wurde und sie die Tür wortlos wieder hinter sich zuknallte.

Fanny sah verwirrt auf. War da jemand gewesen und worum ging's noch mal?

Sie schüttelte den Kopf und widmete sich wieder ihrem Artikel. Er war fertig, und sie war stolz, denn sie wusste, er war gut geworden. Sehr gut sogar. Besser als er in Paris je hätte werden können. Egal, ob sie den Wettbewerb gewinnen würde, egal, ob die Zeitung ihn abdrucken würde, sie war zufrieden mit sich. Fanny atmete tief durch, dann klickte sie auf das E-Mail-Programm. Noch einmal durchlesen, senden, fertig!

Maria war nun wirklich besorgt. Nirgends hatte sie Mika finden können – und sie sollte in weniger als zwanzig Minuten an den Start gehen! Vielleicht war sie ja mittlerweile im Stall aufgetaucht. Ärgerlich eilte sie die steinerne Treppe des Gutshauses hinunter – und lief geradewegs in die Arme von Hanns de Burgh.

»Hanns!«, sagte sie überrascht und straffte schnell die Sorgenfalte auf ihrer Stirn.

Der hochgewachsene Mann mit dem Silberhaar lächelte ein strahlend weißes Lächeln wie ein Filmstar. Er trug einen grauen Anzug und blickte Maria aus verstörend blauen Augen an, als könnte er in sie hineinsehen.

Und das konnte er offenbar auch, denn er fragte besorgt: »Alles in Ordnung?«, und drückte ihre Hand.

»Ja, ja, alles wunderbar. Es ist... Ich wollte... Schön, dass du gekommen bist!«, brachte sie schließlich zustande.

Hanns machte eine kleine Verbeugung. »Die Freude ist ganz auf meiner Seite«, sagte er und sah sich mit wehmütiger Miene um. »Ich war schon so lange nicht mehr hier, aber es fühlt sich immer noch an wie ein Zuhause«, sagte er.

Maria nickte fahrig. Ihr Blick suchte immer noch den

betriebsamen Hof nach Mika und Ostwind ab. Verstohlen schielte sie auf die Uhr. In fünfzehn Minuten musste sie zum Startpunkt reiten!

Wieder schien Hanns de Burgh ihre Gedanken zu lesen. Er strich sich eine silberne Haarsträhne aus der Stirn und fragte: »Wo ist denn das Wunderpferd – oder vielmehr seine Wunderreiterin?«, korrigierte er sich amüsiert.

Maria entfuhr ein besorgter Seufzer, den sie jedoch schnell in ein damenhaftes Hüsteln verwandelte. »Sie ist ...«

In diesem Moment näherte sich eine Traube kichernder Pferdemädchen mit gezückten Autogrammblöcken und Maria konnte sich aus der Affäre ziehen.

»Herr de ... äh ... Burgh, bekommen wir ... äh ... vielleicht ein ... ähhh ...?«, stammelte das mutigste der Mädchen und vergaß prompt den Rest seiner Bitte, als Hanns sich zu ihm umdrehte.

Die Mädchen starrten zu ihm empor, als sei er das achte Weltwunder, und Maria Kaltenbach lächelte dankbar für die Ablenkung.

Sie legte verständnisvoll eine Hand auf Hanns' Arm. »Nur zu. Ich muss ohnehin jemanden begrüßen«, sagte sie knapp und eilte über den Hof, wo, wie Maria zu ihrem Schrecken gesehen hatte, gerade der Wagen ihrer Tochter geparkt hatte. Es war nun wirklich allerhöchste Zeit, Mika zu finden!

Sie begrüßte Elisabeth und ihren Schwiegersohn Philipp. Der hatte zur Feier des Tages ein türkisfarbenes Sakko mit zitronengelber Hose kombiniert, und Maria brauchte eine Sekunde, um sich von diesem Farbenspiel zu erholen. »Wie schön, dass ihr gekommen seid!«

Elisabeth umarmte ihre Mutter, während Philipp sich munter umsah. »Wo ist denn unsere Tochter? Ich will ihr unbedingt noch Glück wünschen!«

»Ich bin gerade auf dem Weg zu ihr«, sagte Maria schnell, »aber es fängt jeden Moment an, also sichert euch lieber Plätze.«

»Das machen wir besser«, lachte Elisabeth, »hier ist ja die Hölle los! Die Classics sind eben immer noch die Classics, richtig?«

»Richtig. Bis gleich!«, erwiderte Maria erleichtert, als die beiden endlich in Richtung Halle davonspazierten.

In dem Moment kam Sam an ihr vorbeigeeilt. Er stoppte jedoch, als er das Gesicht seiner Chefin sah. »Alles in Ordnung, Frau Kaltenbach? Ist Mika gar nicht bei Ihnen?«, fragte er alarmiert.

Panik schlich sich auf Marias Gesicht »Nein! Samuel, wir müssen sie find...«, weiter kam sie nicht mehr. Denn in dem Moment ging ein respektvolles Raunen über den ganzen Hof.

Sam, Maria und selbst Hanns de Burgh und seine Fans drehten sich um, als Ostwind langsam über den Hof in Richtung Halle trabte.

Auf seinem Rücken saß Mika. Sie trug das schwarzgrüne Turnierjackett, eine blütenweiße Reithose, und ihre Füße steckten sogar vorschriftsmäßig in hohen, eleganten Lederreitstiefeln.

Ein anerkennendes Lächeln erschien auf Hanns de Burghs Gesicht, als er Maria zunickte, die sich bremsen musste, um nicht auf Mika loszustürzen.

»Mika! Wo warst du nur?«, fragte sie stattdessen und lachte dabei ein bisschen zu laut.

Mika lachte nicht. Sie war blass und zuckte nur unbestimmt mit den Schultern.

Maria trat zu ihr und klopfte ihr aufmunternd aufs Bein. »Du bist sicher nur aufgeregt«, versuchte sie ihre Enkelin zu beruhigen. »Ich hatte auch immer schreckliches Lampenfieber, aber das nächste Mal sagst du bitte Bescheid, wenn du Zeit für dich brauchst, ja?«

Mika kniff die Augen zusammen und nickte abwesend.

»Du bist gleich an der Reihe, noch ein Reiter ist vor dir dran.« Maria beugte sich näher zu ihr und flüsterte eindringlich: »Gib alles, ja? Du weißt, was auf dem Spiel steht. Jetzt oder nie!«

»Hm-Hm«, brachte Mika hervor.

Maria wollte Ostwind noch einen Klapps geben, zog die Hand dann aber lieber zurück. »Los, ab zum Start.«

Ostwind schnaubte, dann setzte er sich in Bewegung. Mika schwankte ein bisschen.

»Hals und Beinbruch!«, rief Sam ihnen nach, doch Mika reagierte nicht. Sie hatte es wohl nicht mehr gehört.

Maria atmete erleichtert aus. Die 25. Kaltenbach Classics konnten beginnen!

»Hanns, kommst du? Ich zeige dir deinen Platz.«

»Und das war Marc Fridolin auf... äh?... Fridolin, mit 21 Fehlerpunkten und in einer Zeit von 114 Sekunden«, dröhnte es aus dem Lautsprecher.

Es gab einen mehr höflichen als überzeugten Applaus, als der deprimierte Reiter aus dem Parcours entlassen wurde. »Ich schwöre, die Dinger sind dieses Jahr höher!«, fluchte er, als er an Mika und Ostwind vorbeiritt. Mika bemerkte ihn kaum. Sie rückte ihren unbequemen Reithelm zurecht und fuhr vor Schmerz zusammen. Niemandem war die riesige, blutige Schramme quer über ihrer Stirn aufgefallen, die er verbarg.

»Und jetzt freue ich mich ganz besonders, Ihnen die Enkelin unserer Turnierchefin vorzustellen, die ihrem berühmten Namen heute alle Ehre machen wird: Mika Kaltenb... äh?... Schwarz. Und sie reitet ein Pferd, von dem Sie auch schon viel gehört haben dürften, der Spross einer echten Olympiasiegerin: Ostwind. Sie tragen die Startnummer 66. Mika Schwarz auf Ostwind!«

Die Lautsprecherstimme überschlug sich fast, und Mika fühlte sich ein bisschen wie im Zirkus, als sie unter dem lauten Jubel der Zuschauer in den Parcours ritt. Die Gesichter der Menge verschwammen vor ihren Augen, und Mika konzentrierte sich schnell auf Ostwinds Ohren, zwischen denen hindurch sie den sandigen Boden sah.

»Wir schaffen das schon«, sagte sie zu den Ohren.

Das Jubeln der Zuschauer verebbte, als sie weiter zur Startlinie ritt.

»Die hält die Zügel aber komisch!«, rief ein kleines Mädchen vorlaut.

Sam, Fanny und Tinka, die zusammen an der Bande standen, warfen sich besorgte Blicke zu.

»Mika sieht nicht besonders fit aus«, sprach Fanny aus, was alle dachten.

Sam winkte ab. »Ach was, die ist einfach aufgeregt.«

Sie beobachten Mika, die gerade robotergleich den obligatorischen Richtergruß absolvierte. Dann ertönte die Startglocke und von selbst galoppierte Ostwind an.

Mika krallte sich an die Zügel, aber die gaben ihr nicht genug Halt, also nahm sie sie in eine Hand und fasste mit der anderen in Ostwinds Mähne. Alles drehte sich in ihrem Kopf, sie wusste kaum, wo sie war und wer genau.

Ostwind aber, so viel spürte sie, hatte Kraft. Seit 33 frei war, war er wie ausgewechselt. Er wusste, was zu tun war. Mühelos flog er auf das erste Hindernis zu.

Mika schlang ihre Beine um seinen Bauch, und in diesem Moment wusste sie, dass sie all ihre Kraft brauchen würde, um auf seinem Rücken zu bleiben. *Du musst das alleine machen*, dachte sie, und Ostwind schien diesen Gedanken zu hören. Mühelos setzte er über die bunte Holzbarrikade hinweg. Das Publikum applaudierte verhalten. Erstaunen lag auf den Gesichtern.

Auf der Ehrentribüne beugte Hanns sich zu Maria. »Unkonventionell«, sagte er, seine Augen immer auf den Hengst gerichtet.

Ostwind war nicht zu stoppen: Er flog um enge Kurven, dass Fontänen aus Sand hochspritzten. Er übersprang den Oxer, als wäre es ein Miniaturmodell. Obwohl Mika auf ihm hing wie ein Sandsack, konnte ihn das nicht bremsen, so sehr schien der Boden unter seinen Füßen zu glühen.

Immer wieder rutschte Mika fast aus dem glatten Ledersattel, zog sich hoch, klammerte sich fest. Die Turnierzuschauer wussten nicht, ob sie applaudieren oder pfeifen sollten – so etwas hatte noch niemand gesehen.

Nun stand nur noch der Wassergraben und ein einfacher Steilsprung zwischen Ostwind und dem Ziel. Er wurde schneller, schneller, schneller – und sprang. Leicht wie eine Feder landete er auf der anderen Seite. Und dann wurde Mika endgültig schwarz vor Augen. Sie klappte vornüber und hing reglos im Sattel, doch niemand schien es in dem nun aufbrandenden Applaus zu bemerken. Das Publikum riss es von den Bänken, und der frenetische Jubel übertönte fast die Lautsprecherstimme, die verkündete, was alle bereits wussten: *»Das war Ostwind Schwarz auf Mika... äh?... umgekehrt, fehlerfrei, in einer Zeit von 47,12 Sekunden! 47,12! Das ist unglaublich!«*

Draußen dämmerte es bereits, als Mika aufwachte. Immer noch blass und mit einem großen Pflaster auf der Stirn lag sie in ihrem Bett in Kaltenbach. Fanny saß neben ihr auf der Decke ans Kopfende gelehnt und las in einem Buch.

»Wir haben gewonnen, oder?«, fragte Mika krächzend.

Fanny ließ das Buch sinken und legte den Kopf schief. »Allerdings. Ziemlich beeindruckend. Die Ohnmacht am Ende hätte ich persönlich weggelassen, zu dramatisch, aber das ist ja nur meine bescheidene Meinung.«

Mika versuchte ein Grinsen, denn trotz des flapsigen Spruchs wusste sie, dass Fanny sich Sorgen gemacht hatte. »Hm ja. Da war dieser Ast, auf dem Weg...«, setzte sie an, aber Fanny hob beschwichtigend die Hand. »Wissen wir alles schon. Sam hat es genau rekonstruiert.«

»Ah.« Mika sank erleichtert zurück.

»Du bist übrigens okay, hat der Doktor gesagt. Wird ein bisschen Kopfweh geben, aber sonst... Kopfverletzungen scheinen hier ja groß in Mode zu sein.«

»Mhm.« Mika war sehr müde. All die Aufregung, die Anstrengung und Anspannung der letzten Tage lasteten auf ihr wie Blei.

»Jedenfalls waren alle aus dem Häuschen. Erst wegen Ostwind und dem Turniersieg – und dann wegen dir, als sie gemerkt haben, dass du bewusstlos bist. Und dieser unglaublich gut aussehende grauhaarige Mann –«

Mika richtete sich plötzlich auf. »War Milan da?«, fragte sie und sah Fanny mit großen Augen an.

Fanny biss sich auf die Unterlippe. »Keine Ahnung. Da waren so viele Leute, dann diese ganze Aufregung, kann schon sein«, sagte sie beruhigend. »Jetzt schlaf erst mal, das klären wir dann morgen.«

Mika sank zurück in die Kissen, und bevor sie noch über irgendetwas nachdenken konnte, war sie auch schon wieder eingeschlafen.

Fanny knipste die Nachttischlampe aus und sah nachdenklich aus dem Fenster. Milan war nicht aufgetaucht. Und auch sie begann, sich allmählich Sorgen zu machen.

Mit dem Ungarn, das hatte Fanny verstanden, war nicht zu spaßen.

Unten auf dem Gutshof ratterten gerade die letzten Pferdetransporter durchs Tor davon, als Maria aus dem Haus trat, um Hanns de Burgh zu verabschieden. »Mika geht es gut. Es ist nur ein Kratzer. Ein etwas größerer Kratzer, zugegeben, aber nichts Schlimmeres.«

Hanns lächelte mit ehrlicher Erleichterung. »Das freut mich. Wirklich.«

»Und was das Sportliche betrifft, hoffe ich, habe ich dir nicht zu viel versprochen«, sagte Maria selbstbewusst.

Hanns' helle Augen strahlten plötzlich vor Begeisterung. »Unbedingt. Ich wusste ja, dass er aus Hallas Nachzucht ist...«

»Ihr Urenkel!«, bestätigte Maria stolz.

»...aber dass sich die Geschichte derart wiederholt, ist schon fast magisch. Ein magisches Pferd«, sagte Hanns beeindruckt.

Maria lächelte knapp. »Und die Gene meiner Enkelin.«

Hanns de Burgh nickte höflich. »Natürlich. Ein großes Talent.« Sie schwiegen einen Moment, dann reichte er Maria die Hand. »Wir sind im Geschäft, Maria. Ich komme morgen früh, und wir unterschreiben den Vertrag«, sagte er verbindlich. »Das war es doch, was du wolltest, oder?«

Maria schlug ein. »Du kennst mich gut. Und ich freue mich sehr. Bis morgen!«, antwortete sie feierlich.

Hanns de Burgh ging davon und Maria sah ihm nach.

Ihr Herz fühlte sich plötzlich ganz leicht an. Ab morgen war es offiziell. Kaltenbach hatte einen neuen Trainer. Es hatte geklappt, das Gestüt war gerettet.

Sie sank auf die Stufen ihres geliebten Gutshauses, in dem sie nun doch alt werden würde. Maria Kaltenbach weinte, aber es waren Freudentränen. Zuletzt hatte sie vor zehn Jahren geweint und auch da war ihr das Make-up verlaufen.

13. Kapitel

Die Amseln sangen aus vollem Hals, das Licht fiel sommerlich vom Himmel und versprach einen herrlichen Tag. Marianne hatte den großen alten Holztisch im Garten liebevoll zum gemeinsamen Familienfrühstück gedeckt.

Maria, Sam, Tinka und ihr Vater, Dr. Anders, waren bereits in ein lebhaftes Gespräch vertieft, in dem es, soweit Fanny verstand, um die Vorteile der Offenstallhaltung ging – was immer das auch war.

Sam jedenfalls schien absolut begeistert davon zu sein, also war es sicher etwas Gutes, entschied Fanny, die ihrerseits gerade misstrauisch eines der Croissants anknabberte. Aber es war – sie konnte es kaum glauben – locker und duftig!

In dem Moment setzten sich Mikas Eltern neben sie. Elisabeth zwinkerte ihr zu und flüsterte: »Nur zu. Die hab ich vorhin geholt. Mariannes Hörnchen waren schon zu meiner Zeit lebensgefährlich.«

Fanny wollte gerade glücklich zubeißen, als ihr Handy piepste. Sie warf einen flüchtigen Blick auf das Display – wer störte sie in einem so vollkommenen Moment?

Aber dann wurden ihre Augen groß und das Croissant

stürzte jäh in den Milchkaffee. »Dass... ich... Krass!« Sie zwickte sich selbst ins Bein, weil sie nicht glauben konnte, was sie gerade gelesen hatte.

Sam sah sie fragend an: »Alles klar mit dir, Zweibeiner?«

Fanny machte den Mund auf, um zu antworten, als die Person um die Ecke bog, auf die alle am sehnlichsten gewartet hatten.

Verlegen stand Mika da, in ihrer gestreiften Schlafanzughose, als alle am Tisch aufstanden und anfingen zu klatschen.

»Morgen«, sagte sie und grinste schief über den herzlichen Empfang. »Gibt's was zu feiern?«

Elisabeth ging zu ihrer Tochter und schloss sie in die Arme. »Mama hat mir erzählt, was du geleistet hast. Ich bin so stolz auf dich«, murmelte sie gerührt und wuschelte Mika durch die Haare, als hätte die gerade ihren fünften Geburtstag gefeiert.

»Mama«, murmelte Mika ein bisschen peinlich berührt und ließ sich neben Fanny auf einen Stuhl fallen. Trotz der Beule am Kopf fühlte sie sich an diesem Morgen großartig: Sie war ausgeschlafen, Ostwind glücklich und Kaltenbach gerettet. Das Einzige, was ihr zum perfekten Glück noch fehlte, waren Herr Kaan – und Milan.

Ein Schatten huschte über Mikas Gesicht, und sie wollte sich gerade an Fanny wenden, um nach Milan zu fragen, als Maria mit einem Silberlöffel gegen ihre Teetasse klopfte. »Ich möchte mein Glas – meine Tasse – auf meine Enkelin erheben. Auf Mika, ihre treuen Freunde, auf meine wunderbare Familie und auf Kaltenbach, das dank euch nun auch in der Familie bleiben wird«, schloss sie und schaute mit feuchten Augen in die Runde.

Alle hoben ihre Tassen.

»Und auf Ostwind«, ergänzte Mika.

Maria lächelte: »Und auf Ostwind, natürlich«, sagte sie mit Nachdruck, und Mika grinste zufrieden, denn es klang zum ersten Mal, als hätte ihre Großmutter es auch genauso gemeint.

Sie standen auf, ihre Tassen klirrten zusammen, und als sich alle wieder hingesetzt hatten, stand plötzlich Hanns de Burgh hinter Mika. Keiner hatte ihn kommen hören und das Gespräch am Tisch erstarb von einer Minute zur anderen.

»Ich störe doch nicht?«, fragte er und lächelte höflich in die Runde. Besonders Elisabeth errötete plötzlich heftig.

Mika drehte sich um und sah zu ihm empor. Herrn Kaans Worte klangen noch in ihrem Ohr, aber jetzt, wo der fliegende Holländer leibhaftig vor ihr stand, fiel es ihr schwer, sie zu glauben. Hanns de Burgh hatte ein Charisma, das alle am Tisch umfing wie ein Zauber.

»Das war eine ganz außergewöhnliche Vorstellung gestern«, sagte er und legte Mika die Hand auf die Schulter. »Ich bin wirklich beeindruckt.«

Mika schluckte. Eigentlich hätte sie dieses Lob mit Stolz erfüllen müssen, stattdessen stellten sich ihr die feinen Haare auf ihren Armen auf. Gefahr!, schoss es ihr durch den Kopf, doch sie lächelte nur. »Danke.«

»Und weil ich so beeindruckt war, bin ich nun auch hier«, fuhr Hanns geschmeidig fort. »Maria? Wollen wir?«

»Natürlich!« Maria sprang auf. »Wir gehen hinauf in den Salon. Ich sehe gerade, die Herren von der Bank sind auch soeben eingetroffen. Denen wollte ich das natürlich nicht vorenthalten.«

Maria erhob sich von der langen Tafel und ging mit Hanns den Bankern entgegen. Alle sahen ihnen schweigend nach, bis sie im Eingang des Gutshauses verschwunden waren. Der große Moment war gekommen.

Wichtigtuerisch zupfte der jüngere Banker seine Krawatte zurecht und setzte sich breitbeinig in den eleganten Ledersessel.

Klaus, der ältere Banker, nickte Maria wohlwollend zu: »Ich hab schon gehört von dem gelungenen Turnier gestern. Kompliment!«, sagte er und sah dabei Hanns de Burgh an, als wäre der bereits für diesen Erfolg verantwortlich.

Hanns de Burgh verzog seine Mundwinkel zu einem schwachen Lächeln, er hatte nicht viel übrig für belanglosen Small Talk.

»Kommen wir zur Sache«, sagte Maria und blickte in die Männerrunde.

Hanns de Burgh zog ein dünnes Bündel Papier aus seiner Ledertasche und reichte es Maria, die sich ihre goldene Lesebrille auf die Nase schob und den jüngeren Banker siegessicher anlächelte. »Sehen Sie. Ich habe Ihnen ja gesagt, dass Sie sich zu früh gefreut haben.«

Sie blätterte durch das Dokument und lächelte dabei

froh ihren alten Schüler an – ihren Goldjungen, der endlich heimkehrte!

»Ach, ich muss das an sich gar nicht lesen«, sagte sie. »Ich vertraue Hanns voll und ganz. Auf wie viele Jahre hast du den Vertrag denn ausgestellt?«

Hanns sah sie befremdet an. »Jahre?«

Maria blickte auf das Dokument in ihrer Hand und nun erstarb ihr Lächeln. Sie konnte es nicht glauben. Das konnte nur ein Irrtum sein. »Aber das ist ja ein... Kaufvertrag?«, stotterte sie verwirrt.

Hanns de Burgh schien ebenso verständnislos wie sie. »Natürlich. Was hast du denn gedacht?«

Die beiden Banker blickten stumm von Hanns zu Maria, von Maria zu Hanns, als wären sie bei einem Tennismatch.

Hastig blätterte sich Maria weiter durch den Vertrag. »Eine Dreiviertelmillion bietest du mir für... *Ostwind*?«

Hanns de Burgh sah sie kalt an. Es lag nichts mehr in seinem Blick außer Gier. »Darüber kann man reden. Das ist nicht mein letztes Wort«, sagte er schnell.

Maria schob den Vertrag von sich weg und stand mühsam auf. »Wir müssen uns unterhalten. Wenn die Herren uns für einen Moment entschuldigen würden?«

Vor Hanns trat Maria auf den langen, lichtdurchfluteten Flur des Gutshauses hinaus, dessen Wände voll waren mit Erinnerungen an ihre lange Karriere. Langsam hinkte sie zu einem gerahmten Foto, das Hanns de Burgh als Jugendlichen zeigte. Einen hellblonden, hochaufgeschossenen jungen Mann, der neben einer deutlich jüngeren Maria Kaltenbach stand und stolz eine goldene Trophäe in die Kamera reckte.

»Das war dein letztes Turnier für Kaltenbach«, sagte sie mit Wehmut in der Stimme. Sie drehte sich zu Hanns um, der hinter ihr stand und das Foto uninteressiert ansah. »Und ich dachte, es würden nun weitere folgen. Nur diesmal als Trainer.«

Und endlich begriff Hanns de Burgh. Er lachte laut auf. »Mein Gott, und ich dachte, du wolltest den Preis hochtreiben!«, rief er erleichtert. Und beeilte sich hinzuzufügen: »Eine Dreiviertelmillion ist nämlich ein Top-Angebot. Das Pferd braucht noch jede Menge Ausbildung, das war deutlich zu sehen. Deine Enkelin ist ja niedlich, aber als Springreiterin unbrauchbar. Kein Ehrgeiz. Ich werde ewig brauchen, um das wieder auszubügeln.«

Maria sah ihn fassungslos an. Hanns bemerkte die Röte, die ihr in die Wangen stieg. »Was? Hast du wirklich ernsthaft geglaubt, ich würde hier als Springtrainer anfangen? *Hier?* Also bitte, Maria, für wen hältst du mich? Oder besser: Für wen hältst du dich?«

Hanns de Burgh sah mitleidig auf Maria hinab und seine schönen weißen Zähne blitzten wie die eines Haifischs.

»Aber du hast hier angefangen... Das war dein Zuhause... Wie kannst du uns so hängen lassen?«, stammelte sie und stützte sich dabei zittrig auf ihren Stock. Mit einem Mal wirkte sie alt. Und müde.

»Ich zahle dir eine Dreiviertelmillion für ein unausgebildetes Pferd – nennst du das etwa hängen lassen?«, erwiderte Hanns mit schneidender Stimme. »Ich denke, wir haben jetzt Klarheit. Ich warte drinnen auf dich«, sagte er, und damit ließ er sie stehen und ging zurück in den Salon.

Maria legte den Kopf an die kühle Fensterscheibe. Da unten saß ihre Familie, nach so langer Zeit endlich wieder zusammen. Kaltenbach war ihr Zuhause. Sie wusste, sie musste nun ein schweres Opfer bringen. Das Richtige tun. Sie straffte die Schultern, gab sich einen Ruck und ging langsam zurück in den Salon.

Auf dem Balkon des Salons stand währenddessen der junge, schmierige Banker und wählte aufgeregt eine Nummer in seinem Handy. Er hatte seinen älteren Kollegen unter dem Vorwand, ein wichtiges Telefonat führen zu müssen, im Salon zurückgelassen, denn er musste diese spannenden Entwicklungen sofort weitergeben. Er hatte nicht viele Freunde, und deshalb war ihm jede Gelegenheit recht, ein bisschen Aufmerksamkeit zu bekommen. Und Diskretion war noch nie seine Stärke gewesen.

»Uli, bist du das? Ich muss dir was Brandheißes erzählen! Also wir sind doch gerade hier bei dem starrköpfigen alten Besen auf dem Reiterhof? Kaltenbach, genau, wegen der Zwangsversteigerung. Die steht mit 'ner halben Million bei uns in der Kreide – also der Hof gehört praktisch schon der Bank. Und jetzt, plötzlich, hat sie einen Typen an der Angel, der ein Pferd von ihr kaufen will. Nordwand heißt es, oder so. Und jetzt kommt's: Rate, was der für diesen einen Gaul geboten hat?«

Uli am anderen Ende riet offenbar nicht schnell genug, denn der junge Banker plapperte sofort weiter. »Eine Dreiviertelmillion! Dafür kriegst du eine Doppelhaushälfte, inklusive Kiesauffahrt! Und dann ist die Alte doch tatsächlich noch auf den Flur mit ihm, um den Preis *noch* höher zu treiben. Am Ende kriegt die eine Million für einen einzigen lahmen Gaul! Dafür kriegt man... zwei Doppelhaushälften! Oder, Moment, das wäre dann ja ein ganzes Haus... oder? Egal. Uli, ich muss wieder rein. Bleibt alles unter uns, ist ja klar, oder?« Damit ließ er sein Handy wieder zuschnappen wie ein Mann von Welt und ging zurück in den Salon.

Wen der Banker allerdings nicht bemerkt hatte, waren Familie Schwarz, Fanny, Sam, Tinka und Dr. Anders, die direkt unter ihm im Garten frühstückten und jedes einzelne Wort mitgehört hatten. Bestürzt saßen alle um den Tisch, sprachlos und starr wie in einem Wachsfigurenkabinett. Die ausgelassene Hochstimmung war wie weggewischt, und niemand fand zurück in diese Gegenwart, in der so etwas Ungeheuerliches passiert war.

Sie hat Ostwind verkauft. Sie hat Ostwind verkauft, dröhnte es immer wieder in Mikas Kopf. Sie hörte Herrn Kaans Worte, sah die eisigen Augen von Hanns de Burgh vor sich, sie konnte es einfach nicht fassen.

Ihre Mutter und Fanny legten ihr von jeder Seite eine mitfühlende Hand auf den Arm – aber Mika fühlte sich völlig taub.

Stumm verfolgten alle, wie Hanns de Burgh wenig später mit zufriedenem Gesicht zu seiner Limousine eilte. Nun, wo er hatte, was er wollte, würdigte er sie alle keines Blickes mehr. Sein Fahrer öffnete ihm die Tür, er stieg ein und der Wagen fuhr mit quietschenden Reifen davon.

Dann trat Maria mit den beiden Bankern auf die Terrasse. Sie schüttelte Klaus die Hand und seine Worte wehten herüber zum Tisch. »Ich bin sehr froh, dass du unterschrieben hast, Maria. Eine gute Entscheidung. Eine Zwangsversteigerung wäre doch für uns alle unschön gewesen.«

Maria nickte und dann gingen auch die Banker davon.

Sie blieb noch einen Moment auf der Terrasse stehen, als müsste sie überlegen, wie sie ihrer Familie die Nachricht am besten überbringen könnte. Sie wirkte niedergeschlagen, aber gefasst, als sie zurück zum Tisch kam. Langsam hinkte sie über die Wiese und ließ sich am Kopfende des Tisches nieder.

Alle sahen sie an, bis auf Mika, die auf ihren Teller starrte, auf den langsam Tränen tropften. Normalerweise hätte Mika laut geschrien, getobt, hätte das Geschirr vom Tisch gefegt und wäre ihrer Großmutter an die Gurgel gesprungen. Aber das hier war anders. Es war um Kaltenbach gegangen. Ein Pferd gegen ein ganzes Leben. Das war das Schlimmste: Mika verstand ihre Großmutter und konnte ihr trotzdem nicht verzeihen.

Maria atmete tief durch und sagte dann: »Ich habe mich schrecklich getäuscht.«

Da konnte Mika sich nicht mehr beherrschen. Sie funkelte Maria durch ihre Tränen hindurch an. »Ich habe mich auch getäuscht! Du hättest mir deinen großartigen Plan gleich verraten sollen. Dann hätte ich mir dieses Turnier sparen können. Diesen ganzen Mist, den ich hasse! Ich habe das nur für dich gemacht! Und du wolltest die ganze Zeit nur Ostwind diesem Folterer vorführen«, fauchte sie zornig.

Auch Elisabeth konnte nicht mehr an sich halten. »Warum kannst du dich nicht *einmal* gegen Kaltenbach und für die Menschen entscheiden?«, sagte sie mit zitternder Stimme.

Maria Kaltenbach sah erst ihre Tochter an, dann ihre Enkelin. Und wusste, sie hatte alles richtig gemacht. Sie lächelte niedergeschlagen, dann sagte sie: »Ich fürchte, genau das habe ich gemacht.«

Diesmal mischte sich Philipp ein, der immer der Erste war, wenn es um Logik ging. »Aber wir haben doch mit eigenen Ohren gehört, was der Banker gesagt hat: *Ich bin froh, dass du unterschrieben hast.* Also hast du Ostwind verkauft.«

Maria nickte. »Stimmt, ich habe unterschrieben, allerdings...«

In exakt diesem Moment lehnte Hanns de Burgh in den weichen Lederpolstern auf dem Rücksitz seiner Limousine und hielt den unterschriebenen Kaufvertrag in seinen Händen wie einen Derbypokal. Er hatte einen großartigen Deal gemacht. Dieses Pferd war einzigartig, und wenn er es erst einmal im Training hatte!

Sein Fahrer steuerte die Limousine gerade an Herrn

Kaans verschlossenem Wohnwagen vorbei, als Hanns' Blick auf die letzte Seite des Vertrages fiel. Auf die gestrichelte Linie, auf der seine alte Lehrerin unterschrieben und ihm damit sein neues Siegerpferd verkauft hatte.

Er stutzte, blinzelte, hielt den Vertrag dicht vor seine Augen – aber es half alles nichts. Hanns de Burgh stieß einen gellenden Wutschrei aus, den Herr Kaan bis in sein Wohnzimmer hörte. Denn unter dem Kaufvertrag stand nicht *Maria Kaltenbach*, sondern etwas ganz anderes ...

»POCAHONTAS???«, sagten alle in der Runde wie aus einem Mund und sahen Maria ungläubig an.

»Das war mein Lieblingspferd. Als ich ... aber das ist eine andere Geschichte.« Sie schmunzelte. »Ihr glaubt doch nicht im Ernst, dass ich diesem groben Idioten Mikas Pferd verkaufen würde«, sagte sie mit gespielter Empörung. »Ich lerne ja schließlich aus meinen Fehlern. Oder sagen wir, ich habe heute damit angefangen.«

»Oma!« Mika sprang auf, stürzte sich auf ihre Großmutter und umarmte sie stürmisch.

Elisabeth atmete erleichtert aus. »Mama«, schniefte sie mit tränenerstickter Stimme und umarmte Maria ebenfalls.

Auch der Rest der Tischgesellschaft war gerührt.

Fannys Hand tastete nach Sams, doch die war zu ihrer Überraschung zu einer harten Faust geballt. »Schön, dass ihr alle so glücklich seid. Aber was wird jetzt aus Kaltenbach, wenn ich fragen darf?« Sams Stimme klang seltsam verzerrt.

Maria löste sich aus der Umarmung und ihr Gesicht wurde wieder ernst. Es fiel ihr schwer, zu sagen, was sie jetzt sagen musste: »Kaltenbach wird es bald nicht mehr geben. Ich habe uns durch meinen kleinen Streich mit der Unterschrift vielleicht ein bisschen Zeit erkauft, aber... ich schätze die Bank wird die Zwangsversteigerung in den nächsten Tagen veranlassen.« Ihre Stimme klang fest, nur eine einzelne verirrte Träne rann über Marias Wange und offenbarte, wie aufgewühlt sie war.

Alle schwiegen betreten, bis Elisabeth kleinlaut sagte: »Aber ich bin hier aufgewachsen.«

»Und ich habe hier Reiten gelernt«, ergänzte Tinka.

Mika wusste nicht, was sie sagen sollte. Eine Welt ohne Kaltenbach konnte sie sich nicht vorstellen. Was sollte aus Ostwind werden?

Maria seufzte resigniert. »Ich hätte auf Kaan hören sollen. Er hatte von Anfang an recht. Aber ich bin eine sture alte Frau. Und jetzt habe ich keine Kraft mehr, gegen Banken und Profitgeier zu kämpfen.«

Sam schaute so verzweifelt, dass es Fanny fast das Herz brach. »Du kannst bei mir wohnen«, sagte sie schnell. Dabei wussten beide, dass das völliger Unsinn war.

Auch Elisabeth fiel ein: »Genau, Mutter, du wirst natürlich bei uns in Frankfurt wohnen.«

Mit dieser Idee schien nun absolut niemand am Tisch wirklich glücklich zu sein, obwohl Philipp sich beeilte, ein wenig überzeugendes »Natürlich, selbstverständlich!« hinzuzufügen.

Maria sah gerührt in die mitfühlenden Gesichter. »Danke, aber ich werde schon klarkommen.«

»Uh-oh«, sagte Philipp mit einem Räuspern, und Maria blickte ihn verständnislos an. »Ich fürchte, das mit der Zwangsvollstreckung könnte schneller gehen, als du gedacht hast, Maria«, erklärte er und nickte in Richtung Einfahrt, durch die gerade ein Polizeiwagen in den Hof fuhr.

Maria erschrak. Dass es so schnell gehen würde, hatte sie nicht gedacht. Schwerfällig stand sie auf, um den Beamten entgegenzugehen. Wortlos folgten die anderen ihr auf den Hof, wo sie sich hinter ihr aufstellten wie eine Armee hinter ihrer geschlagenen Feldherrin.

Die junge Polizeibeamtin blinzelte verwirrt, als ihr dieses Empfangskomitee entgegentrat.

Sie schluckte nervös. »Äh… sind Sie Maria Kaltenbach?«, fragte sie unsicher.

Maria nickte. »Ja, das bin ich«, sagte sie.

Der dickliche Kollege der Polizistin übernahm. »Sind Sie die Eigentümerin dieses Reiterhofs?«, fragte er.

»Gestüt«, korrigierte Maria ihn freundlich. »Und ja, das bin ich.«

»Ja, also wie auch immer. Wir haben heute Morgen hier in der Nähe eine Razzia auf einem Hof durchgeführt. Es gab Verhaftungen und der Hof wird bis auf Weiteres geschlossen. Jedenfalls, die Kollegen haben dort ein gutes Dutzend verwahrloster Pferde sichergestellt, und… ehrlich gesagt, wissen wir nicht, wohin mit ihnen«, schloss der Polizeibeamte, nun auch etwas eingeschüchtert.

Maria starrte ihn verständnislos an, während Fanny, Sam, Tinka und Mika entgeistert die Augen aufrissen.

Die junge Polizeibeamtin hatte nun wieder zu ihrer Sprache gefunden, und in ihrer Stimme lag Mitgefühl: »Es sah da wirklich übel aus... dieser Mann hat Pferde gehalten wie in einer Legebatterie. So etwas habe ich noch nie gesehen. Sie würden wirklich ein gutes Werk tun.«

Der ältere Polizist warf ihr einen strafenden Blick zu und übernahm wieder das Wort: »Was meine Kollegin meint: Hätten Sie auf ihrem Reit... Gestüt noch Kapazitäten frei, diese Pferde aufzunehmen? Das Land kommt natürlich für die Kosten auf.« Maria brauchte einen Moment, um all die Informationen zu verarbeiten, dann sagte sie: »Natürlich. Ja. Wir haben Kapazitäten.«

»Wunderbar! Dann funke ich gleich mal die Kollegen an, damit sie die Pferde herbringen können«, sagte die junge Polizistin glücklich und ging zum Streifenwagen, um die frohe Botschaft durchzugeben.

Der andere Beamte nickte zackig und wollte ebenfalls gehen, als Mika hinter ihrer Großmutter hervortrat. »Wen haben Sie denn genau festgenommen?«, fragte sie, ihre Stimme klang besorgt.

Der Polizist erwiderte streng: »Dazu kann ich wegen der laufenden Ermittlungen leider nichts sagen.«

»Vielleicht einen Jungen? Ungefähr 16, ziemlich groß, mit dunkelbraunen Locken und dunkelbraunen Augen?«, ließ Mika nicht locker.

Der Polizist schüttelte nur den Kopf. »Tut mir leid.«

In dem Moment kam die junge Beamtin zurück. »Die Kollegen kommen, sobald sie die Pferde verladen haben«, berichtete sie, »wenn sie mit dem Herrn Ungar – unserem *einzigen* Verdächtigen – fertig sind«, sagte sie und zwinkerte Mika dabei zu.

Erleichtert atmete Mika aus. Milan war zumindest nicht verhaftet worden.

Nun hatte aber auch Maria noch eine Frage: »Wie kamen Sie eigentlich darauf, den Ungarn endlich dingfest zu machen?«

»Ein anonymer Hinweis«, sagte der Beamte barsch, bevor seine Kollegin, die Plaudertasche, den Mund aufmachen konnte.

Doch dazu kam die junge Beamtin gar nicht mehr, denn schon wieder rollte ein fremdes Auto über den Hof – und was für eines! Alle Augen richteten sich gebannt auf die blitzende Luxuskarosse, die lautlos neben dem Polizeiauto zum Stehen kam. Ein schmaler Mann im Nadelstreifenanzug stieg aus und blickte sich angetan um. Seelenruhig zog er eine kleine Kamera aus der Tasche und fotografierte das Gutshaus, den Reitplatz und die alte Kastanie, unter der die Gruppe um Maria stand und ihn verdutzt anstarrte.

Der Fremde ließ die Kamera sinken, ein erwartungsvolles Lächeln erschien auf seinen Lippen und er kam beschwingt auf sie zu. Sahen so Zwangsvollstrecker aus?

»Sind Sie Pferde?«, fragte er mit einem seltsam singenden Akzent.

»Äh, nein. Mein Name ist Kaltenbach«, antwortete Maria irritiert.

»Polizei«, stellte sich der dicke Polizist überflüssigerweise vor.

»Ich komme die Trainer?«, fragte der Mann höflich und machte eine kleine Verbeugung.

Maria Kaltenbachs Lippen wurden zu einer schmalen Linie. »Ach ja. Tut mir leid, da sind Sie umsonst gekommen. Hanns de Burgh wird *nicht* als Springtrainer auf Kaltenbach arbeiten. Das war eine bedauerliche Falschmeldung.«

Der Mann schien nun seinerseits irritiert zu sein. »Ich bin nicht hier für Chris de Burgh«, sagte er.

»Hanns«, korrigierte Maria automatisch.

»Ich bin nicht hier für Hanns de Burgh«, wiederholte der Mann freundlich. »Ich bin hier wegen *Kentaurin*.«

Dann erhellten sich seine Züge, und er deutete lächelnd auf Mika: »Wegen Sie!«

Keiner sagte etwas, nur Fanny entfuhr ein überraschtes Quietschen.

»Bitte, *was*?«, fragte Elisabeth.

»Bitte, *wer*?«, fragte Mika.

Der Nadelstreifenmann öffnete seine Aktentasche, zog eine Zeitung heraus und hielt sie hoch. Es war die aktuelle Ausgabe der *Frankfurter Allgemeinen Zeitung*. Alle starrten die Seite an, die aufgeschlagen war.

Unter der Überschrift »Jugend schreibt – Der Siegerartikel« waren zwei große Farbbilder zu sehen: Eines zeigte eine Holzfigur, die halb Pferd, halb Mensch war.

Und auf dem anderen sah man Mika auf Ostwinds Rücken. Er stand auf einer dunkelgrünen Wiese, Mika lachte und hatte ihre Arme um seinen Hals geschlungen. Mika trat näher und las laut vor: »*Die Kentaurin oder wie Mika ihre Gabe entdeckte – Von Fanny Schleicher.*«

Nun drehten sich alle Köpfe zu Fanny um, die puterrot geworden war.

»Ich... ich... schätze, ich habe den Wettbewerb gewonnen«, stammelte sie.

Mika machte große Augen.

»Ich hab nur geschrieben, was letztes Jahr passiert ist. Und was Herr Kaan mir erzählt hat. Eure Geschichte.«

»Krass«, war das Einzige, was Mika dazu einfiel, und dann faltete der Besucher die Zeitung auch schon wieder sorgfältig zusammen und verstaute sie in seiner Tasche, als wäre es ein wichtiges Dokument. »Mein Client liest gerne deutsche Zeitung, wegen das Wirtschaftsteil...«, er winkte ab. »Unwichtig. Wichtig ist, mein Client hat einen Pferd, seit er ein kleines Junge ist. Er liebt diesen Pferd über alles. Dann der Pferd hat einen Unfall und niemand kann heran an ihn seither. Niemand.«

Er schüttelte tieftraurig den Kopf. »Mein Client ist sehr verzweifelt und er bittet Sie um Ihre Hilfe«, sagte er mit seiner schönen, weichen Stimme und wandte sich nun direkt an Mika.

Mika sah ihn ungläubig an. Meinte er wirklich sie?

»Und wer ist Ihr Klient so?«, fragte Sam, weil Mika nichts sagte.

»Omar Ali Saifuddin IV.«, antwortete der Mann mit einem höflichen Nicken. »Er zahlt gerne jeden Preis.«

Sam drehte sich zu Fanny. »Kannst du mich bitte mal kneifen?... Aua! Danke.«

Fanny grinste wie ein Honigkuchenpferd, doch bevor sie etwas sagen konnte, funkte schon wieder jemand dazwischen. Diesmal war es Marianne, die mit dem schnurlosen Telefon aus dem Haus gelaufen kam und atemlos keuchte: »Frau Kaltenbach? Also, des is jetzt schon der siebzehnte Anrufer, der sein Pferd sofort herbringen will! Aber wir habbe hier doch gar keinen Pferdeflüschterer, oder? Und Kent-Aurin, was ist des denn für ein Name?«

Philipp Schwarz griff nach der Hand seiner Tochter und hielt sie ganz fest.

Die Polizeibeamtin stieß ihren Kollegen in die Seite. »Na, und Sie behaupten immer, hier in der Provinz wäre nichts los«, flüsterte sie lächelnd.

Ein Freudenschrei kam über Sams Lippen, dann nahm er die verdatterte Fanny in die Arme und gab ihr einen fetten Kuss.

Dr. Anders warf Tinka in die Luft, Maria umarmte versehentlich den mürrischen Polizisten, und der Anwalt des Scheichs wunderte sich mal wieder über die merkwürdigen Rituale dieser Deutschen.

Nach den ganzen Aufregungen tat es gut, etwas Ruhe zu finden. Als Mika und Ostwind neben Maria den Schotterweg entlangspazierten, färbte sich der Himmel im Westen bereits rot. Eine einzige Gefühls-Achterbahn war der Tag gewesen, und auf Kaltenbach hatten sie immer noch alle Hände voll damit zu tun, die Pferde des Ungarn unterzubringen.

Nur Mika und Maria hatten sich eine kurze Auszeit genommen und machten einen kleinen Abendspaziergang. Mika, um Ostwind endlich zurück zu 33 zu bringen, und Maria, weil sie jemandem eine lange überfällige Entschuldigung überbringen musste.

Mikas nackte Füße baumelten an Ostwinds Seite, der es kaum abwarten konnte, endlich wieder zu seiner Koppel zurückzukehren. Er schüttelte den Kopf und schnaubte voller Vorfreude. Marias Hand lag auf seinem Rücken, und der Hengst ging extra langsam, damit sie Schritt halten konnte.

»Weißt du, Mika, ich habe mir so lange den Kopf zerbrochen, wie ich Kaltenbach retten könnte. Ich habe so verzweifelt nach etwas Besonderem gesucht, dass ich den Wald vor lauter Bäumen nicht gesehen habe. Dabei lag das Besondere so nah. Und ich hätte nur die Augen aufmachen müssen.«

Sie sah zu ihrer Enkelin auf. »In Zukunft werde ich versuchen, den Pferden etwas zurückzugeben. Ich denke, das schulde ich ihnen«, sagte sie. »Und ich denke auch, ich kann noch viel von euch lernen.«

Mika schluckte gerührt. »Und ich von dir«, sagte sie dann einfach und meinte es genauso.

»Bin gespannt, wie alles weitergeht«, sagte sie nach einer Weile, in der sie in schweigender Eintracht nebeneinanderher gewandert waren. Ihre Großmutter lächelte. »Zumindest haben wir allein heute schon über zweihundert Anfragen bekommen – deine Freundin scheint wirklich schreiben zu können.«

Mika grinste. »Klar. Fanny ist die Beste.«

»Also, wir werden sehen, wie es weitergeht. Das müssen wir in Ruhe mit der ganzen Familie besprechen«, sagte Maria, und ihre Augen leuchteten bei dem Wort auf. Wenn die Schrecken der vergangen Tage ihr etwas gezeigt hatten, dann wie wichtig Familie war.

An der Weggabelung blieb Maria stehen und stützte sich auf ihren Stock. Sie wirkte nervös.

»Sag ihm einfach, dass es dir leidtut.«

»Ob das reicht?«

»Dann sag noch das, was du eben zu mir gesagt hast. Das reicht auf jeden Fall!«

Maria lächelte. »Ich hoffe es. Für das, was wir vorhaben, brauchen wir nämlich seine Hilfe.« Sie strich Ostwind zum Abschied über die Stirn und dann trat sie mutig den Weg zu Herrn Kaans Wohnwagen an.

Mika blickte ihr nach, so lange, bis Ostwind ungeduldig den Kopf hob und wieherte. Sofort wieherte es zurück, und es war nicht sein Echo, sondern 33, die schon auf ihn wartete.

Mika lehnte an dem dicken Stamm der Steineiche und zog geräuschvoll die Nase hoch. Tränen liefen ihr über das Gesicht, aber es waren zumindest zu 80 Prozent Freudentränen. Die Szene, die sich vor ihren Augen abspielte, war aber auch zu schön, um wahr zu sein: ausgelassen und glücklich galoppierte Ostwind neben 33 über die grüne Wiese. Auf dem Abhang blieben sie stehen und verschränkten ihre Hälse miteinander.

Mika zog noch einmal die Nase hoch. Milan war weg. Warum vermisste sie ihn dann, obwohl sie ihn doch kaum kannte?

Es fühlte sich an, als würde sie ihn schon ewig kennen.

Und er mich, dachte sie gerade, als es raschelte und sich jemand neben ihr ins Gras plumpsen ließ. Milan.

Er lachte sie an und Mika rieb sich schnell ihre rote Nase.

»Was willst du denn hier?«, fragte sie schroff und starrte trotzig geradeaus, obwohl ihr Herz gerade einen sehr unerwarteten Purzelbaum geschlagen hatte.

»Tut mir leid, dass ich das Turnier verpasst hab«, sagte er aufrichtig. »Ich musste was erledigen.«

Mika sah ihn an. Ihr kam ein Gedanke. »Warst du das etwa? Der anonyme Tipp bei der Polizei?«

Milan nickte. »Ich hätte das schon viel früher machen sollen, aber ich wusste einfach nicht, wo ich dann hinsoll«, sagte er.

»Meinst du, ihr könnt auf Kaltenbach noch einen zweiten Stallburschen gebrauchen?«, fügte er vorsichtig lächelnd hinzu.

Ein Grinsen breitete sich auf Mikas Gesicht aus. »Ich könnte es mir vorstellen. Die Polizei hat nämlich gerade fünfzehn Pferde aus schlechter Haltung befreit und zu uns gebracht – wir haben jede Menge Arbeit.«

Milan starrte sie entgeistert an. »Nein!«

»Doch.«

Milan begann zu strahlen und sah Mika an, als wollte er nie wieder wegschauen. Dann legte er den Arm um sie und Mika ihren Kopf an seine Schulter. So saßen sie da, und Mika erzählte Milan alles, was geschehen war: von ihrem Unfall, dem Turnier, Hanns de Burgh, bis hin zu Fannys Zeitungsartikel, den außer dem Sultan von Brunei noch viele andere Leute gelesen hatten und mit dem sie Kaltenbach wahrscheinlich gerettet hatte.

Sie redeten, bis es dunkel wurde, und irgendwann beobachteten sie nur noch die Pferde, die in der Dämmerung ruhig grasten.

»33 braucht einen neuen Namen«, sagte Milan.

Die weiße Stute hob ihren Kopf und spitzte aufmerksam die Ohren. Eine Weile überlegten sie, dann sagte Mika todernst: »Wie fändest du 34?«

Und dann lachten beide so laut, dass die müde Amsel, die es sich gerade auf einem Ast über ihren Köpfen gemütlich gemacht hatte, erschrocken davonflog.

Epilog

Fanny fuhr tatsächlich nach Paris, allerdings nicht mit Mika, sondern mit Sam, der sich begeistert von ihr den Eiffelturm, den Louvre und jede einzelne der 347 Brücken zeigen ließ. Mit Fanny an seiner Seite hätte er sich aber auch das Heimatmuseum von Hirzenhain-Merkenfritz und den größten Kürbis der Walachei angesehen, so toll fand er sie.

Was Kaltenbach betraf, so überzeugte ein Anruf des Sultans von Brunei die Bank, dass ein Therapiezentrum für traumatisierte Pferde höchst vielversprechend war, und die Zwangsversteigerung wurde sofort gestoppt.

Karl Ungar wurde zu einer langen Haftstrafe verurteilt und Milan begann auf Kaltenbach eine Ausbildung zum Pferdewirt. Mika hatte ihrer Großmutter erzählt, was er für die Pferde getan hatte, und Maria freute sich, einen so guten Lehrling zu bekommen.

Und Mika selber freute sich noch mehr, denn nach langen Gesprächen entschlossen sich Elisabeth und Philipp, zukünftig mehr Zeit auf Kaltenbach zu verbringen. Denn schließlich wollten sie ihre Tochter auch mal zu Gesicht bekommen, die nach diesen Sommerferien nicht mehr in die Stadt zurückkehren würde. Mika würde bei ihrer Großmutter und bei Ostwind auf Kaltenbach bleiben. Dort würde sie sich zusammen mit Herrn Kaan um die schweren Fälle kümmern, denn Mika und ihre Gabe waren das Besondere, das Kaltenbach schon bald in der ganzen Pferdewelt berühmt machen sollte.

Für die schönste Überraschung von allen sorgte die Stute 34, die im folgenden Frühsommer ein Fohlen zur Welt brachte.

»Denk doch nur mal: das Fohlen eines Weltklasse-Springpferds *und* eines Weltklasse-Rennpferds. Das ist doch eine unschlagbare Kombination!«, sagte Maria aufgeregt zu Mika, die neben ihr stand und das neugeborene schwarz-weiß gescheckte Fohlen betrachtete, dass sich gerade zum ersten Mal auf seine wackeligen Beinchen gekämpft hatte.

»Lasst uns doch einfach abwarten, was *sie* werden will«, sagte Herr Kaan einfach. Und damit hatte er wie immer recht – doch das ist eine andere Geschichte.